U0481342

唐诗的意境

一

顾南安

编著

湖南人民出版社·长沙

出版前言

古典诗词是中华传统文化的精髓，它蕴藏着丰富的文化内涵，凝聚着古人的智慧与情思，对于涵养审美情操和培育文化自信大有益处。其中，唐诗凭借着优美的韵律、深刻的思想和精湛的艺术表现，成为中国古典诗歌的一座高峰，唐诗几乎贯穿中国学子的整个学习生涯。

目前，众多的诗词读本都主要强调释义，即让学生通过字面意思理解诗词的含义。然而，就提升诗词鉴赏水平和古典审美能力来说，仅知其字面意思是远远不够的，对意境的体悟和把握才是关键。2022年版《义务教育语文课程标准》对于欣赏文学作品也提出了明确

要求，即"能对作品中感人的情境和形象说出自己的体验，品味作品中富于表现力的语言"。

所以，要想提高学生学习古诗词的效果，情境化阅读必不可少。所谓情境化阅读，是一种通过创设情境，将诗歌与学生的情感体验相结合的阅读方式。在真实情境中赏析古诗，不仅能调动学生的生活经验发掘诗歌内涵，还能提升学生的审美素养和鉴赏能力，其具体优势有以下几点。

第一，创设情境可以帮助学生理解古诗的意境，并强化记忆。意象的选择和意境的营造，是成就一首诗的艺术魅力的关键。从意象入手创设情境，将枯燥的文字转变为有声有色的画面，不仅能让学生在鲜活的场景中体会诗人的情感，感悟诗歌的意境之美，还能引发精神共鸣，有效地增强学生记诵古诗的能力。

第二，创设情境可以提升学生的专注力，增强古诗学习的沉浸感。古诗意蕴深远，一味地背诵不仅无助于理解诗意，还会消磨学生学习古诗的热情。创设具有生活气息的真实场景，能充分地调动学生的感觉和知觉，通过联想与想象积极地参与创造，学生更容易集中注意力，全身心地融入其中，感受诗歌的艺术境界。

第三，创设情境可以激发学生的想象力，提高学生的形象思维能力。客观物象与诗人的思想感情交融，形成了诗歌的独特意境。创设情境时除了要借助意象还原外在环境，更要融情于景，

深入作者的内心。因此，情境化阅读对学生的形象思维和想象力提出了更高要求，使学生在阅读时更容易投射自己的情感经验，从而更深入地理解诗歌的意境，在创意表达中体会语言的魅力。

此外，值得注意的是，在具体情境中考查学生的阅读理解能力和语言运用能力，也成为近年来中考语文命题的新趋势。

因此，本书将唐诗鉴赏和情境化阅读相结合，打造出具有独特价值的诗词读本。本书以2022年版《义务教育语文课程标准》为纲，精选中学语文教材中的经典唐诗，辅以课外必读唐诗，以情境化解读的手法将学生带入原汁原味的唐诗意境中，全面领略唐诗的艺术之美。

我们相信，这本书会成为中学生语文学习中的必备读物，帮助学生找到通往诗词殿堂的钥匙，全面提升诗词鉴赏的水平。

目 录

初唐

002	野望	王 绩
005	于易水送人	骆宾王
008	在狱咏蝉	骆宾王
011	风	李 峤
014	山中	王 勃
017	送杜少府之任蜀州	王 勃
021	从军行	杨 炯
025	夏日过郑七山斋	杜审言
029	代悲白头翁（节选）	刘希夷
033	渡汉江	宋之问
036	题大庾岭北驿	宋之问
040	古意呈补阙乔知之	沈佺期
044	杂诗三首（其三）	沈佺期
048	登幽州台歌	陈子昂

盛唐

052	·	回乡偶书	贺知章
054	·	咏柳	贺知章
057	·	山中留客	张　旭
060	·	凉州词	王　翰
063	·	登鹳雀楼	王之涣
066	·	次北固山下	王　湾
070	·	早寒江上有怀	孟浩然
073	·	望洞庭湖赠张丞相	孟浩然
076	·	过故人庄	孟浩然
080	·	春晓	孟浩然
083	·	长信草	崔国辅
086	·	终南望余雪	祖　咏
089	·	静夜思	李　白
092	·	古朗月行	李　白
096	·	赠汪伦	李　白

099 ·	闻王昌龄左迁龙标遥有此寄…………	李　白
102 ·	峨眉山月歌…………………………………	李　白
105 ·	望庐山瀑布…………………………………	李　白
108 ·	春夜洛城闻笛………………………………	李　白
111 ·	渡荆门送别…………………………………	李　白
114 ·	送友人………………………………………	李　白
117 ·	行路难三首（其一）………………………	李　白
121 ·	宣州谢朓楼饯别校书叔云…………………	李　白
126 ·	月下独酌……………………………………	李　白
130 ·	夜宿山寺……………………………………	李　白
133 ·	山中问答……………………………………	李　白
136 ·	关山月………………………………………	李　白
140 ·	秋浦歌………………………………………	李　白
143 ·	早发白帝城…………………………………	李　白
146 ·	黄鹤楼………………………………………	崔　颢

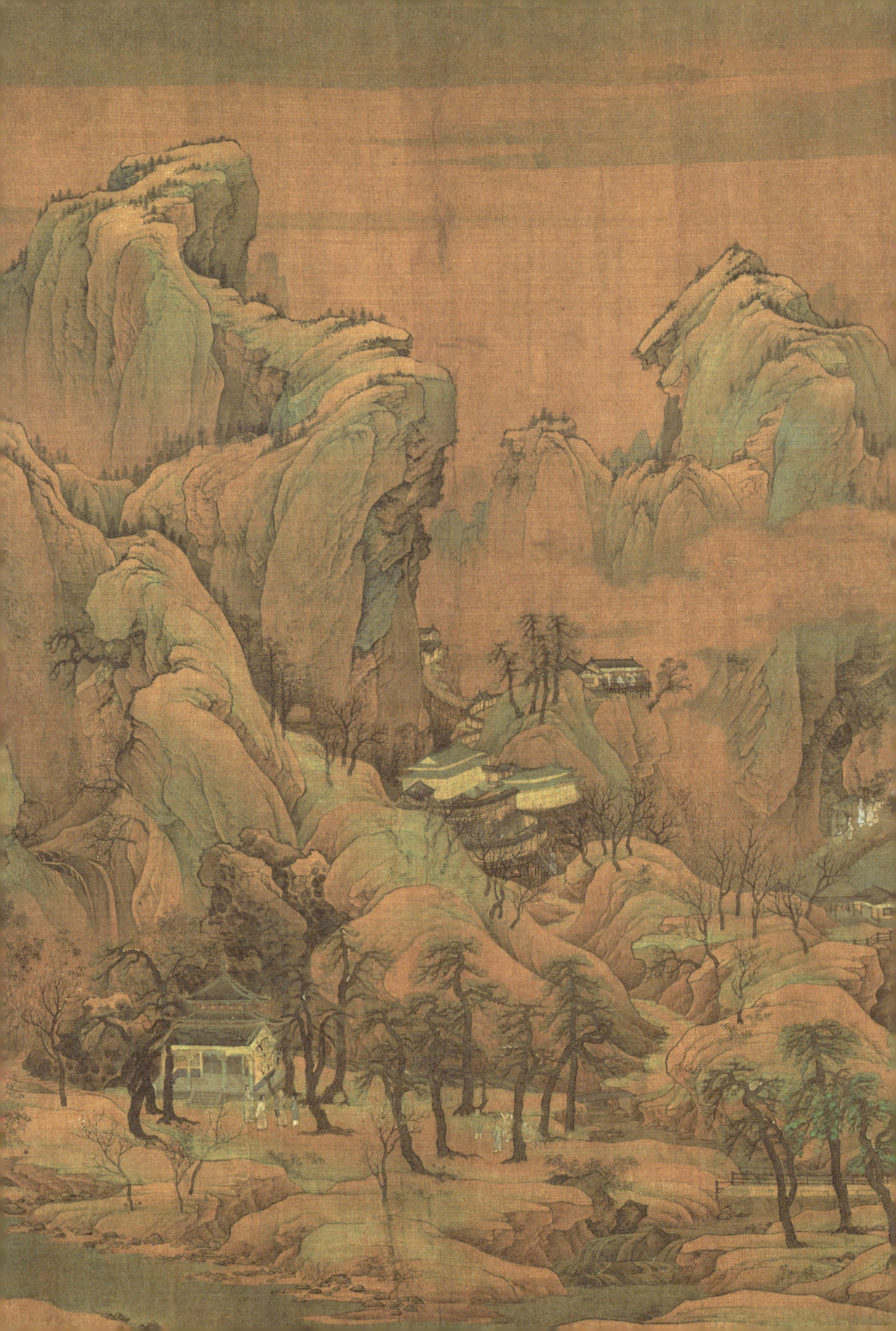

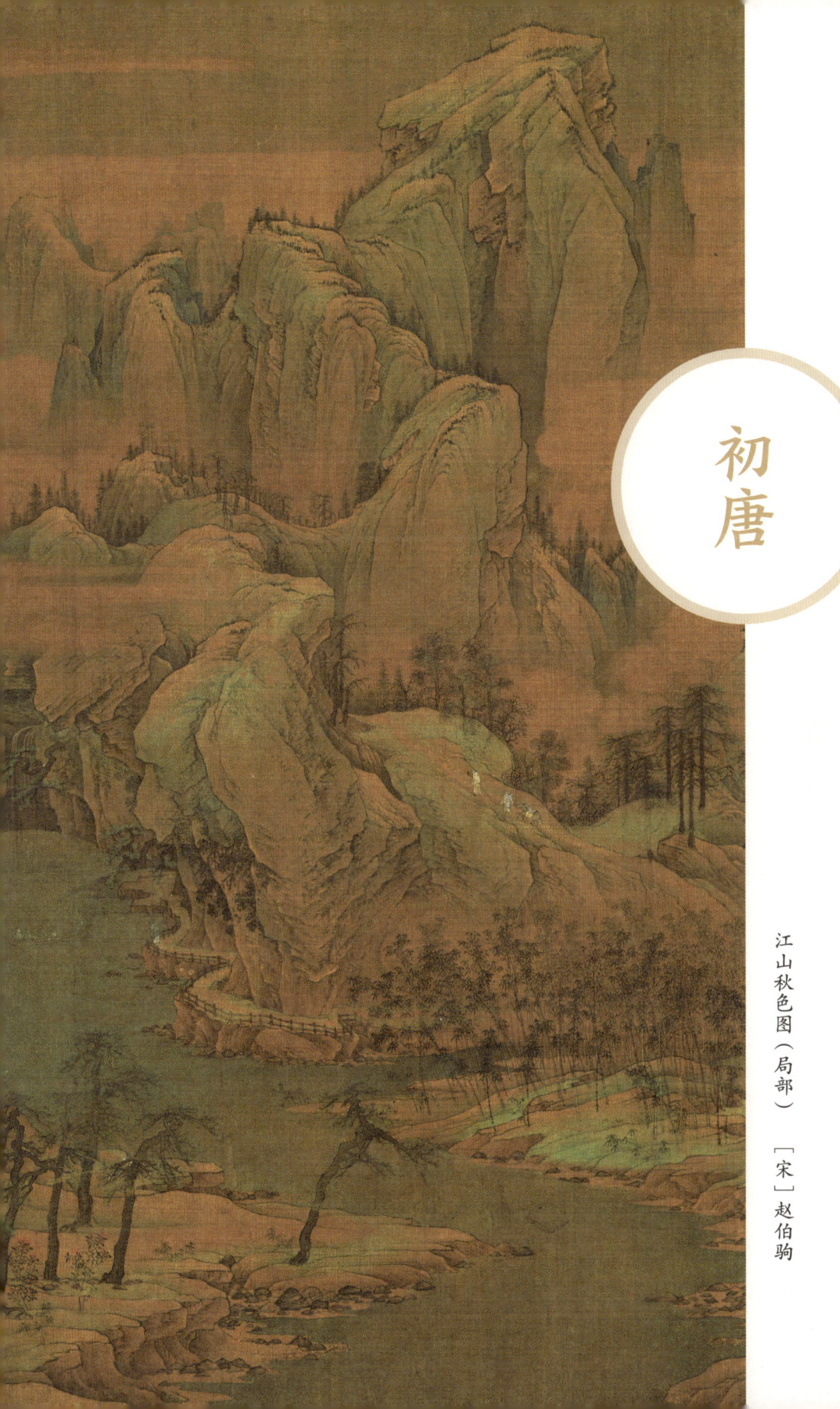

初唐

江山秋色图（局部） ［宋］赵伯驹

野望

◎ 一幅秋野晚景图，于萧然沉寂的暮秋风光中瞥见诗人的惆怅、落寞。

王　绩

东皋[1]薄暮望，徙倚[2]欲何依。
树树皆秋色，山山唯落晖。
牧人驱犊返，猎马带禽归。
相顾无相识，长歌怀采薇[3]。

注释

1. 东皋：诗人辞官隐居的地方。
2. 徙倚：徘徊，来回走动。
3. 采薇：薇，一种植物。据《史记·伯夷列传》记载，周武王灭商后，伯夷、叔齐拒绝与之为伍，隐居于首阳山，采薇而食，遂饿死。"采薇"代指归隐或隐居生活。

沉沉暮色之中，我孤独地徘徊在雾气氤氲的水泽边，让清凉的风和幽黄的阳光作我单薄的衣裳。眺望远处，袅袅炊烟从屋顶缓缓升腾，自山脚徐徐蔓延过山顶，又蔓延至橘红色的夕阳边，最后融入傍晚时分寂美的天空。淡淡的烟火气息随风弥漫，丝丝缕缕侵入肺腑，与我内心的怅惘悄然化作一团，挥之不去。

一只孤单的飞鸟，从高高的天空中飞过，在我的心头划下一道寂寥的印痕。它飞旋着徘徊许久，终于降落在一棵高大挺拔的乔木上，在枝叶茂密处敛起羽翅，准备就此栖息。良禽择木而栖，而我又该去往何处呢？

在远处的山坡上，大片树木高低错落、相互交叠，叶子依然在枝头招摇，只是盛夏时节的葱郁和苍翠，早已被寒凉的秋气借着日月光影的掩护，悄然涂抹上了枯黄的色彩。它们如万千小手掌般，在晚风中哗啦啦作响，像是对命运的诘问。

行走了一天的太阳，困乏地向大地的怀抱里坠去。落日的余晖穿过稀薄的云彩，柔柔地映照在远处的山坳、树林和小径上。群山绵延起伏，辉光无限延展，放眼望去，远处竟全是盛大又静默的夕阳余晖了。

蜿蜒的道路上浮起微茫的烟尘。牧牛人迈着疲惫的步伐，手中甩得响亮的鞭子不时将沉沉暮色抽开一道口子，放几丝残存的阳光进来。时不时地，他也发出一声响亮悠长的吆喝，肚皮滚圆的牛犊像听懂了似的，分散的队形又紧凑了些。

外出狩猎的马，背上驮满了因受伤而噤声的禽鸟。它们或伤痕累累，发出低沉的哀鸣；或已失去鲜活的生命，只留下一副干瘪的皮囊。狩猎人奔波一天，疲惫的脸颊上却浮现出笑意，那是满载而归的得意和即将归家的欣喜。

他们声势浩大地经过我身旁，和我打个照面，见我是陌生的面孔，便又匆匆离去。那种熟悉又陌生、亲近又疏离的感觉，让我像一只迷途而找不见羊群的羔羊，迷茫而彷徨，内心时刻反刍着的"吾谁与归"的感慨，在心底越沉越深。

　　眼前经过的这些农人，每天日出而作、日落而息，日子过得有条不紊。而我，很多时候独自置身高山流水、鸟鸣兽啸之中，以游目骋怀、放纵身心为乐。只是为何每每看到他们怡然自得的生活状态，我却萌生出离群索居、孤苦无依之感？

　　想想真是令人惆怅啊！这样孑然一人放浪山野的日子，何时才是尽头？愁绪难遣，窒郁难解，我不由得想起曾归隐山林、守节而死的伯夷和叔齐，如若他们尚在世间，一定能懂我此刻的烦忧和苦闷。无奈，他们早已离世多年，而我，也只能大声地哼唱起"采薇采薇"，趁着暮色尚未浓重，向我寄宿的山林深处踽踽走去。

于易水[1]送人

◎ 诗人在送别友人之际借古抒怀,倾吐内心的孤愤苦闷,表达了对古代英雄的敬慕和对友人的殷切期许。

骆宾王

此地别燕丹[2],壮士[3]发冲冠[4]。
昔时人已没[5],今日水犹寒。

注释

1. 易水:河流名,源出河北省西部的易县。为战国时燕国南境,荆轲入秦行刺秦王,燕太子丹在此地送别荆轲。
2. 别燕丹:指荆轲作别燕太子丹。
3. 壮士:这里指荆轲、战国卫人及刺客。
4. 发冲冠:冠,帽子。头发直立顶起帽子,形容人极为愤怒。
5. 没:即"殁",死亡的委婉说法。

易水翻动着晶莹雪白的浪花,却寒冷刺骨。它不知疲倦地流动,就像人生的年年岁岁,无声地将无数前尘旧事、功名富贵统统卷走。

朋友,今天我在易水边送你远行,望着瑟瑟寒风中你孤零的

长江万里图(局部) [宋]夏圭

背影，我的眼前闪现出曾经的画面——

那年，荆轲肩负着刺杀秦王的使命，在易水岸边与燕太子丹和众多宾客告别，他怒发冲冠、慷慨激昂，数落秦王的种种罪行，而后高歌着"风萧萧兮易水寒，壮士一去兮不复还"，潇洒离去。众人遥望着他远去的身影，泪眼朦胧，久久不愿离去。苍茫天地间，几只鸿雁掠过，不知何时，它们才能携佳音归来。

荆轲到了秦国，向蒙嘉送礼请托，几经周折才步入秦廷，找到刺杀秦王的机会。他审时度势献上燕国督亢的地图，时刻留意着秦王的一举一动，待地图完全展开，他迅疾抽出藏在地图里的锋利匕首，却未能刺中秦王，反而被秦王的一众士兵当场杀死。

这位时常被后人提及的英雄，就这样将尸骨留在了异国，再也不能跨过易水，回到养育他的故土。荆轲所处的时代早已远去，易水依旧如此冷冽，而今举目四望，冰冷而无情的又何止是易水呢？

朋友啊，今日我们就要分别了，你本是如荆轲一样的豪杰，绝非平庸之辈，希望你此行顺利，一酬壮志。我自遭诬入狱便常怀悲恻，遇赦归来再入官场，心中那团烈火似乎又燃烧起来，只待有朝一日匡扶社稷。只是这一天，到底何时才能到来？

易水萧萧，一股寒意向我袭来，如同一块难融的冰凝在心头。

在狱咏蝉

◎ 这是诗人身陷囹圄的明志之作,借蝉之高洁自喻,抒发哀怨之情,寄寓着诗人平冤昭雪的愿望。

骆宾王

西陆[1]蝉声唱,南冠[2]客思深。
不堪玄鬓[3]影,来对白头吟。
露重飞难进,风多响易沉。
无人信高洁[4],谁为表予心。

注释

1. 西陆:指秋天。
2. 南冠:即楚冠,因楚国位于南方而得名,代指被俘的楚国囚徒,后泛指囚犯或战俘。冠,帽子。
3. 玄鬓:指蝉。古代汉族妇女梳蝉鬓,两鬓薄如蝉翼,故以玄鬓代指蝉。
4. 高洁:高尚纯洁。蝉栖高饮露,古人引之为高洁之士,故诗人借蝉自况。

牢房的西墙外,有数株古槐树。它们枝繁叶盛,苍翠欲滴,在那碧绿的枝叶之间,栖息着无数的蝉。每当秋日的凉意开始积聚，蝉就发出凄切的鸣叫。听着蝉鸣，我的思绪就像滔滔不绝的江水，在这狭小局促的囚牢里流淌四溢。

我曾认真观察过那盛年的蝉，准备起飞的时候，它深黑而轻薄的羽翼微微颤动，而后就能冯虚御风，飞得又高又远。只是如今日渐萧索，它们只能在枝杈间聒噪鸣叫，叫声此起彼伏，十分悲凉，就像颤颤巍巍的老年人发出的呻吟。

身陷囹圄的我，头发已经稀疏花白，身体也一日不如一日，怎奈胸中还憋着一腔意气，无时无刻不在提醒自己：生命还长，要实现报国之志。但这些，狱卒却不懂，仍要我终日面对秋蝉的悲鸣——叫人如何忍受啊！

秋意如若再深一些，露水也会再寒凉几分，鸣蝉的羽翼就会被打湿，纵使振翅也很难飞离那方寸之地了。风声簌簌，越来越紧，寒蝉的鸣泣很容易被万物的声响覆盖。这多么像我的人生境遇，艰险种种，难关重重，背负着太多重担，以至于连声音都快发不出了。

据说蝉只饮清露，从不贪恋，它清廉自守，与品德高尚的君子相比别无二致，而它蜕变之后，更有羽化登仙的美妙身姿。只是自古以来并无几人能理解蝉的高洁。身处逆境的我，如何才能打破困局，蜕变成一只振翅高飞的蝉，去更广阔的天地施展抱负呢？

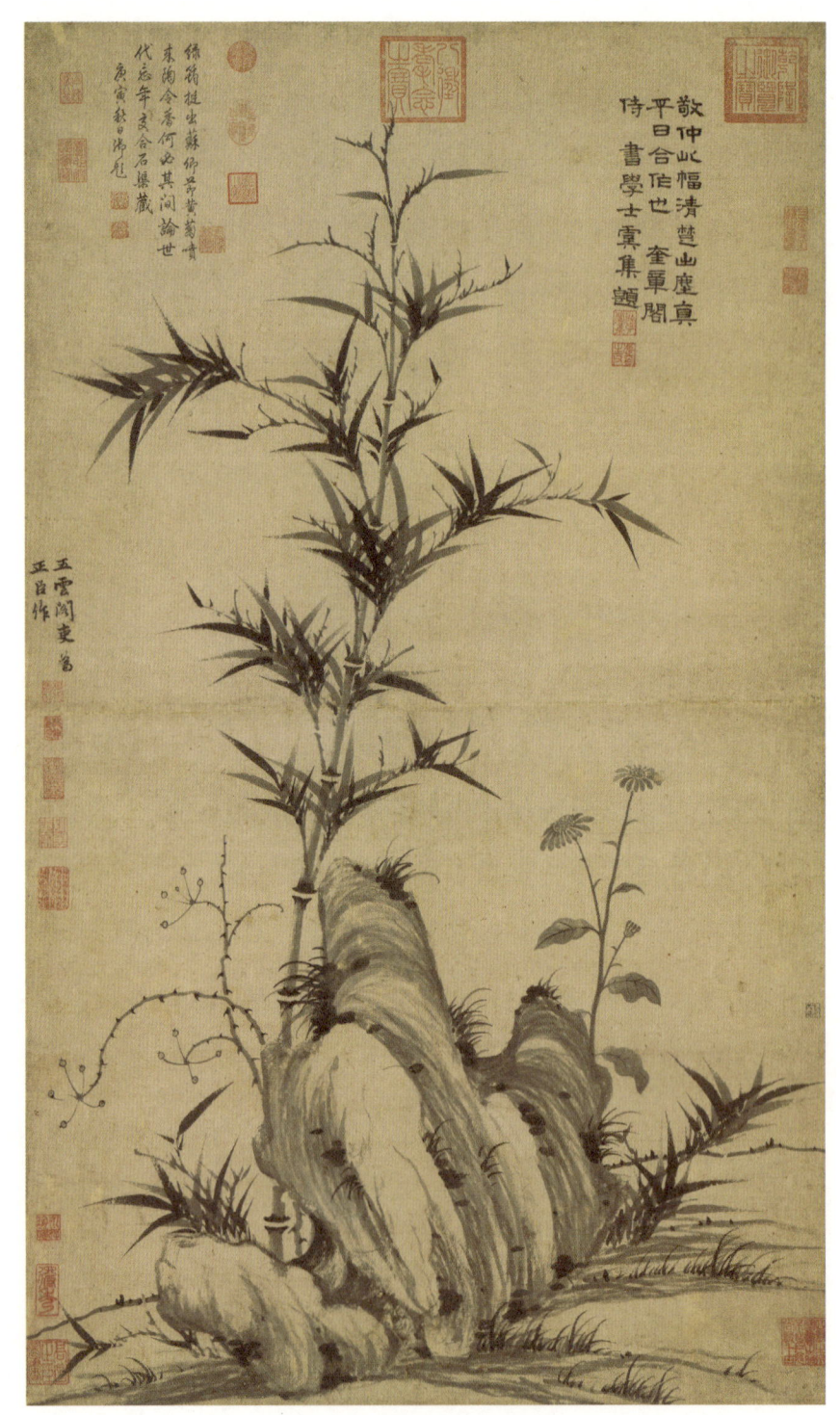

晚香高节图 [元] 柯九思

风

◎ 全诗写风而不见"风"字,借外物形变凸显风之力量,化无形为万般情态。

李 峤

解落[1]三秋[2]叶,能开二月花。
过江千尺浪,入竹万竿斜。

注释
1. 解落:吹落,散落。
2. 三秋:孟秋、仲秋、季秋合称三秋,指秋季。一说农历九月。

我见过秋日黄灿灿的树叶,在明朗的阳光下闪烁着金光。它们原本是不动的,一片片静如处子,后来受到季候的感召,先是轻轻拍了拍手掌,而后相互推搡着,纷纷挣脱高高的枝头,飘向日渐枯黄的草地,飘向凛冽的水域。

我也见过二月的花,原本只是被花托裹藏着的小花苞,却在某个明媚的清晨,从枝叶的缝隙里窥探着外界的动静,倏忽张开了红艳艳的花瓣,露出了明黄的花蕊,引来早春的蜂蝶,在它的身侧流连飞舞,久久不肯离去。

我还见过，水平如镜的江面上，船只、鸥鸟来回穿梭，起伏的微波让它显得安宁而祥和。却不知为什么，江面开始动荡，浪花一排推着一排向岸边涌来，只短短一阵就取代了先前浮光跃金的柔情，令人唏嘘赞叹。

我更见过，山野中的一片竹林，如剑戟一般直溜溜指向天空，严阵以待。次日再见时，那竹子却统统倾斜向一边，连叶子都纷纷向主干看齐。

人们见多了世间万物的种种姿态，把这种双眼不可领略，手指不可触及，却又能闭上眼睛用心感受，能令秋叶、红花、江水和竹林悄然变幻的东西，叫作风。我对它知之甚少，但细观万物，又似乎对它熟稔无比。

那一刻，我忽然觉得自己是一位哲人。而我的师父，是风。

风雨归舟图 [明] 戴进

山中

◎ 通过描绘山中萧瑟秋景,表达了游子久居他乡而不得归的凄楚悲凉,思乡愁绪溢于言表。

王 勃

长江悲已滞[1],万里[2]念将归。

况属[3]高风[4]晚,山山黄叶飞。

注释
1. 滞:客旅滞留。
2. 万里:形容归程遥远。
3. 况属:何况是。属,适逢,恰好遇到。
4. 高风:即秋风。一说山上吹来的风。

鸥鸟唧啾,在水面上低回了几圈,掠过夕阳下的远山,倏忽不见了墨点一样的踪迹。艄公的号子悠悠地响了几声,船只默契地聚拢过来,而后,艄公讨论着一天的收获,朝不远处炊烟升腾的村庄驶去。

一只只船驶过,船尾漾起层层涟漪,那细小的波纹倏忽显现,很快就被几近凝滞的长江抚平。面前连天接地的一泓江水,似是陷入了沉沉的悲伤,再也没有惯常的汹涌澎湃,只在傍晚的浓重暮色里，沿着夕阳走过的路，留下一道孤独的暗红。

百川东到海，大海是长江家一般的归宿，最终也会温柔地拥它入怀。面对眼前情景，离家万里、滞留他乡的我，心中蓦然升腾起归家无计的怅惘与哀愁，内心深切的思念更是无以言说。

细细想来，离开故土已经好些时日，却因诸多杂务，阻碍了归家的脚步。茫茫天地间，只有那永远的故乡能承载我的万千愁绪；也只有家人的朝夕相伴，才能驱散我仕途不顺时的苦闷。

何况离开了繁华热闹的京都，在偏远的蜀地滞留，气候风物、风俗习惯、人情世故都与先前迥然，我的身心时常感到不适，那种匆匆逃离此地的念头就愈加强烈，不可遏制。

此刻，秋日徐徐走下山坡，百鸟归巢，不见了人们忙碌奔走的身影。举目四望，寂静的黄昏里，只有自己孤零零地在异乡踟蹰，在长江边徘徊，面对着这道难以逾越的天堑，久久不愿返回客居之所。

凉风丝丝缕缕地吹来，掠过脸，掠过身，再次吹进心里最柔软的地方，把酝酿已久的乡愁吹得漫天遍地。我的身体不由得微颤，眼角竟有些湿润，而纷乱的思绪，早已像重重深山之上飞舞的黄叶，飘荡着，凋零着，飞出去好远、好远。

秋江待渡图 ［明］仇英

送杜少府之任蜀州

◎ 不同于以往黯然销魂的伤别之作,诗人另辟蹊径,以开阔胸怀抒写离情。气象高旷,在送别诗中一枝独秀。

王 勃

城阙[1]辅三秦[2],风烟望五津[3]。
与君离别意,同是宦游[4]人。
海内存知己,天涯若比邻。
无为[5]在歧路[6],儿女共沾巾。

注释

1. 城阙:即城楼,指唐朝都城长安。
2. 三秦:泛指长安附近的关中之地。古时为秦地,秦亡后,项羽分其地为雍、塞、翟三国,分封给秦国的三位降将,故称三秦。
3. 五津:指古时岷江的五大渡口,分别为白华津、万里津、江首津、涉头津和江南津,泛指川蜀,即杜少府即将宦游之地。
4. 宦游:外出做官。
5. 无为:无须,不必。
6. 歧路:岔路。古人送行常在岔路口分别,因而临别也称为"临歧"。

十八里长亭短亭相伴着走过，杜少府，我们终究还是到了分别的岔路口。苍翠的柳枝在风中轻轻飘荡，惊动了心头的离愁别绪。原本沉寂的惆怅蔓延开来，像被风扬起的浮尘，无可追寻，心下却看得真切。

身后，广袤无垠的三秦大地护卫着巍巍长安城，浑圆的落日垂下一帘金色的帷幕，烘出一座城池的厚重和静默。城内的繁华热闹日渐弥远，步入寥落的野外，我忍不住一次次回过头，所见只有宫阙依稀可辨的轮廓。

抬眼望，风烟弥漫，前路茫茫，隐隐的山脉和曲折的道路横亘在眼前，更让人不知所措。蜀地的风物不再只是远方旅人的想象，岷江飘逸如绸带，沿岸分布的五个渡口正遥遥地向旅人招手。

这一刻，你看到的，定然是和我所见相同的风景；心中暗涌，却又无法言说的，也必然是对故土亲友的不舍。离别的淡淡愁思，像一团柔软又圆润的茧，轻轻地包裹住我们的心，让我们不愿再提及渺茫的前途。

只因为，身后的长安城曾是你我一起做官的地方。作为志同道合的兄弟，我们多少次把酒言欢、倾诉衷肠，交托生活中的欢乐与悲伤；又多少次扶持互助，为心中理想拼尽全力？如今回想起来，那一帧帧画面仍历历在目，令人无比怀念。

而今我们同样仕途受挫，饱受摧折，这相似的经历让我们更加珍惜彼此。人生中的知己难得一遇，我们能如此理解对方，何

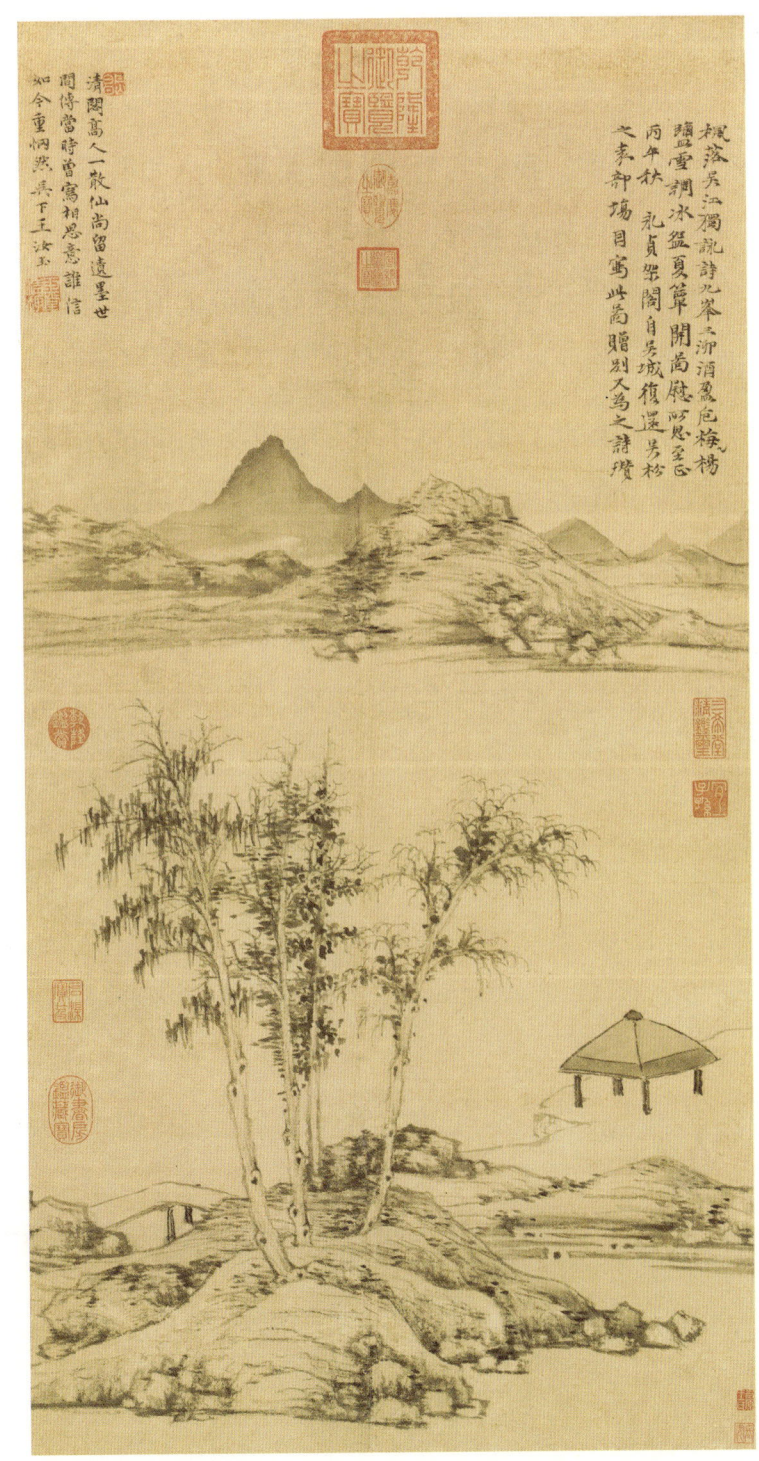

枫落吴江独讽诗，九峰三泖酒盈卮。梅檐蹉跎调冰盌，夏簟开窗鹰防趸。丙年秋，永贞梁阁自吴城复过吴松，出秦卿塲目写此，为赠别人为之诗赞。

清閟高人一散仙，尚留遗墨在人间。閒倚当时曾写相思意，谁信如今重怅然。吴下王汝玉

枫落吴江图　［元］倪瓒

其有幸！

　　从今以后你我就要天各一方，不知何时才能重逢。但那又有什么关系？我们的情谊如此深厚，坚如磐石，纵使疾风骤雨、恶浪滔天也无法湮灭；我们心意相通，即使距离再远，也不能阻挡我们相知相惜。只要我们在分别后依旧牵挂彼此，珍惜这份情谊，就仍像比邻而居一样亲近。

　　既然如此，我们就不要伫立在分别的岔路口，望着彼此失落的眼神，无数次地欲言又止。让哀伤随风逝去，愿风携着我对你的祝福伴你前行。莫像一般小儿女那样泪眼相送了，且去吧，我的好兄弟，一切尽在不言中。我高举的右手，这一刻送走你，下一次见面定会将你的手握得更紧。

从军行[1]

◎ 这是一首边塞诗,通过描绘书生渴望投笔从戎、出征边境的心理活动,抒发了将士保家卫国的豪情壮志。

——杨 炯

烽火照西京[2],心中自不平。

牙璋[3]辞凤阙[4],铁骑绕龙城[5]。

雪暗凋旗画,风多杂鼓声。

宁为百夫长[6],胜作一书生。

注释

1. 从军行:乐府《相和歌辞·平调曲》旧题,多反映军旅艰辛。
2. 西京:指长安。
3. 牙璋:古代用于调兵遣将的兵符,分为凹凸两块,帝王和主帅各执一块。
4. 凤阙:指皇宫。
5. 龙城:汉时匈奴的居住地,这里指塞外的敌军据点。
6. 百夫长:古代军职,即指挥百人队伍的下级军官。

朔风"呼呼"地吹刮着,像万千久困的猛兽在不远处的山洼里低鸣嘶吼。纷纷扬扬的雪花席卷大地，一层一层的冷气随风雪落在身上，将士心头的热血却不减分毫。

远处的烽火台上，熊熊狼烟升上暗沉的天空，被风吹得四下飘散。那气味涌入人的鼻腔，避之不及。被这样的气味长久笼罩，昔日热闹非凡的长安城也陷入了沉寂。

将士们久久肃立，抬头凝望那烟尘，脸被利刃般的寒风吹打得生疼。那疼，像极了敌军飞扬跋扈的嘲讽，如巴掌一般狠狠地打在脸上；更像敌人手中的长矛尖刀划破同胞身体留下的深深伤痕，殷红的血液汩汩渗出。将士心中的激愤、憎恨积聚起来，成为燎原之火，势不可当。

军民齐心，其利断金。很快，骁勇善战的大将军跨上剽悍的战马，手握兵符振臂一呼，整齐的行伍便喊着响彻天地的口号，辞别了熟稔的长安城，快马加鞭赶赴前线。

经过艰苦跋涉，将士们终于抵达敌营。大将军一声令下，众战士迅速行动起来，转眼间将敌营围得水泄不通。他们身体挺直，目光坚毅，呼吸之间全是燃烧的仇恨。

很快，鼓角争鸣声、摇旗呐喊声、战马嘶鸣声、长矛刺盾声、示威怒吼声、哭天喊地声相互交织着，又被风吹得到处都是。服色不同的双方将士激烈交战，纵使鲜血染红了战袍，也要拼尽最后一丝力气，将长矛刺向敌人的身体……

战斗进入白热化。双耳，已经被震天动地的各种声响所损伤；双眼，也已经不辨其他，只有可憎可恶的敌人清晰无比。

上林图（局部） ［明］（传）仇英

世界早已陷入混沌，只见天色晦暗，大雪纷飞，飘扬的军旗已经褪去鲜艳的色彩。遍体鳞伤的鼓手，仍竭力将鼓槌狠狠敲向鼓面……

国难当头，生灵涂炭，为了保家卫国，我们的将士和敌军以死相抗，是多么令人钦佩！我这个手无缚鸡之力的文弱书生，怎能不被这样悲壮的场面所震撼？我甘愿投身行伍，哪怕是做个小小的军官，也能在千钧一发之际与万千同胞共赴生死，如烈火燎原般冲入敌军，奋力挥矛，将那可憎的敌人刺落马下。哪怕我不幸被敌军刺中也在所不惜，因为我，将鲜红的血留在了生我、育我的大地上，为国家安宁、百姓无恙拼尽了全力。

夏日过[1]郑七山斋[2]

◎ 一幅夏日山居图,描绘山斋幽静的光景,郑七隐居于此足见其志趣高洁,令诗人心向往之。

杜审言

共有樽[3]中好,言[4]寻谷口[5]来。
薜萝[6]山径入,荷芰[7]水亭开。
日气[8]含残雨,云阴送晚雷。
洛阳钟鼓[9]至,车马系迟回。

注释

1. 过:拜访。
2. 山斋:山间屋舍。
3. 樽:古代的盛酒器具。
4. 言:句首助词,补足音节,无实义。
5. 谷口:西汉县名,位于今陕西礼泉一带。据皇甫谧《高士传》记载,汉代隐士郑朴隐居于谷口,"修道静默,世服其清高"。故杜审言以之喻友,以谷口借指友人山斋,盛赞其志。
6. 薜萝:即薜荔和女萝,皆为野生植物,常攀附于山野林木。后世以此借指隐士的服饰。

7.芰：菱角的古称。菱有两角，芰有四角。屈原《离骚》："制芰荷以为衣兮，集芙蓉以为裳。"后以芰荷借指隐士的服饰。

8.日气：日光散发的热气。

9.钟鼓：古代每到傍晚便击鼓撞钟以报时。这里指临近日暮时分。

酒，晶莹剔透，醇香扑鼻，举起酒杯徐徐饮下，只觉入口柔滑，回味无穷，前尘往事皆可抛之脑后。如果再伴个知己，相对而坐，一边浅斟慢酌，一边高谈阔论，那更是世间无上美事了！

而郑七，你和我一样，都是喜欢美酒的人。所以我不顾雨后道路泥泞，舟车劳顿，带着清冽的美酒，一路循着你的住所而来，与你共消这悠长炎热的夏日。

在幽静清丽的谷口，无数的薜荔和女萝拖着长长的枝蔓，给高大的树木披上苍翠的衣装。顺着蜿蜒的小径不断向前，连心境也变得澄净透亮。你终日穿行在这苍翠欲滴的幽境中，一颗心早已似明镜台般纤尘不染了吧？

走着走着，眼前豁然开朗，只见一池碧水荡清波，池中荷花亭亭玉立，与荷叶交相辉映，风姿绰约。那风度和韵致，让我想起观音座下纯洁的莲，而你便是那观音，用一颗洁净之心去呵护、滋养，才使得它们出尘脱俗。

恰巧，你就在碧荷的不远处，背着双手，若有所思地信步。

夏山高隐图 [元] 王蒙

似乎是预感到我要来，你蓦然转身，便迎上我匆匆的步伐。我们疾走相迎，两手紧握，满心的期待和欣喜瞬间化作爽朗笑声，响彻青山碧水，久久回荡着。

相对而坐，鬓边清风送来阵阵鸟鸣，杯中清酒浮动圈圈绿蚁，我们一边举杯对饮，一边漫谈山林趣事。我们的灵魂在这一时刻交汇，发出悦耳动听的清音，纵使俗世浮沉多歧路，此刻也都不过是身外事。

蜜糖一样的阳光穿过茂密的枝叶，将我们笼罩在斑驳光影里。林外蒸腾的暑气里，仍旧残留着细小的雨滴。我们相谈甚欢，意犹未尽，时间变得舒缓又仓促，似是世上千年，又如山中一瞬，天光已逐渐昏暗，密布的阴云里传来了轰轰的雷声。

抬头看，大雨就要再次飘落下来；洛阳城中钟鼓楼上的鼓声，也隐隐传入耳朵。我和你却迟迟没有起身，不愿去理会那日暮思归的老马，继续对酒高谈，任凡尘俗事在身后蛰伏，理想和灵魂在绿叶繁花间起舞。

天上那酝酿了许久的雨，也许很快就会落下，打翻七月的水谷，如醍醐一般浇灌天地万物。这样的酣畅淋漓，这样的恣意无羁，不就是真正的快意人生吗？

代悲白头翁（节选）

◎ 这是一首拟古乐府诗，写红颜女子见落花纷飞而感伤自怜，抒发了诗人对韶光易逝、世事无常的感慨与无奈。

刘希夷

洛阳城东桃李花，飞来飞去落谁家？
洛阳女儿惜颜色，坐见[1]落花长叹息。
今年花落颜色改，明年花开复谁在？
已见松柏摧为薪[2]，更闻桑田变成海[3]。
古人无复洛城东，今人还对落花风。
年年岁岁花相似，岁岁年年人不同。

注释

1. 坐见：一作行逢。
2. 松柏摧为薪：松柏被砍伐成柴薪。出自《古诗十九首》："古墓犁为田，松柏摧为薪。"
3. 桑田变成海：指世事变化很大。

　　春的讯息来得悄然无声又无比盛大。眨眼间，桃花、李花就在洛阳城东开得熙熙攘攘，远远望去，像一团团粉白的轻云在枝头上小憩，甚是美丽绚烂。

城中百姓纷纷出门赏花，大路上、小径旁，一时间摩肩接踵，好不热闹。一个衣衫单薄、身形玲珑的少女，独自在人群中穿梭，天真无邪的模样格外引人注目。她仰望那蜂蝶追逐的春色，娇艳的面颊上也飞出两片薄薄的红霞，柔情似水。

人如花，花似人，两两相望，美不胜收。用动情的双眸将这一画面定格，从此留存在记忆中，永不褪色。

却不想一阵疾风吹来，粉的、白的、红的花瓣纷纷飞离枝头，漫天蹁跹。那些花儿随着风，在空中高低起伏，命不由己，纷纷落入道旁院落、阡陌田地或泥淖沟渠之中。适才久久凝望的那一朵，更不知飘落在何处。

匆匆寻觅时，却蓦然想到自己，不觉怅然驻足。正是如花似玉的年龄，可青春如同花期一般短暂，自己也像这盛放的花朵一样，终有一天会飘零而不知所终吧？

如今，她在这里独自游荡，看桃花、李花在一季的绚烂之后，渐渐失去色泽，枯萎凋零。明年春天，这些花儿还会盛开成绯色的云霞，可当初那些为桃李的盛放而欣喜，又为它们的凋零而伤怀的人，却早已老去，青春不再，甚至连身影也寻觅不得。

被这人世淘洗了若干年，早已知晓岁月是把无情的刀，将原本俊秀挺拔的松柏轻易摧残，变成农家做饭取暖的柴薪；也不是没有听说过，时光深处藏了一双翻云覆雨的手，反掌间便将一碧万顷的桑田变成了汪洋大海。渺小如草芥的人们，又如何躲得过岁月的风霜雨雪呢？

班姬团扇图 [明] 唐寅

每一年的洛阳城东，桃花、李花都会带着旧模样，如约盛开，一年繁盛似一年，一年美好胜一年。可浮生若梦，人在时光的河流里只留下匆匆的一瞥，那些看花的旧人早已不见了身影，如今站在花下的人很快也会老去。

　　花落花常开，而有些人，有些时光，一旦错过就不复存在。

渡汉江 [1]

◎ 这是贬谪遐荒的诗人在逃归途中所作的抒情诗,表现了诗人思乡情切、近乡忧惧的矛盾心理。

宋之问

岭外[2]音书断,经冬复历春。

近乡情更怯,不敢问来人。

注释

1. 汉江:即汉水。长江最长的支流,发源于陕西,经湖北汇入长江。
2. 岭外:即岭南,我国南方五岭以南地区的统称。地处蛮荒,唐代罪臣常被流放至此。

源源不绝的汉江水,自天地混沌之时,就不舍昼夜地流向长江宽厚博大的怀抱。大抵只有那里,能安抚它奔涌不息的灵魂。

此刻,我独自站在船头,眺望着水波浩荡的江面,任清风拂过斑白的鬓发。被风霜侵蚀而日渐苍老的面容下,丝丝缕缕的乡愁像天空中无根的云彩,来回飘荡。

贬谪到岭南之后,我再也没能与家人通信。妻子是否每天仍起早贪黑,为照顾一家老小而日渐憔悴?牙牙学语的小儿,如今应该已经学会走路，能说几句简单的话了吧？母亲的身体想必也佝偻得如一张弯弓了。而身在异乡的我，却只能数着天际的大雁，用目光追随它们结队北归的踪影，将我对归家的期盼一遍遍诉说给它们听。

夜晚难以入眠，我只好把心底的祈愿和愁思，一次次倾进面前的浊酒中，对着寂静夜空里一弯清冷的月，一饮而尽。当身体和灵魂在醉意中沉潜，那无尽的思念才得以停歇。

如今，凛冬终于过去，暖春已然到来。当我离开岭南那个令人伤怀之地，乘船驶向故乡时，过往的所有愁闷都将化作一缕青烟，随着汉江上的雾气散尽。在心灵的原野上，明晃晃的阳光洒下来，灿烂又温暖，愉悦之情如同水面跃动的粼粼波光。熟悉的和风迎面吹来，带着家乡蒸糕的香甜气味，闭上双眼轻轻嗅闻，仿佛已经在家乡院子里与家人围坐了。

只是走着走着，我的心头却生出一丝胆怯，是因为离家更近了吗？回家，可是我在过去无数窘迫难耐的日子里，最心心念念的事情！在蛮荒的异乡，我忍受湿热的天气，努力适应当地的饮食，学习当地的方言，不就是为了能早日回到生我、养我的地方吗？可为何在这一刻，我的心却犹疑了？

身旁有无数同渡汉江的老乡，那熟稔的乡音在我耳边萦绕，亲切的面容在我面前涌现，我的神思却再一次飞到家里。不知母亲是否还记得我的乳名，小儿还认不认得我这个父亲，妻子见了我会不会喜极而泣。我多么想跟父老乡亲打声招呼，闲聊几句，疏解这万般复杂的心绪，酝酿许久的问话到了嘴边，却一次次咽了回去。

不知船下的汉江历经曲折，终于拥抱长江的时候，是否也曾同我一样怅惘？

长江万里图（局部）　［宋］夏圭

题大庾岭¹北驿²

◎ 通过描绘诗人流放途中的所见所想，以情入景，情景交融，抒发了诗人官场失意的痛苦和思怀故土的悲愁。

——宋之问

阳月³南飞雁，传闻至此回。

我行殊⁴未已，何日复归来。

江静潮初落，林昏瘴⁵不开。

明朝望乡处，应见陇头梅⁶。

注释

1. 大庾岭：南方五岭之一，位于江西和广东交界处。
2. 北驿：大庾岭以北的驿站。
3. 阳月：阴历十月。古人以大庾岭为南北分界线，传言阴历十月北雁南归至此，不再过岭。
4. 殊：还。
5. 瘴：旧指南方湿热气候蒸郁而成的山林毒气。
6. 陇头梅：南方气候湿润，大庾岭多梅花，十月即见，旧时红白梅夹道，故有梅岭之称。陇头，即岭头。

结队的大雁啼叫着飞过头顶，一会儿排成"一"字，一会儿排成"人"字,最终化作几点淡影,消失在斜阳余晖里。

我拄着手杖,在半山腰倚着山石喘息,仰望高耸入云的大庾岭,只见草木繁茂,溪瀑跌落。傍晚的阳光照耀在对面的山峦上,光影珊珊,楚楚可爱。我行走在山阴处,一片巨大的暗影笼罩了半个山谷。

无限的风光尽在此,无尽的危险也在此。

据说,在阴历十月,一只只机敏的大雁就会结伴迁徙至此,在山石之间、密林之中栖息逗留。直到天气煦暖,它们又结队回到北方,回到它们无比熟悉的家园。

流放至今,我已跋涉了许多时日,其间攀山越岭几度遇险,几近断炊,如此折磨却只是个开始。不知何时,我才能再次翻越这道界线回到家乡去。

想到这里,我忽然羡慕起刚刚掠过的那十几只南飞雁。

极目远眺,一江潮水已收敛起白日的汹涌澎湃,此时泛着鱼鳞般的涟漪,如处子一般安宁静默。身旁林木森然,黄昏降临之后,逐渐被四处弥散的瘴气笼罩。凉意开始一点点入侵肌肤,那蚀骨般的孤独,让我的心也变得潮湿、晦暗。

这一夜,又将在凄风苦雨中度过。我不怕这里烟雾弥漫、鸟兽啼鸣,也无惧这里森罗万象、百鬼夜行,只怕无法安眠,在意识异常清醒时,想起曾经共事的同僚,想起朝夕相伴的家人,想到老屋门前那片琼堆玉砌的梅花。

但不管怎样,熬过这漆黑难眠的夜晚,明天天一亮,我一

重叠来隧相吞吐方
诸顷月信必赴荥江
射潮、性岩銀清
有进无迴顾涧泂宵
窜移神霄雨来峰
顶渤亭援世人未行
知其坡印是咸連
迴师象
乙亥春御题

江潮图 ［清］张宗苍

定要攀上这里最高的山顶，向北眺望我的故乡。如果恰逢天朗气清，万里无云，我一定能够看到家乡山坡上那一树树梅花，正开得肆意而繁盛。

我的心也将有所依附，有所寄托，在不可预测的来日，我的梦里至少还会有一树一树的梅花，盛放在记忆的陇头，开得绚烂，开得深情！

古意呈补阙乔知之

◎ 原名《独不见》，取自乐府旧题。本诗以景衬情，用哀婉缠绵的笔触抒写了少妇思念征夫、夜不能寐的孤独愁苦。灵思巧构，余韵悠长，备受后世推崇。

沈佺期

卢家少妇[1]郁金堂[2]，海燕双栖玳瑁[3]梁。
九月寒砧[4]催木叶，十年征戍忆辽阳[5]。
白狼河[6]北音书断，丹凤城南秋夜长。
谁谓[7]含愁独不见，更教[8]明月照流黄[9]。

注释

1. 卢家少妇：名莫愁，梁武帝萧衍诗作《河中之水歌》中的人物。后泛指少妇。
2. 郁金堂：郁金是一种香料，涂于壁上可令满室芬芳。堂，一作香。出自萧衍《河中之水歌》："十五嫁为卢家妇，十六生儿字阿侯。卢家兰室桂为梁，中有郁金苏合香。"
3. 玳瑁：一种海龟，龟甲黄褐相间极为美观，古人常用作装饰品。
4. 寒砧：捣衣声。为赶制寒衣，古时妇女多于秋夜捣衣，故以捣衣声寄托思妇怀远之情。砧，捣衣用的垫石。

5.辽阳：位于今辽宁省境内，当时是边防要地。

6.白狼河：即今辽宁省境内的大凌河。

7.谁谓：谓，一作为，即"为谁"。

8.教（jiāo）：使。

9.流黄：淡黄色帷帐。

郁金和泥砌成的墙壁，年深日久，散发出芬芳气息。卢家的少妇微微翕动鼻翼，在淡淡香风中迈动莲步，跨出屋门。斜倚在高高的门框上，仰头看见南国飞来的燕子，正在梁上叽叽喳喳，双宿双飞，好不亲昵热闹。

见此情景，她轻轻叹息一声，眉间陡然增了几分愁色。眼下已是九月，枯黄的落叶受了季节感召，殉情般簌簌扑向地面。院门外，溪水越发冰冷，留守的妇女捣捶着衣物，轻声探问征人的音信。木槌的敲打声一下又一下，打在坚硬的石上，也敲在柔软的心上。

细细数来，自己目送丈夫去辽河征战，至今已经整整十年。十年前，她正值豆蔻年华，一双瞳人剪秋水；而他少年意气，眉宇之间尽显豪杰气概。他们在众人见证下叩拜天地，约定厮守终生。

没承想，边疆战事告急，烽火台上狼烟四起，丈夫随即应召戍边。她紧紧咬着绛红的唇，泪落连珠，和心爱的丈夫作别。尔后便是天各一方，她不知丈夫是否饱食暖衣，丈夫不知她每日独坐窗前，一针一线穿引着寂寞和无趣，将难熬的漫长岁月缝制成一方绣帕、一对蜂蝶，心底却沉寂如同枯井。

白狼河距离长安何止万里，家书难寄，音讯杳无，丈夫吉凶未卜。一颗心日日忐忑，为丈夫的安危思虑，那些凄迷的心绪却始终无处投递。

繁华的长安城，亭台楼阁林立，人群熙攘，没有丈夫相伴，一切热闹都似雾里看花。纵使闲了，她也无心闲逛——在这座盛大富庶的都城，自己形单影只、失魂落魄的模样，实是把最不堪的伤口揭开了让人看。

漫漫长夜，她轻轻拢上门，卷下珠帘，将外界的纷扰统统隔绝，索性躲在这方寸天地，让如水的寂寞漫过自己的呼吸。倾听着更漏的一声声幽咽，面对着那一盏摇曳流泪的花烛，坐卧行止都万般不适。终夜翻覆，缕缕相思化作一帘幽梦。

也不时地在庭前徘徊，从北踱到南，又从东挪到西，一步一步，回应远处传来的夜柝声。偶尔倚身窗棂，幽深的夜空中总悬挂着一轮圆月。那月，清冷又孤寂，洒下如水清辉，浸透了床头的轻纱罗帐。

银辉清寒，铺满空落落的床榻，深秋的凉意走遍了全身。真凉啊，自己心中的愁绪和伤感，连那同样可怜的月亮都视若无睹，又何必絮念不休，说与他人呢？

仕女图 [南唐]（传）周文矩

杂诗三首（其三）

◎ 借月抒怀，表现了思妇与征夫异地相思的深情与惆怅。

沈佺期

闻道[1]黄龙戍[2]，频年不解兵[3]。

可怜闺里月，长在汉家[4]营。

少妇今春意，良人昨夜情。

谁能将旗鼓，一为取龙城[5]。

注释

1. 闻道：听说。
2. 黄龙戍：唐代的东北要塞，位于今辽宁开原县西北。
3. 解兵：解除兵器，停战。
4. 汉家：以汉代唐，避免直指。
5. 龙城：匈奴的政治中心，祭祀圣地。这里代指敌军要塞。

听说，那黄龙冈地势险要，易守难攻，兵家常年交战于此，战旗翻滚如云，鼓角声此起彼伏，一时间血流漂杵。但谁也不会想到，如此残酷的战争竟然持续那么多年，既不见一方大获全胜，也不见另一方丢盔弃甲、落荒而逃。

战事胶着，牵动的又岂止是官家的心？

那独守空闺的少妇，一次次怅望门前绵延远去的小道，幻想离家多年的丈夫忽然出现在路的尽头，而后大踏步地奔向家门。苦苦等待多年，内心的挣扎与委屈都化作泪水流走，只留下满面笑容和亲密相拥，她渴求往后安定的日子能够长久一些，再长久一些。

可是那种喜出望外的时刻从未出现过，她只能在夜晚，依稀打捞起梦境的吉光片羽。

她也曾无数次抬头凝望天上的月，思念着音容渐远的心上人，忍不住泪光闪闪。那轮明月，是否也同样照耀着在营地里苦苦煎熬的丈夫？若是如此，那千里之外的征人能否越过月亮看清少妇眼中的流波和无法诉说的深情？

月亮深深拓印在少妇心中，像一个泛黄的印戳，分明不似当初相依相偎、你侬我侬时那般莹润、皎洁。当时的月亮，应该早已追随丈夫戍边征战的脚步，守在边防前线了。

而今冬去春来，庭院里、巷陌边，姹紫嫣红开遍，一派欣欣然、活泼泼的景象。少妇独自在院中徘徊，看见梁上燕呢喃，花间蝶共舞，不觉又生出几分怅惘，可叹自己数年青春空虚掷，昔日红颜随风逝。

倚坐花亭，微微合上眼，疏影横斜，花香袭人，有生以来最为浓情的画面再次浮现在眼前：烛影摇红，鸳鸯帐暖，两人相对而坐，眼波流转，全是柔情蜜意……一切历历在目，铭心刻骨，仿佛还在昨日。

唐人诗意图 [明] 仇珠

独守空闺、孤灯无眠的少妇，只是万千平民的缩影。那些流离失所、食不果腹、衣不蔽体的难民，在水深火热之中又是如何煎熬？如若苍天有眼，就让军中出现一个智谋过人、骁勇善战的将军，让他率领着勇猛的士兵，像尖刀一样直刺敌军的要害，一举拿下黄龙城吧！唯有如此，那些战士才能和家人团聚，那些少妇也才能从多年思而不得的凄楚中解脱出来。

登幽州台[1]歌

◎ 诗人登台远眺,发出生不逢时之喟叹,个中悲愤铸成千古悲歌。

陈子昂

前不见古人,后不见来者。

念天地之悠悠,独怆然[2]而涕[3]下。

注释

1. 幽州台:即黄金台,战国时期燕昭王为广纳天下贤士而建。
2. 怆然:悲伤凄恻的样子。
3. 涕:旧时指眼泪。

苍茫天际,厚重的浓云放牧着蒙蒙的雨丝。它们从天空中倾斜着飘落,打湿这无人问津的幽州台。杂草在斑驳的垒土上野蛮生长,气势汹汹,像某种遗存,又像一种祭礼。凌乱的树木随风飘荡,像失了灵魂一样摇摆不定。

这幽州台,曾是战国时期燕昭王为尊师郭隗而建,尽显君主招贤纳士的气度和格局,被世人传为佳话。时至今日,我一直未遇到如燕昭王一样爱才惜才的君王,幽州台也已坍塌成了黄土堆。孑然踟蹰在这废墟之上,无限唏嘘积郁心中,只恨自己生不

云烟揽胜图　[北宋]（传）郭熙

逢时，无法施展抱负。

想当年，燕昭王慧眼识英才，军事家乐毅、阴阳家邹衍、武将剧辛遂名满天下，留下多少圣主贤臣的美谈。穿过历史的烟云，向前朝去寻觅他们俊逸洒脱、指点江山的身影，却早已曲终人散。

再看当下，礼贤下士的君王不知何在，更没有乐毅那样的贤达之士前来投效，将自己的生命作为火种，身体力行延续过往的风尚，让这个国家处在光明和繁荣之中。

而我微如草芥，担任着小小的官职，哪怕胸怀大济苍生之志，也找不到一个励精图治的君王，找不到一个志同道合的同僚，每日兀自空荡着一颗心辗转奔忙，就像那朔风细雨中掠过天际的孤雁，连痕迹都不曾留下。

天大地大，时空无垠，小小的我踽踽独行，因缺少同路之人，时常感觉迷茫，找不到前行的方向，更不知未来还有无机会澡雪精神，将丰满的理想一步步变为触手可及的现实。

念及此，鼻翼一酸，眼眶一热，眼泪自饱经风霜的脸颊上倏然滑下，跌入幽州台干渴的土层，旋即不见踪迹。我不知那是心底的泪，还是天上的雨，但我知道，它承载着一个有志之士壮志难酬的不甘，以及"吾谁与归"的诘问。

盛唐

牧牛读书图 〔明〕佚名

回乡偶书[1]

◎ 运用多重对比和白描手法,抒写诗人久别还乡时的悲喜交加,表达物是人非之感。

贺知章

少小离家老大[2]回,乡音[3]无改鬓毛衰[4]。

儿童相见[5]不相识,笑问客从何处来。

注释

1. 偶书:偶然作诗。
2. 老大:年老。
3. 乡音:家乡的口音。
4. 鬓毛衰(cuī):鬓毛疏落减少。鬓毛,鬓角的头发。
5. 相见:看见我。

距离故乡越近,心情就越复杂。熟悉又陌生的风,吹动一片洁白的云,安静地停留在头顶的天空,似要窥探我满心的喜悦和期待,又像在抚慰我仓皇与不安的内心。

离开故乡时,未经世事的我欢欣鼓舞,清澈眼眸里满是少年意气,言谈举止难掩对未来的向往。父老亲眷伫立在门口目送我,门前的一池碧水也翻动起不舍的波纹,而我笃信,这天下必有一方，是属于我的。

在他乡游荡沉浮了五十多年，曾为稻粱谋，也把浮名换，弹指间，岁月就把一身丰肌清骨化作朽株枯木，将一头青丝变成白发。如今，我拖着苍老的身体和邈远的记忆归来，填满记忆沟回的，仍是儿时光景。

那熟稔的乡音，任光阴流转、人世变迁也难以忘却。嘴唇嗫嚅间，那些俚语俗谚竟像冲破了闸门的流水，汩汩泻出，毫不生涩。只是花白的须发在眼前飘扬，难免显得颓唐，让人不胜唏嘘。

几个调皮的垂髫稚子围住我，一会儿扯我的拐棍，一会儿又捻我的胡须。他们呶呶不休，传入我耳朵里，只剩下只言片语。我拼凑许久，才意识到他们说的，是根本不认识我。我苦涩一笑，不觉悲从中来，两眼酸胀。岁月的风尘，已悄然带走太多。

孩童们依然嬉闹欢腾，在我周围转圈。忽然，一个小孩子想起了什么似的，凑上前来对着我的耳朵，用响亮的声音笑着问："白胡子老爷爷，你究竟是从哪里来的呀？"我竟一时语塞，不知从何说起。

思忖半晌，我拾起纷乱的心绪，絮絮叨叨地说："我也曾和你们一样，无忧无虑地生长在这青山环绕、绿水长流的家园。后来，我像一片长大的叶子，飘去远方的天空，现在飘落到此地，只为寻找浮生的根基。"

咏柳

◎ 这是一首咏物诗,既歌咏嫩柳的风姿,又赞美了"裁剪"万物的春风,比喻新巧,生动地表现出诗人迎春的喜悦之情。

贺知章

碧玉[1]妆[2]成一树[3]高,万条垂下绿丝绦[4]。

不知细叶谁裁[5]出,二月春风似剪刀。

注释

1. 碧玉:用以比喻春天嫩绿青翠的柳叶。
2. 妆:装饰,打扮。
3. 一树:满树。
4. 绦(tāo):用丝线编织成的绳带。这里指像丝带一样的柳条。
5. 裁:剪裁。

暮冬时节,所有的叶子都回到泥土的怀抱,为这一年的贪婪索取默默赔礼。太多日子不见嫩绿的叶子在风中招摇,竟自忘了它们是随季节生长的活物。直至某日出行,迎着煦风暖阳,我赫然发现庭前那棵高大的柳树变得清丽雅致,枝条上缀满了碧玉般玲珑的嫩叶,美丽至极。

四月江南農事興
湿麻漫穀有常
程菜言撬細全
無事一夜繰車
響到明 唐寅畫

山邨水鄉聽吳歌寅
走江南佳勝多不必
搗春好雨栗句看桑
柘晚來迄狹針挿過
青千陌滿襪惟來白
炎寘冷燄七号親樂盧
同予樂豈在人和
就陛內題

江南農事圖 [明] 唐寅

那叶子随着和风，伴着柔长的枝条轻轻地飘舞，远远望去，柳树上好似笼了一层轻薄的绿烟，走近细看，又似千万条绿色的丝带，从枝头高高垂下。目光延展至远处，灞桥之上烟柳如云，弄影摇晴，已悄然为这个不期而至的春天挂上了神秘的帘幕。

只是如此悄无声息，又这般声势浩大的匠心之作，到底是出自谁的奇思妙想，又是怎样绘成的呢？在东风的吹拂下，我仰望着柔美枝条在阳光下翩翩起舞的动人美景，不觉沉入了轻盈如醉的遐思之中。

"啾啾"，一两只从南方飞还的燕子，背上负着早春酥润的雨气，在柳条细缕间穿行，留下绝美的背影。它们黑色的双尾，在二月的春风里正有节奏地一开一合，灵动而迅速，像一把把锋利的剪刀，为春天剪彩。

我幡然醒悟，这美丽温煦的春天，来自催请燕子北归的清风，也来自让寒风不再凛冽的阳光，更来自大自然幻化的力量。

山中留客

◎ 描绘生机盎然、意境清幽的春山光景，劝说友人留下共赏美景，表现了诗人对自然山水的由衷喜爱。

张　旭

山光物态弄春晖[1]，莫[2]为轻阴[3]便拟归[4]。

纵使[5]晴明无雨色，入云[6]深处亦沾衣。

注释

1. 春晖：春光。
2. 莫：不要。
3. 轻阴：些许阴云。
4. 便拟归：就打算回去。
5. 纵使：即使，纵然。
6. 云：指雾气，烟霭。

春日来，春山好。远道而来却不能久留的客人，还请你再多停留一会儿，让我再陪你走一段山路，撷一缕春光共赏。

在和风暖阳的抚慰下，青翠欲滴的新叶笼盖了整座山峦，迎风绽放的山花殷勤地送来阵阵芬芳，花叶丛中百鸟鸣啭，欢唱着春日序曲，奔流不息的淙淙溪水里，藏着快意的撒欢……

鹿鸣嘉宴图 [明] 谢时臣

这一切多么动人，穿行其间，身心沾染的尘埃被满眼新绿涤荡得一干二净，内心光洁如新，宛如明镜。如此难得的机缘和辰光，自然要放在心上，好好珍惜。不要因为担忧远处那片淡淡阴云，就着急赶回家去。

在山林里隐居得久了，我渐渐懂得山中阴晴变化自有其玄妙之处，那些此消彼长的变迁似乎都暗藏着禅机。纵然眼下阳光明媚，丝毫没有下雨的征兆，可深入山中，也会发现不一样的景象。

比如前面那烟笼雾罩的山头，等我们到了那里，定然是空山幽谷，云烟缥缈，露浓花瘦，尘音隔绝，曼妙不可方物。悠然穿行而过，来不及细细探看，细密的水珠不觉已爬上衣襟，越积越多，最后竟像在雨中淋了一场似的。

但是这点牺牲所换来的美景，洗亮了你的眼睛，取悦了你的身心，增添了你的阅历，丰富了你的记忆，让你觉得此行无憾。每每回想起来，你会在心里默念：今后倘若有空，自然还是要去几趟山中的！果真如此，我的心也就满足了。

凉州词[1]

◎ 描写将士们出征前在盛宴上开怀畅饮的场面,表现了将士们置生死于度外的豪迈旷达,盛唐气象尽显其间。

王 翰

葡萄美酒夜光杯[2],欲[3]饮琵琶马上催[4]。

醉卧沙场[5]君[6]莫笑,古来征战几人回?

注释

1. 凉州词:唐乐府曲调名,属《近代曲辞》,是贵族文人为《凉州曲》所填唱词,盛行于世。
2. 夜光杯:名贵酒器,玉石雕琢而成。杯中满酒置于月光下,则熠熠生辉,故得其名。
3. 欲:将要。
4. 催:催人出征。
5. 沙场:平坦空旷的沙地,多指战场。
6. 君:你。

西北的风疯狂地吹,黄沙布满了整个天空,连那轮灼心的红日也失去了热烈的色彩,成为一团无力的白光。荒漠中几座沉寂的古堡,用厚实的夯土墙把白日黄沙隔绝在外,让人一时忘却了

冬日戏婴图 [宋] 佚名

浪迹边地的苦与愁。

酒桌上，甘醇透亮的葡萄美酒盛放在玉石酒杯之中，倒映出边疆将士们慷慨激昂的身影。虽然欢愉短暂易逝，唯有贫瘠与杀戮形影不离，但这一刻，将士们甘愿借助美酒释去心中负累，只管醉生梦死一回，把那屈辱与荣光、孤独与期待统统饮下。

酒一杯接一杯地入了喉咙，催生出一波又一波的情怀，甘醇的液体在滚烫的身体里流动，令人不忍去细想酒外的世界。在酒酣耳热之时，我听到古堡之外琵琶声铿铮响起，繁音促节，催人出征。

回看眼前这些半醉半醒的将士，我不禁朗声笑起来。如此酣态，如果真的执戟挥刀上了战场，纵使身强体健，又有几分胜算？这些视死如归的弟兄们，怕是要因为这一晌贪欢，而跌倒在苍茫的黄沙中。

即使如此，也请从未在刀尖上行走、在血泊中淘洗，将性命交付大漠黄沙的你，切莫随意取笑。边境苦寒，战事频仍，生命向来如草芥一般低贱。试问，自古以来为了保家卫国而出征的战士，真正能够平安返回家乡的，又有几人？

登鹳雀楼[1]

◎ 通过描绘登高所见壮丽景象，揭示朴素哲理，表现了诗人积极进取的人生态度。

王之涣

白日[2]依[3]山尽，黄河入海流。

欲穷[4]千里目，更[5]上一层楼。

注释

1. 鹳（guàn）雀楼：又名鹳鹊楼，旧址在山西蒲州（今永济市）西南，时有鹳雀栖其上，遂得名。
2. 白日：太阳。
3. 依：依靠，挨着。
4. 穷：尽，使达到极点。
5. 更：再。

傍晚时分，我怀着深沉的思绪登上鹳雀楼。向西眺望，一群归鸟正穿越群山之上的云霞和烟尘，划过那一轮失神的落日，与绵延无尽的山峦融为一体。残阳暗淡，像被遗忘的老人，徐徐走下山坡。

穿过峡谷，黄河在旷野上纵横恣肆，每一朵浪花的腾跳都冲击着斗志，每一次跌落都激荡着澎湃的声响。它浩浩荡荡来到我的脚下，又如万马疾驰奔向远方。岸边草树和河中洲屿多情的挽留，它极少理会。那一往无前、誓不回首的归心，必定能将它引向大海的怀抱。

面对苍茫暮色下这波澜壮阔的景象，我再次陷入沉思。远山的那一边，是广袤无垠的草原，还是黄沙漫漫的大漠？黄河入海的地方，除了深邃湛蓝的汪洋，还有怎样瑰丽的景致？眼前胜景虽浩大，却只是天地一隅，到底怎样才能眺望千里之外，饱览万里河山？

世间万象纷乱，浮云遮眼，只有再攀爬几级台阶登上鹳雀楼的顶层，才能看得更加真切。人生边界模糊，即便暂困于此，也应该用更豁达的胸襟、更开阔的格局去展望，驰目骋怀，才不负眼前的绿水青山和数十载的红尘客游。

长江万里图（局部） ［宋］夏圭

次¹北固山²下

◎ 行舟途中看见两岸春意萌动的壮景，触发了诗人内心深处的思乡愁绪。

王　湾

客路³青山外，行舟绿水前。

潮平两岸阔，风正一帆悬。

海日⁴生残夜⁵，江春⁶入旧年。

乡书⁷何处达？归雁⁸洛阳边。

注释

1. 次：旅途中暂作停留。这里指停泊。
2. 北固山：位于今江苏镇江，北临长江，以险峻著称。
3. 客路：旅途。
4. 海日：海上的旭日。
5. 残夜：夜将尽之时。
6. 江春：江南的春天。
7. 乡书：家信。
8. 归雁：北归的大雁。古代民间有鸿雁传书的传说。

弯弯曲曲的山路，自苍翠的北固山盘桓远去，在月色里勾勒出一条淡淡的墨迹。因为要继续奔走他乡，我早早地醒来，驾着一叶斑驳的扁舟,在绿波荡漾的江面上平稳前行,开始一段未知的旅程。

开阔的江水在月光下铺展,溶溶滟滟,淡淡的縠纹如同睡梦中轻柔的呼吸,慢慢推开去。江水像极了一条浅色的缎面丝带,先与远处广阔的原野相接,继而与茫茫的天色相连。霭霭天空里,几颗困倦的星辰似醒未醒,似走非走,倒映在江水中,便多了几分惆怅。

我的小帆船——浩渺江面上唯一的一只,游走在寥廓的苍穹之下,显得愈加小巧轻灵。来自山野川泽的缕缕清风,掠过船头,又拂身而过,却始终温和有礼,毫无怨怼,俨然不同于过往入怀的风。

船行着行着,夜色渐渐化开了。一轮红日,在清冽的江水中濯去旧日的尘埃,从水天相接处探出,冉冉升起。它一点一点地跃升,透过升腾的水汽和薄雾,把新的一天带入这尚未苏醒的辽阔天空。

天光渐渐透亮,岸边的柳枝临水照影,竟然已萌发出嫩绿的新叶,笼成一团团绿烟,点缀在晴滩的水岸边。江南的春已悄无声息地到来,哪怕岁序还在旧年,那破土而出的春意也无可阻挡。

岁序的更替,季节的流转,如江水一般奔流向前,如我逝去的青春一样不可复返,让人心生感慨,乡愁泛滥。前几日,我挑灯书写,将万千思绪倾注到家书中,不知这一刻被驿使送到了哪里？

　　抬头望，曦光中一群大雁正结伴向北迁徙。那比驿使行动还要快的大雁啊，烦请你们为我寄语，在洛阳城边短暂停歇，把我深沉的思念捎给盼我归去的家人。

湖上桃花嶋扁舟信往
還浦中浮乳鴨木秒
出平山 晉昌唐寅

花溪漁隱圖 [明] 唐寅

早寒江上有怀

◎ 诗人漫游长江下游，触景生情，在迷茫之中流露出思乡愁绪。

孟浩然

木[1]落雁南度，北风江上寒。
我家襄水曲[2]，遥隔楚云端[3]。
乡泪客中尽，归帆[4]天际看。
迷津[5]欲有问，平海[6]夕漫漫。

注释

1. 木：树叶。
2. 襄（xiāng）水曲（qū）：襄水，即襄河，汉江流经襄阳得其名。曲，江水曲折转弯处，即河湾。
3. 楚云端：襄阳是春秋时期楚国的发源地，位于长江中游，比之下游地势较高，故称"楚云端"。
4. 归帆：一作孤帆。
5. 迷津：寻找渡口时迷失方向。津，渡口。
6. 平海：古时称江为海，这里指江水平静阔远。

萧萧的北风吹过，负隅顽抗的黄叶终于降服，从高高的树枝上落下，飘散在滩涂边、水泽上。江水失却了往昔的奔涌之势，

李晞古雪江畫作
撥之以唐人筆意
陵而謂李唐畫不減
李且似也
董其昌題

雪江圖 [宋]李唐

变得平和安宁，镜子般的水面上弥漫着一层薄薄的雾气。群雁自高空飞过，叫声里多了几分萧瑟与孤独。

在襄阳汉水边，我的故乡，秋意或许更浓重些？此刻，它应该无声地蜷缩在河湾处的浅滩上，寥落得像被世界遗忘了一般。每当想起它，我便如大雁一般探出脖颈，遥望它的方向。可我是失群的孤雁，只看到天空中云卷云舒。浮云无迹，故乡的云却在脑海中生了根。

我离开妻儿，独自游走他乡，试图寻找另一种生活，却尝遍艰辛和苦涩。那些细碎的琐事像贝壳里的沙粒，一日复一日地磋磨身心。此刻，我独自在浩浩江水边伫立，眺望着天边隐隐可见的船帆，想起远方的亲人，不由得泪眼婆娑。

我欲逃离他乡，奔赴魂牵梦萦的地方，暮色里升腾的风烟却玩起了捉迷藏，让我迷失在寻找渡口的路上。而脚下，一江秋水漫漫无边，任烟霞自地平线席卷而来，如同撕开一道尚未愈合的伤口，瑟瑟颤动着。

望洞庭湖[1]赠张丞相[2]

◎ 这是一首干谒诗,壮阔浩瀚的洞庭湖景观衬托出诗人的从政热情,含蓄地表露出求仕之心,以期张丞相引荐。

孟浩然

八月湖水平,涵虚[3]混太清[4]。

气蒸云梦泽[5],波撼岳阳城[6]。

欲济[7]无舟楫[8],端居[9]耻圣明。

坐观垂钓者,徒有羡鱼情。

注释

1.洞庭湖:位于湖南省境内,中国第二大淡水湖。

2.张丞相:即张九龄,唐开元年间宰相。

3.涵虚:指天空倒映在水中。涵,包容,蕴藏。虚,虚空,高空。

4.混太清:与天相接,融为一体。太清,指天空。

5.云梦泽:水泽名,位于洞庭湖北岸一带。古时云梦泽由江汉平原上数量众多的湖泊组成,范围极广,北以汉水为界,南以长江为限,后大多填淤成陆,退化为沼泽。

6.岳阳城:位于长江中游、洞庭湖东岸。

7.济：渡水。

8.楫：船桨。

9.端居：闲居。

  抵达闻名遐迩的洞庭湖时，已是桂月。站在岸边高处极目远望，雨后的洞庭湖碧波万顷，像是天神遗落在人间的一面古镜。那湖水满满当当，上接云霄，与天空融为一体，海天交辉，如梦如幻。

  浩淼的湖面上水雾蒸腾，白茫茫一片，笼罩着云梦大泽。岳阳城坐落其间，如同莲子里裹藏着的青嫩胚芽，风起浪涌时，便随波浮动。

  云蒸雾绕，久久不散，眼前混沌不明，前路难料。我多么想渡过这千里烟波，去向往已久的都城长安，尽情施展才学。可水面上却没有一只船可载我渡江，助我抵达梦想的彼岸。闲散多年已是无奈，而今恰逢盛世，若无所作为，又怎能不自感羞愧呢？

  湖边有一位闲坐垂钓的老者，是那么悠然自得、气定神闲。我不禁想起了您，身居高位而泰然处之，这世上能有几人？何况张丞相您既有治世之能，亦不乏报国之志，实在令人感佩。可叹我出身低微，不能为您效力，徒有一腔钦羡罢了。

龙舟夺标图 [元] 吴廷晖

过[1]故人庄[2]

◎ 描写田园生活的闲适意趣,表现了诗人与故友的朴拙情谊。

孟浩然

故人具[3]鸡黍[4],邀我至田家。
绿树村边合[5],青山郭[6]外斜。
开轩[7]面场圃[8],把酒话桑麻[9]。
待到重阳日[10],还[11]来就菊花[12]。

注释

1. 过:拜访。
2. 庄:田庄。
3. 具:准备(饭食),置办。
4. 鸡黍:鸡和黄米饭,指农家待客的家常菜肴。
5. 合:环绕。
6. 郭:古代有城郭之制,设双重城墙加强守卫,城是内城的墙,郭是外城的墙。这里指村庄的外墙。
7. 轩:窗户。
8. 场圃:场,打谷场,稻场。圃,菜园。
9. 话桑麻:闲谈农事。桑麻,泛指庄稼。
10. 重阳日:指农历九月初九的重阳节,有登高、赏菊和饮酒等习俗。

11.还（huán）：返，来。

12.就菊花：指饮菊花酒，也有赏菊之意。就，靠近。

秋天丰收的景象，总能给人带来希望。那日在山中偶遇昔日的老朋友，站立在瓜果飘香的风中，谈及一年收成，他如数家珍，意犹未尽，又说家中备好了菜肴，只等我去农庄做客，闲话家常。我欣然应允，便等赴约的这一天了。

穿过青山掩映着的乡间小路，眼前豁然开朗，如同来到世外桃源。只见农家屋舍错落有致，如熟睡的婴儿一般依偎在青山的怀抱里，静谧安详。三两排油亮葱茏的绿树顺着田间用以灌溉的水渠，蜿蜒着钻入两面青峰的交汇处。

袅袅炊烟自屋顶升起，在阳光下散发着银灰色的光泽。家家户户的屋檐下、篱笆上、竹筐里，都晾晒着瓜果蔬菜和成熟的农作物，橙黄橘绿，五彩缤纷，借秋日的晴光换一个丰衣足食的冬天。鸡鸣狗吠之声零星响起，又极快散逸，衬得村庄愈发安宁。

我轻叩老朋友的家门，隔着竹篱向他打招呼，他匆匆忙忙跑出来，喜笑颜开地迎我进屋。一进门，他的妻子仍在忙碌，桌上却已摆好了色香味俱全的家常菜肴。我和老朋友相对而坐，觉得时间都慢了下来。

打开窗户望去，小院外的打麦场上，一堆堆麦垛高高垒起，小孩子在其间来回穿行，不知疲累地玩着捉迷藏的游戏。几只觅食的母鸡，时常被他们惊扰得四散逃窜。而院落周围，是秋天织出的华贵锦缎——大片菊花，在风中摇曳生姿。

我们品着美酒，聊着庄稼收成和农家趣事，只觉秋日恬静悠长，人生丰硕可期。四溢的酒香，熏得秋风也显出醉态，柔柔地伏在人的肩头，不知不觉就拂去了往日的烦忧。

美好的时光总是短暂，我终究还是得回到山中去。走出院门，我频频回首，不忘叮嘱老朋友："到了重阳节，我再来寻你一起观赏秋景和菊花。你只管把拿手的菊花酒酿好了，等我！"

销闲清课图（主客真率） ［明］孙克弘

春晓[1]

◎ 描写春日清晨的盎然美景，寄托诗人的爱春、惜春之情。

孟浩然

春眠不觉晓[2]，处处闻[3]啼鸟。
夜来风雨声，花落知多少。

注释
1. 春晓：春日黎明时分。晓，天刚亮时。
2. 不觉晓：不知不觉天就亮了。
3. 闻：听见。

春日迟迟，空气格外清新，花瓣上晶莹剔透的露珠折射出明净的天空。慵懒的阳光穿过绿树的枝杈，轻手轻脚地沿着窗隙爬进屋内，在墙壁上洒下星星点点的光斑。而我睡得正酣，连春天撞入怀中都未察觉。

抛却红尘俗事，隐居在这鸟鸣嘤嘤、流水潺潺的青峰上，连梦乡也变得纯粹、美好。明知自己在做梦，却不急于醒来——梦里梦外，皆是清幽和自在。

有鸟啼，一两声，似在山间，在溪底，又似在梦泽，在心田，不可明辨。而后百鸟鸣啭，从山间飞到谷底，从溪涧钻进茂

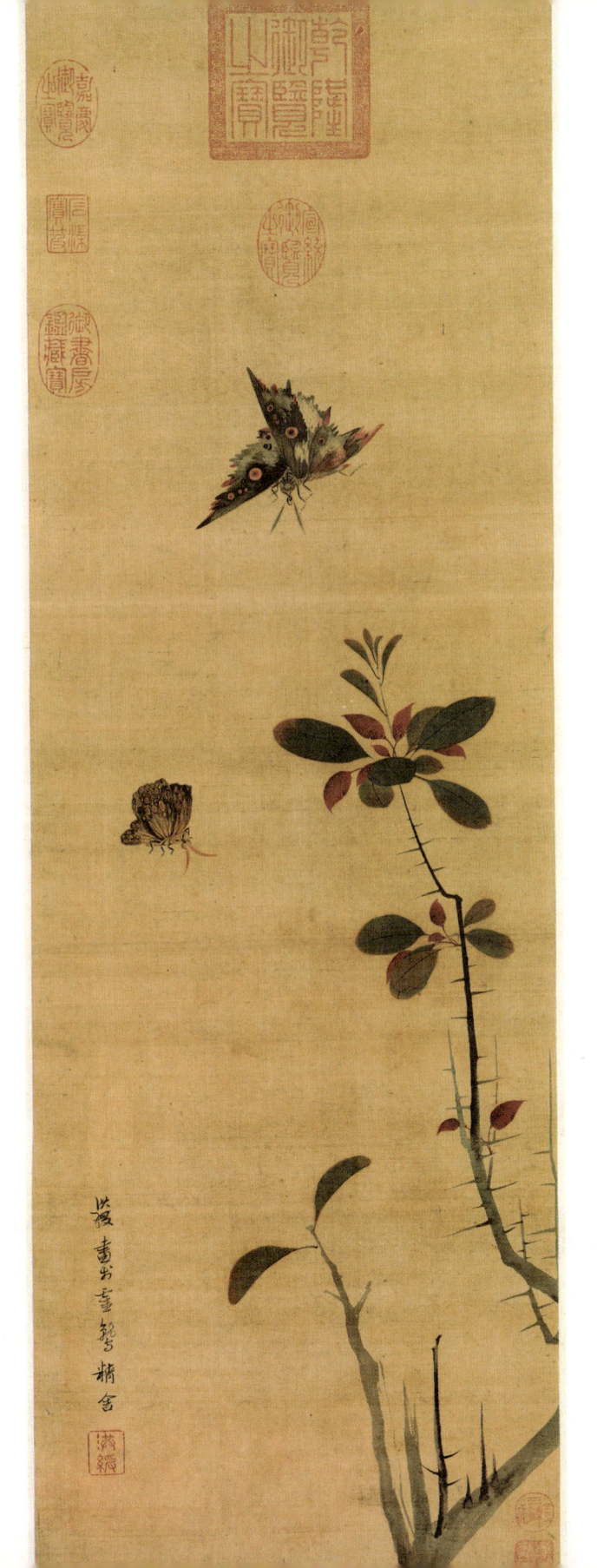

花蝶写生图 [明] 陈洪绶

林，穿透梦境停在了窗前。

　　鸟儿的欢歌已至高潮，有点儿聒噪了。我伸个懒腰，直起身来，惺忪的睡眼被明亮的光线强行撑开。打开窗户，只见枝头上、绿叶间立着无数鸟雀，飞腾着赶赴丽春的第一次邀约。

　　屋外的小溪饮了一夜的春醪，满盈盈的，漫溢出醉态。原来，昨夜那场缠绵的细雨，不仅滋润了我的梦田，还是春天对万物的回馈。

　　梦里，春日枝头繁盛的花朵，在细雨的柔情抚慰里，终于将满腹的心事吐露，不觉间泪流满面。那泪水混着花香坠落，润泽了泥土，生命如此循环，不知梦中有多少花儿凋零？

　　咫尺之隔的窗外不也经历了一夜春雨的洗礼吗？又会有多少花儿零落成泥？我匆匆披上衣衫，冲出门去，我要看看那繁花盛开处，是否已经落红满地，悄然演绎最动人的故事？

长信草[1]

◎ 这首宫怨诗倒因为果,将宫嫔失宠归怨于丛生的荒草,深刻地表现了失宠者内心的幽怨和痛苦。

——崔国辅

长信宫[2]中草,年年愁处生。
故侵[3]珠履[4]迹,不使玉阶[5]行。

注释

1. 长信草:又作《长信宫》《婕妤怨》,属乐府《相和歌辞·楚调曲》。
2. 长信宫:汉宫名,为汉太后居所。汉成帝时,班婕妤自请入长信宫侍奉太后,并创作出《自悼赋》《怨歌行》等诗篇。
3. 侵:侵占,掩盖。
4. 珠履:珠饰之履,缀有珠玉的鞋子。
5. 玉阶:玉石砌成或装饰的台阶,这里指宫殿台阶。

万古长风从遥远的汉代吹来,发出哀怨的叹息,把班婕妤曾经备受荣宠又遭受冷落的故事,点点滴滴吹进人们的耳朵,世世代代口耳相传。

我循着风而来。几百年的时光匆匆而过，只见那长信宫的雕栏玉砌、檐瓦琉璃，都已在岁月的侵蚀中斑驳陆离，当年的莺歌燕舞不复存在。开阔的庭院里，不见宫人来来往往，只有长风寂然地吹着。石板间的缝隙里生出杂草，那是一个朝代颓然谢幕后的落寞。

那无缝不长的杂草，在四季流转中沐浴着阳光雨露，荣枯虽有时，却一年比一年茂盛，一年比一年高昂，与长信宫里潜滋暗长的悲愁互相投合。

它们甚至不断攻城略地，向着达官贵人曾经迈步的地方挺进。于是，偌大的长信宫越来越难见昔日繁华的残迹，只有寒鸦栖身、粪便斑斑的高草丛随风摆荡，把持着庭院的每个角落。

曾经光洁滑腻的台阶，也成了高草的领地，没有一处地方可以落脚，更不可能走向那门重庭深的殿堂一探究竟。想当年，不也是这长信宫中的杂草阻隔前路，才使得帝王对原本宠爱有加的班婕妤日益疏远的吗？如今，此处更是人迹罕至，荒草一日高过一日，纷纷占领了这美玉石砌就的台阶。原来，帝王薄幸，红颜薄命，在任何时代都惊人地相似。

宫沼纳凉图 ［宋］佚名

085

终南¹望余雪²

◎ 诗人从长安遥望终南山,描绘雪后初霁的秀逸景色和寒凉之感,凸显终南山的高寒。

祖　咏

终南阴岭³秀,积雪浮云端。

林表⁴明霁⁵色,城中增暮寒。

注释

1. 终南:即终南山,位于唐都城长安(今陕西西安)以南。
2. 余雪:尚未融化的雪。
3. 阴岭:北面的山岭。山南为阳,山北为阴。
4. 林表:林梢处。
5. 霁(jì):雨雪后初晴。

在大唐的国都长安城,举目向南眺望,绵延不绝的终南山如巨龙一般伏卧于苍穹之下,庄严而肃穆。纵使到了天寒地冻、冷风飕飕的时节,山阴的苍翠之色也隐隐可见,成为料峭寒冬的一抹亮色。

薄薄的卷云萦绕在山顶上,随风游走,变幻万千,俨然是大自然兴之所至的杰作。山巅破云而出,顶峰的积雪依稀闪着寒光，仿佛给终南山戴上了洁白的帽子，那飘浮的云霭恰似帽沿上飞扬的丝带，相得益彰，美妙万分。

　　傍晚时分，雨脚渐收，几缕霞光冲破云层，却已是日落半山的光景。那惨淡的黄白色夕阳，拼尽全力释放最后的光芒，短暂地照耀在终南山阴坡的青松翠柏上，为枝叶涂上了一层暖黄的蜜柚色。那颜色，成为萧瑟冬日里仅有的一丝温暖，令人望之慨叹。

　　夕阳被渐起的风吹动，缓缓西下，暮色是黑夜预先降落的一层薄纱，轻轻覆盖住天地万物。太阳落下的瞬间，我的身体受到丝丝凉意的侵扰。在这看似温和、静谧的长安城里，落日余晖早已被高耸的山脉截断，巍巍终南山上的积雪一点点地消弭了内心的余热，刺骨的寒风正穿过大街小巷，在城中百姓的家门前潜伏。

十万图册（万峰飞雪） ［清］任熊

静夜思

◎ 秋夜孤身望月，难掩异乡漂泊的凄清寂寥，诗人的思乡之情悄然而生。

— 李 白

床[1]前明月光[2]，疑是地上霜。
举头望明月[3]，低头思故乡。

注释 1.床：本义为坐卧的器具，有"井台"或"井栏"的说法。
2.明月光：一作看月光。
3.望明月：一作望山月。

庭前低洼处，清洌的井水积存了一汪又一汪。潮湿阴暗的角落里，泥土也滋生出幽深的心事，一丛丛、一簇簇滑腻的苔藓，向远处的婆娑树影蔓延。

凉风惊动水面，追月的彩云逐渐散去，莹白的圆月再次揽镜自照。无数处水洼，倒映出无数个圆月，波光万顷，空灵如梦，令人不知今夕是何夕。

不知何处传来一声清脆鸟啼，打断了我的冥思。独自倚靠在石井栏杆上，我抬头四顾，那惊梦的鸟儿早已不见了踪影，只见

四季山水图册（待月图） ［清］查士标

庭院、石径、草木都笼上了一层如霜似雪的清辉，那么温润，又那么清凉。

仰头看那浩瀚的夜空，迢迢银汉，几点残星，只有明亮的大圆盘镶嵌其中，美得有点失真。桂树斑驳的树影依稀可辨，玉兔的身影尚在，唯独不见了手持雕花斧头的吴刚。他是回到久别的家乡去看望亲人了吗？

念及此，我蓦然想起自己已经离家千里，许久未见家人，也没有他们的音信。霜寒露重，他们在家乡过得还好吗？此时会不会也仰望着这轮明月，惦记着身在异乡的我呢？

若是如此，我羁旅的游思倒也得到了些许安慰——至少，我和家人殷殷的目光，能在这月亮上相遇。

古朗月行[1]

◎ 采用乐府古题，融神话传说和奇异想象为一体，在如梦如幻的意境中塑造绮丽灵妙的月之形象。

李　白

小时不识月，呼作[2]白玉盘。
又疑瑶台[3]镜，飞在青云端。
仙人垂两足[4]，桂树何团团。
白兔捣药成，问言[5]与谁餐？
蟾蜍蚀圆影，大明[6]夜已残。
羿[7]昔落九乌[8]，天人清且安。
阴精[9]此沦惑[10]，去去[11]不足观。
忧来其如何？凄怆摧心肝。

注释

1. 朗月行：乐府古题，属《杂曲歌辞》。
2. 呼作：称作。
3. 瑶台：传说中的神仙居所。
4. 仙人垂两足：传说月亮里有仙人和桂树，月亮初生时可见仙人的两只脚，月圆时可见仙人和桂树的全形。仙人，又名望舒，是中国神话传说中月的驾车之神。

5. 言：语气助词，无义。

6. 圆影、大明：指月亮。

7. 羿：后羿，我国古代神话传说中射落九个太阳的英雄。

8. 乌：即三足乌，传闻太阳中有三足乌，故以乌代指太阳。

9. 阴精：代指月亮。

10. 沦惑：沦没而迷惑不清。

11. 去去：远去。

    一轮月，悬挂在无垠的夜幕中，圆圆的，亮亮的。在不同人的眼里，抑或在不同的时期，人们对它总是有不一样的解读。

    很小的时候，我满眼稚气，不知道那无数次从东方夜空升起，又在西侧山林垂落的东西名叫月亮，而是随心地把它叫作白玉盘。

    童年的许多夜晚，我总是遥望着那轮皓月，脑海里涌现出曾经听过的故事，幻想那是一面拥有法力的梳妆镜，才能飞悬于青云之上。我细细凝视那硕大的圆月，发现了潜藏其中的阴影。起初是一位得道飞天的仙人坐在那里，手持酒壶饮酒，双足悠闲地轻轻摇摆。过一会儿，仙人消失，一棵枝叶茂盛的桂树若隐若现，像极了故乡院子里奶奶种下的那一棵。

    在那些年里，我曾无数次斜倚在奶奶的膝下或在母亲的怀里，仰望着浩瀚夜空里的点点繁星，听她们讲那些关于月亮的传说。

对月图 [南宋]（传）马远

据说，月亮上有只洁白如玉的兔子，拿着玉杵跪地捣药，不食不饮，不舍昼夜，想做出能使人长生不老、羽化登仙的灵药。可它耗费心力研制成的药丸，到底成效几何？又准备呈献给谁吃呢？

又传闻，月宫中藏着一只浑身癞痢、貌丑无比的大蟾蜍，隔三岔五跑出来，咬圆饼一般，用血盆大口将圆圆的月亮咬出一道缺口，让原本月辉星熠的夜晚变得阴森可怖。世人因而击鼓鸣金，纷纷逃命。

更有意思的是一个英雄传说，说箭术了得的后羿，面对天悬十日、热浪蒸腾，黎民百姓苦不堪言的惨状，毅然冒险拉弓射日，将多余的九个太阳逐一射落，只留下最后一个，才使得天上人间安享清宁。

我是多么崇拜后羿这样的英雄啊！可如今，普天之下却再也找不到一个像后羿那样勇武神明的人了，连昔日莹白如玉的月亮，也失去那般摄人心魄的光华了。

我无数次满怀希望地抬头，月亮却不似记忆中那么皎洁，让人不忍多看一眼。这遮天蔽日的现实，常令我辗转反侧，胸中那股愤懑与凄怆，快要把我的心肺摧烂了！

赠汪伦[1]

◎ 诗人游历桃花潭，辞行之际为知交汪伦作此诗。将二人情谊与千尺潭水相比，生动地表现出挚友之间的深情厚意。

李 白

李白乘舟将欲行，忽闻岸上踏歌[2]声。
桃花潭[3]水深千尺，不及汪伦送我情。

注释

1. 汪伦：唐开元年间任泾县县令，与李白交好。
2. 踏歌：中国传统的民间歌舞形式，踏地为节拍，边歌边舞。
3. 桃花潭：位于今安徽泾县西南。

远山桃花灼灼，道旁杨柳依依，堤岸绿水悠悠，似乎连吹拂过耳鬓的缕缕清风里，都潜藏着不愿与人言说的离愁别绪。

前几日与君并肩携手，一路游山玩水，足迹遍布桃花潭；昨夜，又同你推心置腹地长谈，更觉相见恨晚。经历的所有美好瞬间，此时仍在我脑海里重现，此生难以忘记。原本以为尘世熙攘，知己太过难求，与你一见如故，才知是自己年少轻狂。

于晨曦初照、清露滚落之时，我悄然动身离开客栈，没再

四季山水图册（春水船如天上坐） ［清］查士标

叨扰睡梦中的你。这一路走来,迟疑的脚步总被芳草牵绊,心中的失落也提醒着我重逢的希望渺茫。前路虽茫茫,却仍须只身奔赴,毅然跨上船舷的那一刻,我只想暂忘胸中垒块。

船晃了晃,推开清澈的一潭碧水,慢悠悠离了岸。船后粼粼的水波,如同我此刻的不舍,一圈圈地向远处的芦苇荻花扩散,又渐渐归于平静。在那葳蕤草木之后,清幽小径的深处,远远地传来踏脚而歌的声音。侧耳细听,这不正是昨夜与我推杯换盏的知己的声音吗?

抬头眺望,汪伦边走边唱的身影成了岸上的一道风景。他疾走而来,让我也忍不住踩着节拍,跟着他唱和起来。直到堤岸在泪眼中变成一道细长的线,汪伦的身影化作一个墨点,我才察觉我们的情谊是那么深厚,船下深不见底的桃花潭水,也不及这深情的万分之一。

汪伦的身影虽已不见,他的歌声却始终追随着我。他在这一刻忽然出现,就像一道明亮的阳光照进了我的心底,将那抹离别的伤感驱赶得一干二净。我的心中不再有什么放不下,挚交相别的万千感慨,化作一次郑重的挥别。

前路山长水阔,只要彼此牵念,相逢的人,终会再相逢。

闻王昌龄[1]左迁[2]龙标[3]遥有此寄

◎ 这首诗是诗人为遭遇贬谪的好友王昌龄而作,在前路险阻、光景萧疏的忧虑之中,寄寓了诗人对友人的深切关怀和劝慰。

李 白

杨花[4]落尽子规[5]啼,闻道龙标[6]过五溪[7]。

我寄愁心与明月,随君直到夜郎[8]西。

注释

1. 王昌龄:唐代诗人,以边塞诗著称,天宝年间自江宁丞被贬为龙标尉。
2. 左迁:贬谪,降低官职。古时尊右而卑左,所以将贬谪称为左迁。
3. 龙标:唐代县名,位于今湖南怀化一带。
4. 杨花:柳絮。
5. 子规:即布谷鸟,又称杜鹃。
6. 龙标:指王昌龄,以官职或任官之地的州县名相称是唐以来的文人风气。
7. 五溪:湖南西部、贵州东部五条溪流的合称。
8. 夜郎:唐代在今贵州桐梓和湖南沅陵设过夜郎县,此诗所指是湖南夜郎。

归棹图 [宋] 夏圭

暮春三月，繁茂的林叶间传来杜鹃的悲鸣，"不如归去""不如归去"，似有无尽不甘与难舍。抬头找寻它的足迹，只见杨柳高挺、绿丝拂堤，难觅其踪影。一阵风猛地吹来，白色飞絮漫天飘扬，像万千愁绪在心中乱舞。

　　昌龄兄，想起你的境遇，我的心中充满惆怅！无数次想象你即将奔赴的地方，又替你的未来担忧不已。我知你心中愤懑，却难以对外人道，只能把那苦涩与失落，在深夜里独自反刍。

　　通往龙标的这一路坡陡弯急、丛林幽深、野兽出没、杳无人迹，而你只身独往，长途跋涉，至少要经过五处水势湍急、地势凶险的河滩，让人不免揪心万分，寝食难安。

　　到了月中，你就要出发，我因杂事缠身不能送你前去，实属无奈。那就让我把这颗为你担忧的心，寄予天空中的满月，跟随你踏上漫漫长路吧。天涯路远，你我虽不能相见，但只要你抬头，那轮圆圆的月盘总会伴着你。

　　在溶溶的月色里，有我万千的不舍，亦有我深深的祝愿：你要向阳而生，绚烂地活，将你我未竟的理想变成美好的现实。

峨眉山[1]月歌

◎ 这首诗是诗人初次出蜀时所作,借山月之美表达诗人对家乡的惜别之情。

李 白

峨眉山月半轮秋,影入平羌[2]江水流。
夜[3]发[4]清溪向三峡[5],思君[6]不见下渝州[7]。

注释

1. 峨眉山:中国佛教四大名山之一,位于今四川峨眉县西南。
2. 平羌:即今青衣江,位于峨眉山东北。
3. 夜:今夜。
4. 发:出发。
5. 三峡:指长江三峡,分别是瞿塘峡、巫峡和西陵峡。
6. 君:峨眉山月。一说作者友人。
7. 渝州:古代地名,治巴县,即今重庆市。

在秋风萧瑟、落叶纷披的夜晚,我拜别了故乡的亲朋,离开蜀地清溪,独自踏上旅途。清凉的风一阵紧似一阵地刮过皮肤,渐渐吹进心房深处。那思念之情,便如山野堆积的落叶,层层

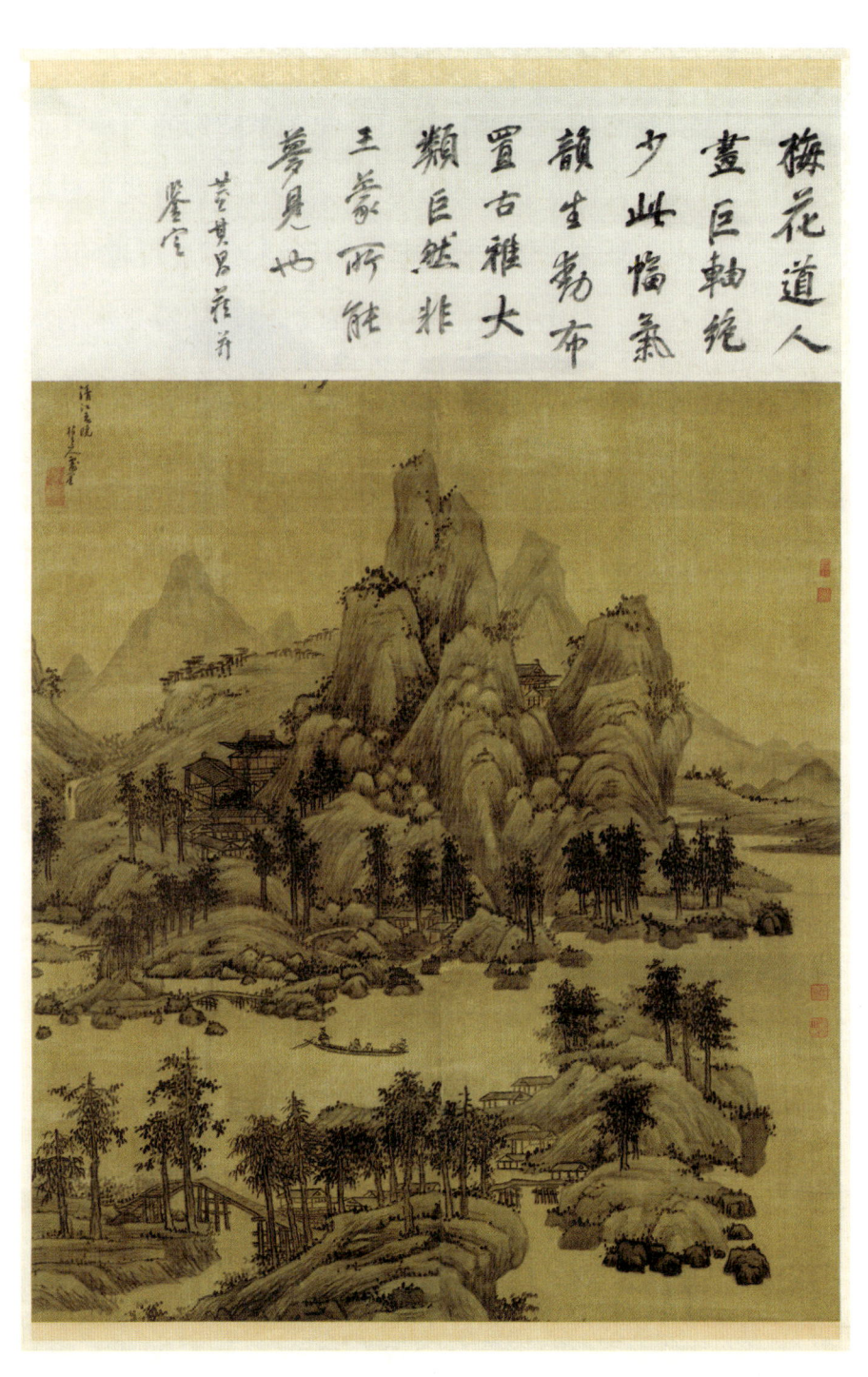

梅花道人畫巨軸絕少此幅氣韻生動布置古雅粗大類巨然非叔明所能夢見也

董其昌莊舁鑒定

清江春曉圖 [元]吴镇

叠叠。

抬头，只见高峻的峨眉山尖上升起了半圆形的月亮，似有若无的清辉，让夜间的风物显现出影影绰绰的轮廓。我平日里无比熟悉那些风物，但这一刻，我越想看得仔细，却显得越陌生。

再看青衣江，月影投映到清冽的江水中，随着江水的流动，随着船行的波痕，一路流连，紧随而来。月影在水中激荡着，皱了，又铺平。想来，还是那月最长情，无论走到哪里，总能看见它不偏不倚、端庄清丽的身影。

很快，夜航船就会顺流而下，到达渝州。脑海里满是和故乡亲朋相处的画面，眼前却不见他们熟悉的身影和爽朗的笑声，只有静默不语、连绵起伏的山和那流不尽的水，同我做伴。

之后抵达三峡，便是我此行的目的地了。而我，却只想一展歌喉，用蜀地乡音，对着天上月、水中月，吟唱起这首自内心深处萌发的诗歌。

以此，来怀念我的蜀地，怀念蜀地之上那些可爱、可敬的人；也以此，作为我和蜀地之间的纽带。愿蜀地永远是我灵魂的栖息地，是无论我走到哪里，都愿意背负的羁绊。

望庐山瀑布

◎ 描摹庐山瀑布的壮丽奇景，表达了诗人对祖国大好山河的热爱。

李 白

日照香炉[1]生紫烟[2]，遥看瀑布挂前川[3]。

飞流直下三千尺[4]，疑[5]是银河[6]落九天[7]。

注释

1. 香炉：庐山的香炉峰。
2. 紫烟：山谷中的紫色烟云。
3. 川：河流，这里指瀑布。
4. 三千尺：夸张说法，形容山之高。
5. 疑：怀疑。
6. 银河：指构成银河系的带状星群。
7. 九天：形容天高，极言瀑布落差之大。古代传说天有九重，九重天即天空最高处。

长江之滨，鄱阳湖畔，那钟灵毓秀的香炉山，是神仙在尘世修禅悟道，临行时遗留的吧？否则怎么会在这辽阔的大地上，任凭风雨侵蚀，依然庄严地矗立？我凝神仰望，心下顿觉安宁。

当太阳从云层中露脸，洒下万道金光的时候，这郁郁葱葱、层峦叠嶂的香炉山，就升腾起袅袅烟霞。遗落天地之间的大香炉，顿时充满了无限生机。

再远远地看那山峦之间的瀑布，洁白透亮如高悬的一条白练。水流声势浩大地从山顶上一泻而下，飞落山涧，腾溅起万千细小的水珠。在太阳的照射下，一道彩虹便悄然拱起，绚丽壮观。

该怎么形容眼前的盛景呢？我伫立在山峦一角，眺望香炉山上的云霞烟波和碎银般溅落满地的山间瀑布，踱步沉思，只觉胸腔早已被千山万壑填满，而自身则如同长天一雁、沧海一粟，渺小到可以忽略不计。

终于有了！我兴奋地手舞足蹈，嘴角扬起笑意。既然香炉山是神仙所遗落，那面前这肆意跌落的瀑布，不就是从九重天上坠落，带着光、带着风，降临到崇山峻岭之间的银河吗？

庐山之上千里烟霞，焕若云锦，壮美的风光真是叫人流连忘返。泱泱华夏，还有多少如庐山一样的美景，像花朵一样别在祖国大地的胸襟上？如此想来，心愈向往之，不觉间又阔步前行。

庐山高图 [明]沈周

春夜洛城¹闻笛

◎ 寂静春夜，客居异地的诗人听闻笛声而引发深挚的乡思。

李　白

谁家玉笛暗飞声²，散入春风满洛城。

此夜曲中闻³折柳⁴，何人不起故园情。

注释

1. 洛城：即今河南洛阳。
2. 暗飞声：声音不知从何处传来。
3. 闻：听到。
4. 折柳：即《折杨柳》，属古乐府《横吹曲辞·梁鼓角横吹曲》，多抒伤春惜别之情。

推开客栈的窗，春夜和煦的风夹杂着淡淡花香，拂面而来。灯火阑珊的洛阳城，不再如白日那般熙攘热闹，而是多了几分闲适。一钩弯月挂在天的一角，孤独至极。

窗下的几棵树，在夜风中轻轻摇荡，袅袅娉娉，姿态万千。凝望之，神思不觉飘远，恍惚之间如同回到了魂牵梦萦的故乡，置身在那熟悉的故园之中。

不知是谁家的庭院里，悠悠地飞出了玉笛的动人旋律，婉

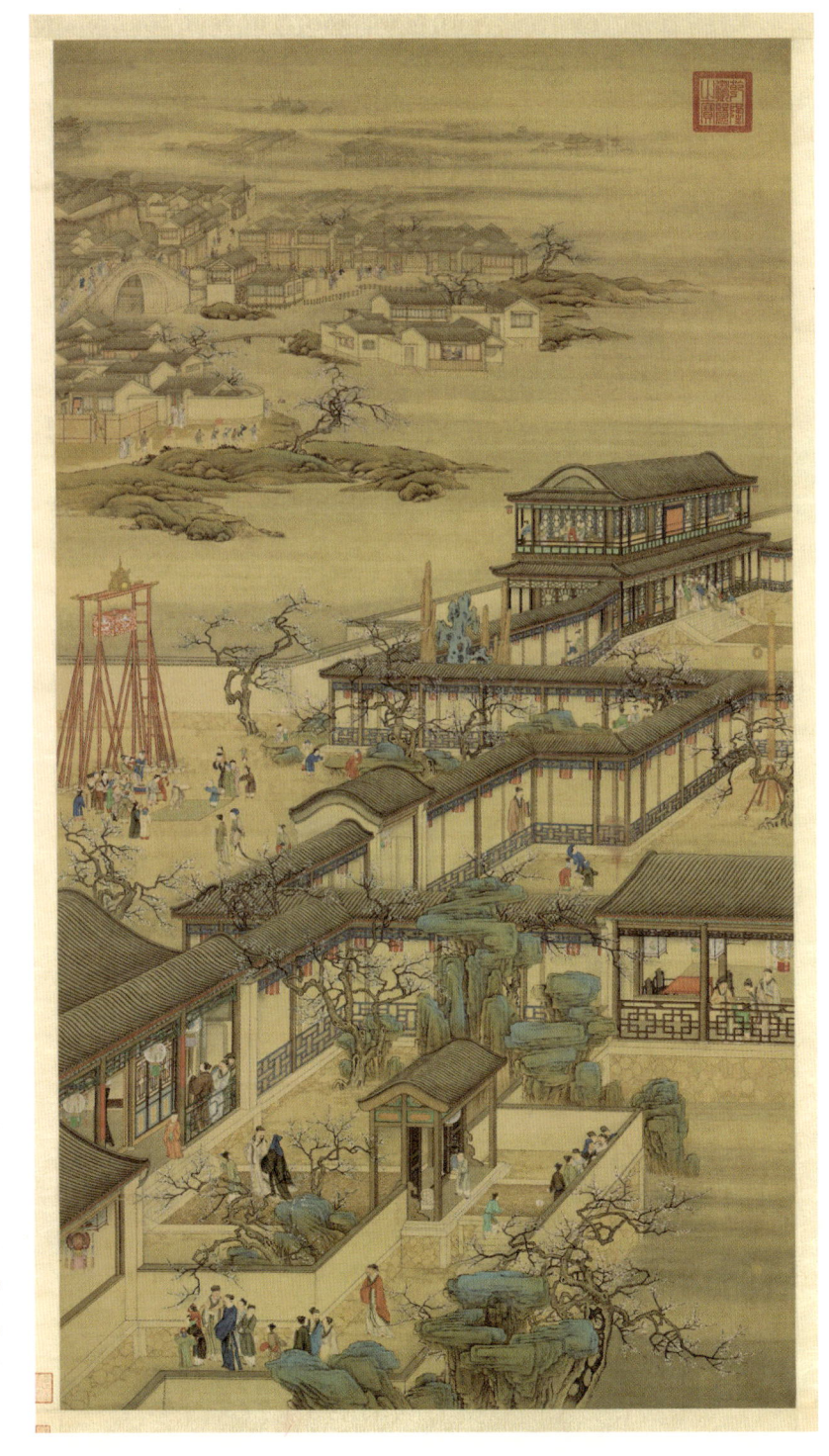

十二月月令图（一月）［清］清画院

转悠扬的乐曲声，随着春风四下飘散，很快就传到洛阳城的各个角落。

听不出吹的是什么曲子，那旋律极其哀婉，如同夹杂着忧伤的絮语，一点一点沉降到心底，与最纤细的那根心弦产生共鸣，愁绪渐渐深浓了起来。

一曲终于收了弦，稍作停顿，另一曲又悠扬地开始了。这一次，是那首耳熟能详的《折杨柳》。虽然不知吹笛者所牵挂的人如今身在何方，但这首送别时常唱的曲子是那么悲凉，一下子就击中了我这个游子的心。

灞桥之上折柳相送，无数殷切的叮咛在历史长廊中回响，凝成这一曲悲歌。一夜之间，洛阳城中皆是离人。我多么想留住那一个个远行之人，让他们回首凝望亲人脸上的泪痕，可我不也是一个漂泊无定的游子吗？客居异乡时，才真正看清那份思念，才知道故乡那熟悉的山水、父老的叮嘱、妻儿的惦念，是我心甘情愿领受的羁绊。

渡荆门[1]送别

◎ 这首诗是李白出蜀壮游时所作,沿途山水雄浑壮阔、气势浩大,如此胜景令诗人生出浓浓的乡思和惜别之情。

李 白

渡远荆门外,来从楚国[2]游。
山随平野尽,江入大荒[3]流。
月下飞天镜,云生结海楼[4]。
仍怜故乡水[5],万里[6]送行舟。

注释

1. 荆门:荆门山,位于今湖北宜都。
2. 楚国:楚地,即荆楚一带,古域包括今湖北全境及其周边地区。
3. 大荒:空旷辽阔的野外。
4. 海楼:海市蜃楼,指云霞聚积形成的壮阔景象。
5. 故乡水:指流经四川的长江水。诗人自幼生活在四川,视之为故乡。
6. 万里:犹言行程之远。

斑驳的轻舟在汹涌的江面上顺流而下,如离弦的箭一样疾驰。山重水复，却又形态各异，让人目不暇接。美不胜收的景色还没领略够，天色就逐渐暗淡下来，而乘坐的船只已经来到了荆门之外，抵达楚国境内。

看惯了三峡的奇崛雄伟、江水奔流，这里的山水倒显得平和宁静了许多。两岸山脉渐次游走，广阔无垠的沃野在眼前铺展，又在视线的极远处与暮霭渐起的楚地天空相接。

浩荡的长江水，就在这千里沃野上平缓地流动。一轮黄澄澄的圆月挂在蓝丝绒般柔美的夜空，多情地洒下缕缕清辉，照拂山峦溪涧、市井巷陌，让一切变得温润可亲。月亮倒映在长江中，好像天上飞来的一面明镜。月与影相映成辉，江水便在夜色下泛起粼粼波光，像一条发光的丝带，柔婉地系在楚地胸襟。

没有了山峦的阻碍，天空中的彩云来去更加自如。绮丽的云朵相互推搡，变幻多姿，将彩云逐月演绎得美妙绝伦。而后，它们聚结成一座恢宏的宫殿，继续幻化翻涌。

楚地的壮美景象虽令我震撼，久久失语，却没能缓解我跋涉多日以来的疲累。我俯身轻拂舟边水，从故乡流来的滔滔长江水，要送我到何处才忍心离去？

前路漫漫，我心中却无比笃定：只要这脚下奔腾的长江水不干涸，故乡对我的深情就永远不会停息。

仙山楼阁图 [宋]（传）赵伯驹

送友人

◎ 这是一首送别诗。通过描写别离时的动人场面,诗人将对友人的无限深情融入夕照美景中,情真意切,饱含不舍与关怀。

李 白

青山横北郭[1],白水[2]绕东城。

此地一为别,孤蓬[3]万里征[4]。

浮云游子意,落日故人情。

挥手自兹[5]去,萧萧[6]班马[7]鸣。

注释

1. 郭:古代在城的外围加筑的一道城墙。
2. 白水:清澈的流水。
3. 孤蓬:一种枯萎后断根、遇风飞旋的蓬草,亦称飞蓬,具有身世飘零、漂泊不定的象征意义。此处喻指远行的好友。
4. 征:远行。
5. 兹:这里。
6. 萧萧:马的嘶鸣声。
7. 班马:离群之马。班,分开。

从城中出发，一路与你并肩缓辔，侃侃而谈，我一直试图行慢一点，让离别来得迟一点。然而送君千里，终有一别。当驿路两旁飘摇的细柳和被人折过的断枝提醒我们切莫流连时，分别的那一刻，终究还是来了。

你湿润的双眸里倒映出我的脸，也浮现出那横卧在城墙北面的隐隐青峰和环城而流的悠悠碧水。我们曾在美景之中畅游，回想那些美好的时光，仿佛还在昨天，却又那么叫人怀念。

尔后，这样的时刻不再有了。此地一别，你就要踏上孤独的旅程，自此就像断了根蒂的飞蓬那样，随着命运的风波，漂泊辗转到万里之外的边地。这一路崎岖坎坷，风霜雨雪交替，野禽蛮畜蠢动，总归还是让人放心不下。

抬头看天，浮云朵朵，随风远走，一如你此刻郁郁的情思，早已飞往千山之外。而我，多想化身那紧紧依傍着远山的夕阳，虽沉默无语，却炽烈如火，一路追随你、照耀你，去往遥远的他乡。

人生没有不散的筵席，十里长亭相送，栏杆拍遍，也无法阻止你前行的脚步。还是就此作别吧，且看我不断挥舞的双手，在凉风中摇成一面旗帜，让我身旁不断嘶鸣的马儿，代我送去最深沉的祝福。

四季山水图册（秋山行旅图） ［清］查士标

行路难[1]三首（其一）

◎ 政治失意的诗人竭力突破苦闷与彷徨，执着追求理想，展现了诗人的顽强意志和乐观精神。

李　白

金樽[2]清酒[3]斗十千[4]，玉盘珍羞[5]直[6]万钱。
停杯投箸[7]不能食，拔剑四顾[8]心茫然。
欲渡黄河冰塞川，将登太行[9]雪满山。
闲来垂钓碧溪上，忽复[10]乘舟梦日边。
行路难！行路难！多歧路[11]，今安[12]在？
长风破浪[13]会有时，直挂云帆[14]济[15]沧海。

注释

1. 行路难：乐府旧题，多咏叹世道艰难，个人处境困苦。
2. 樽：古代盛酒的器具。
3. 清酒：清醇的美酒。
4. 斗十千：一斗价值十千钱（即万钱），形容酒美价高。
5. 珍羞：珍贵的美食。羞，同"馐"，美味的食物。
6. 直：同"值"，价值。
7. 投箸（zhù）：放下筷子。箸，筷子。
8. 顾：泛指看。

9.太行：太行山。

10.忽复：忽然又。

11.歧路：大路分出来的小道，岔道。歧，一作岐。

12.安：哪里。

13.长风破浪：喻指实现政治理想。

14.云帆：高高的船帆。

15.济：渡。

  局促于斗室之内，面前摆放着价格高昂的美酒，纵然它盛放在玲珑剔透的金杯里，隐隐浮现出宫殿的华丽，我也无法举杯畅饮。

  满桌的山珍海味、玉粒金莼，花样纷繁，色泽悦目，香气扑面而来，勾得人口舌生津。本想一饱口福，犒劳连日奔忙的身体，我轻轻夹上一点放入口中，却难以品出滋味。

  不是这杯中的美酒不够香醇，也不是菜肴口感欠佳，而是我的心情早已被诸多杂事侵扰。即使饥肠辘辘，坐到桌前，脑海中的朝事纷争始终挥之不去，苦闷至极，我索性抛开手中的酒杯，气呼呼走出门去。

  迎面吹来的冷风，也无力疏解我满腔的愤懑。我按住剑鞘，嗖的一声拔出长剑，直指苍天。凛冽的寒光迎着发白的太阳，立马刺痛双眼。我端详着这把陪我行走江湖的剑，却不知将它指向何方。唉，失路之人真是茫然啊！

我不是没有想过，渡过宽广的黄河，去另一方天地谋求长足的发展。不料昔日奔腾不息的黄河水，在这滴水成冰的数九寒天也丢掉了壮阔的气势，凝冻成一层厚厚的浊冰，让我不知如何渡河，踟蹰难行。

我也想翻越那巍峨峻拔的太行山，逃离是非之地。白茫茫的风雪却早已掩盖了登山小道，让山梁、沟壑连成一体，虚实难辨。如若强行攀缘，定要仰仗天大的造化，才可保不殒命于苍茫风雪。

捶胸顿足之后，我平心静气地思量：姜子牙不也曾在清澈的溪边，用笔直的鱼钩整日垂钓，只等那个有识之士吗？伊尹不是也曾经梦见自己乘坐一叶扁舟在浩瀚大海上漂荡，从太阳旁边划过，只留下一个孤独的背影，给这争名逐利的人间？

世间的道路宽窄短长，虽有千万条，却都充满了坎坷。人生之路又何尝不是如此，行行重行行，令人择路无方、困顿迟疑。如今，站在这小径分岔的路口，我又该如何安置自己，找准未来的方向？

思来想去，还是要向姜子牙和伊尹看齐，学习他们的淡然、洒脱，不争不抢，只等风来。像我这样文武兼备的人，总有一天能等来绝佳的机会，做一个乘风破浪的斗士。到那时，我一定会抛下往昔的落魄，高高扬起出征的风帆，轻快而勇敢地横渡茫茫沧海！

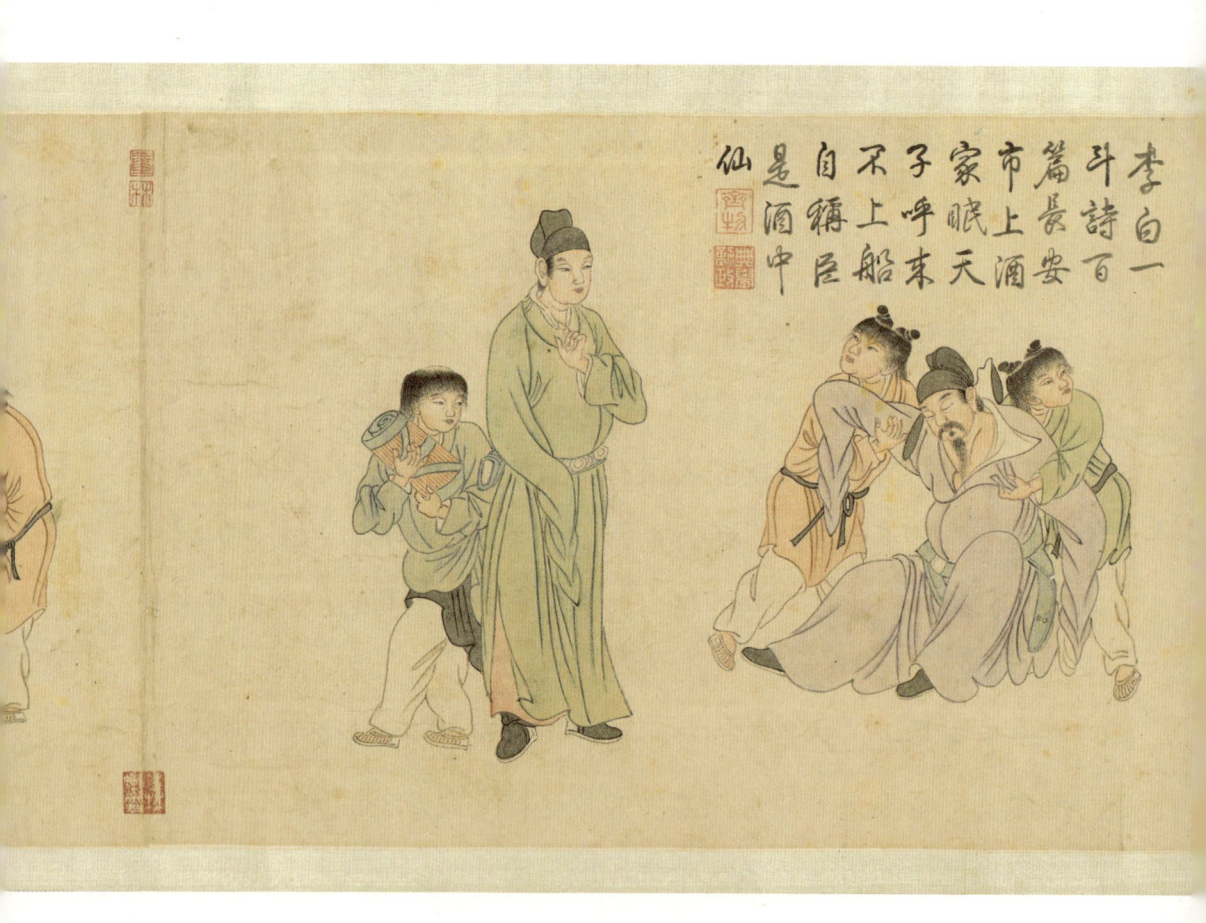

李白一斗詩百篇長安市上酒家眠天子呼來不上船自稱臣是酒中仙

饮中八仙图（局部） ［元］（传）任仁发

宣州[1]谢朓楼[2]饯别[3]校书[4]叔云[5]

◎ 这是一首饯别抒怀诗。怀才不遇的诗人在强烈的精神苦闷中迸发出慷慨雄放的豪气。

李 白

弃我去者,昨日之日不可留;

乱我心者,今日之日多烦忧。

长风万里送秋雁,对此可以酣高楼[6]。

蓬莱文章[7]建安骨[8],中间小谢[9]又清发[10]。

俱怀[11]逸兴[12]壮思飞,欲上青天揽[13]明月。

抽刀断水水更流,举杯消愁愁更愁。

人生在世不称意,明朝散发[14]弄扁舟[15]。

注释

1. 宣州:今安徽宣城一带。
2. 谢朓(tiǎo)楼:南朝名士谢朓担任宣州太守时,在郡署之北的陵阳山上修建一楼,自称"高斋"。唐代为纪念谢朓重建此楼,取名北楼,后世又称北望楼、谢公楼和谢朓楼。
3. 饯别:设酒食为人送行。
4. 校(jiào)书:官名,即秘书省校书郎,负责校勘宫廷藏书。

5.叔云：李云，又名李华（《文苑英华》录此诗，题作《陪侍御叔华登楼歌》），唐朝著名散文家，曾任秘书省校书郎，与李白是否存在亲族关系尚待考证。

6.酣（hān）高楼：在高楼上畅饮。

7.蓬莱文章：蓬莱，东汉的官方藏书机构东观的别名。蓬莱文章，指代李云的文章。

8.建安骨：东汉建安年间，"三曹"和"建安七子"诗风刚健遒劲，被后世誉为"建安风骨"。

9.小谢：谢朓，南齐诗人，和"大谢"谢灵运并称"二谢"。此处诗人用以自喻。

10.清发：清新俊逸的诗风。

11.俱怀：两人都怀有。

12.逸兴（xìng）：超远豪放的意兴。

13.揽：摘取。

14.散发（fà）：不束冠，喻指弃官隐居。古人有束发戴冠之习，散发可见诗人之狂放不羁。

15.弄扁（piān）舟：乘小舟归隐江湖。

和李云并肩站在宣州谢朓楼上，天高云淡，凉风习习，愁绪伴着金黄色的叶子漫天飞舞。草绿、枫红、菊黄、烟青，缤纷的色彩交叠，眼前风景如画，我们却都沉默着没有说话——身为校

霜林秋思图 [明] 董其昌

书郎的李云，就要和我作别了。

不远处，宛溪昼夜不停地奔腾，晶莹的浪花在秋日里闪烁着银灿灿的光芒，只是这些白浪都匆匆而逝，任凭指尖怎么用力抓取，也不会为人们留驻片刻。

今天，本应是绚烂美好的深秋一日，我却深受俗世繁务的侵扰，内心久久不得安宁，困顿愈久，愈加不知如何收拾这凌乱的情绪，反而坠入无限的愁闷和担忧之中。

渺渺长天，云层稀薄，万里之外的长风捎来了归雁孤独的啼鸣。那响彻长空的悲鸣，定义了秋天这个季节的基调——寒凉。那声音传入耳中，落在心上，让人生出万般滋味，却又不知如何排解。

此情此景，我们又能做些什么呢？离愁别绪，或许唯酒能解。此刻正身处高楼，不如就在晴空之下相对而坐，把酒临风，畅饮一番。新歌一遍酒一杯，让杯酒浇熄满腔的愁绪，再让高亢的曲调擦洗心头那一抹灰暗。

遥想建安年间，豪士辈出，七子学无所遗，辞无所假，遒劲风骨莫不为后人所敬仰。后世谢朓的文风清丽俊朗，向来为世人所称赞，我也一直视他为偶像，自觉从他的字里行间中觅得了一些精髓，领略了一些要义。

这一刻，我们心中翻腾着的豪情逸致，在一杯杯清冽美酒的催化下更加雄壮，飘然欲飞。就让我们趁着酒兴，飞上碧蓝澄澈的夜空，将明月揽在怀中，去实现胸中的抱负！

拔出腰间砍杀过草木流寇的长剑，狠狠一剑砍下去，试图让流水般的时光就此停歇，哪知它流动得更加汹涌，誓不回头，让人更加怅然。

举起桌上澄净的酒，一杯接一杯地饮下，想让离别的忧愁快快消散，谁知适得其反，那忧愁竟来得更加猛烈，让人更加苦闷。

人这一辈子，称心如意的事情真是少之又少，那又何必在一个地方流连呢？或许，明天一早我就卸下层层伪装，顶着凌乱的长发，穿上粗布衣衫，乘着一叶小船大笑着离去，把喧嚣和浮躁远远抛在身后。

月下独酌[1]

◎ 通过渲染凄清的环境,反映诗人政治失意时内心的孤寂愁闷和自我排遣。

李　白

花间一壶酒,独酌无相亲[2]。

举杯邀明月,对影成三人。

月既[3]不解[4]饮,影徒[5]随我身。

暂伴月将[6]影,行乐须及春[7]。

我歌月徘徊,我舞影零乱。

醒时同交欢,醉后各分散。

永结无情游[8],相期[9]邈[10]云汉[11]。

注释

1.酌:饮酒。

2.无相亲:没有亲近的人。

3.既:已经。

4.不解:不懂,不理解。

5.徒:只,白白地。

6.将:和。

7.及春:趁着春日和煦之时。

8.无情游：月、影无知无觉，毫无情谊，李白与之结交，故称"无情游"。

9.期：约定，约会。

10.邈：遥远。

11.云汉：银河。

牡丹花开得正盛，一朵朵簇拥在一起，姚黄魏紫，为空荡的院落带来一丝繁华。我取来一壶陈年美酒，打开壶盖，摆在牡丹花的中间，让酒香和花香充分融合，倒也颇有情调。这一切看起来那么浪漫，我的身旁却没有一个对饮畅怀的人。

高高举起手中的酒杯，借着清冽透亮的玉液，把无垠夜空中明亮的玉盘邀请过来，如果再加上我的影子，是不是就算作一场小小的宴会，看上去没那么冷清了？

那皎洁的玉盘，与我遥遥相对，并不能像知己一样理解我心中的苦闷。孤单的影子虽然始终陪伴着我，却空有不离不弃的表象，从不会说几句贴心的话语，抚慰我的伤痛。

可我又何必计较那么多呢？不如享受月色清辉的陪伴，对着一院盛开的鲜花，饮下一杯杯浓缩了岁月精华的清酒，趁着花好月圆，在这大好时光里及时行乐！

我朗声唱起动人的诗歌，跳起奔放的舞蹈，天上的月亮听得入了迷，开始在中天徘徊，不再匆匆赶往西天。而我的影子，也随着舞动的身体，在地上凌乱变幻，如醉了一般。

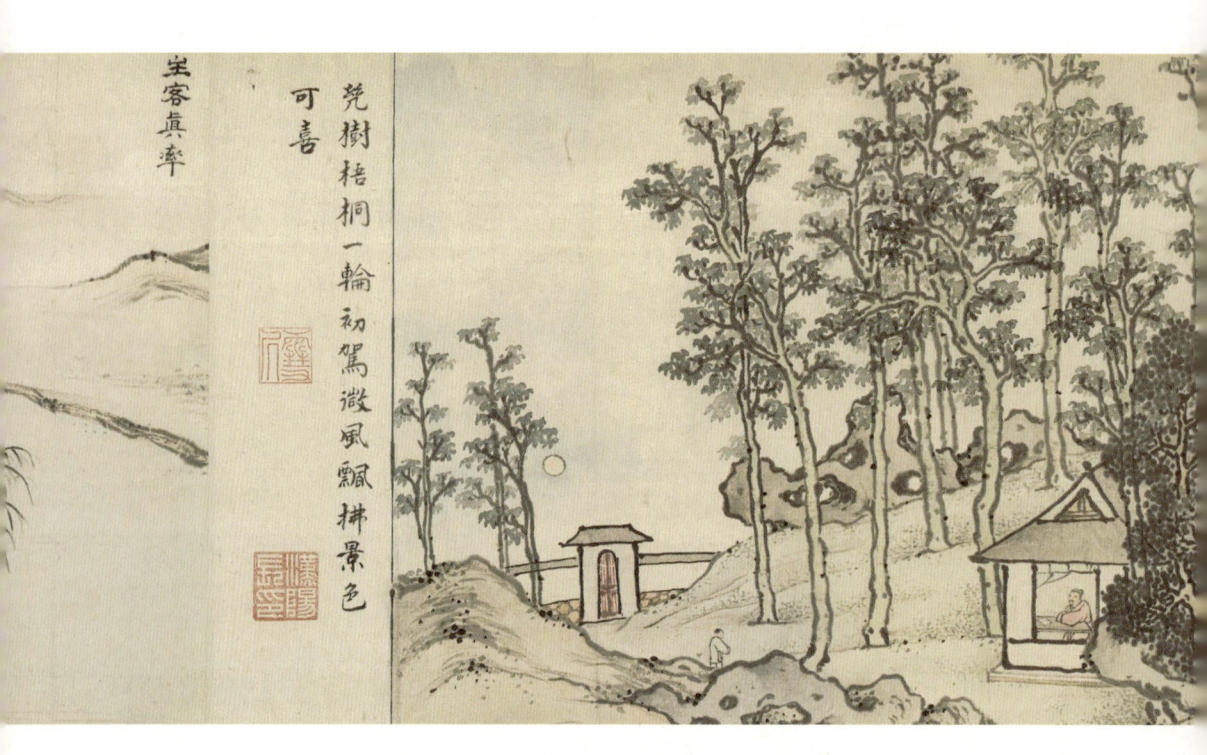

尧树梧桐一轮初驾澂风飘拂景色可喜

尘客真率

销闲清课图（月上） ［明］孙克弘

月亮和地上的影子啊，只有你们和我作伴，悲欢与共。清醒的时候，我放浪身心，与你们一起肆意作乐，等一杯又一杯酒入了愁肠，荡涤心头的愁绪，我就要和你们挥手作别，拖着身体独自酣眠去了。

纵使在梦里，我也仍然希望能同月亮和影子相伴，尽情地漫游，哪怕我们之间隔着缥缈悠远的天河。这样，总好过我一个人独自沉闷地喝酒，将无比孤独的身影留给这熙熙攘攘的人世间。

夜宿¹山寺

◎ 这首纪游诗以夸张的手法和丰富的想象展现古代庙宇的巍峨宏伟,造境奇崛,给人身临其境之感。

李 白

危楼²高百尺³,手可摘星辰。
不敢高声语⁴,恐⁵惊天上人。

注释

1. 宿:居住,过夜。
2. 危楼:高楼,这里指山顶寺庙。危,高。
3. 百尺:虚指,极言楼之高。
4. 语:说话。
5. 恐:唯恐,害怕。

白日攀爬的疲累尚未完全消失,杂乱的石砾、绊脚的藤蔓、滴落的汗珠、被风吹动的衣衫,铭记着这一路走来的艰辛。好在暮色四合时,我终于登临最高峰,随后迈步进入寺庙的顶层,想象万千风物都在脚下,头顶的星辰调皮地眨巴着眼,才觉这一切劳顿都值得。

脚下这座山峰如此巍峨,飞鸟从它的腰际飞过,清风从它

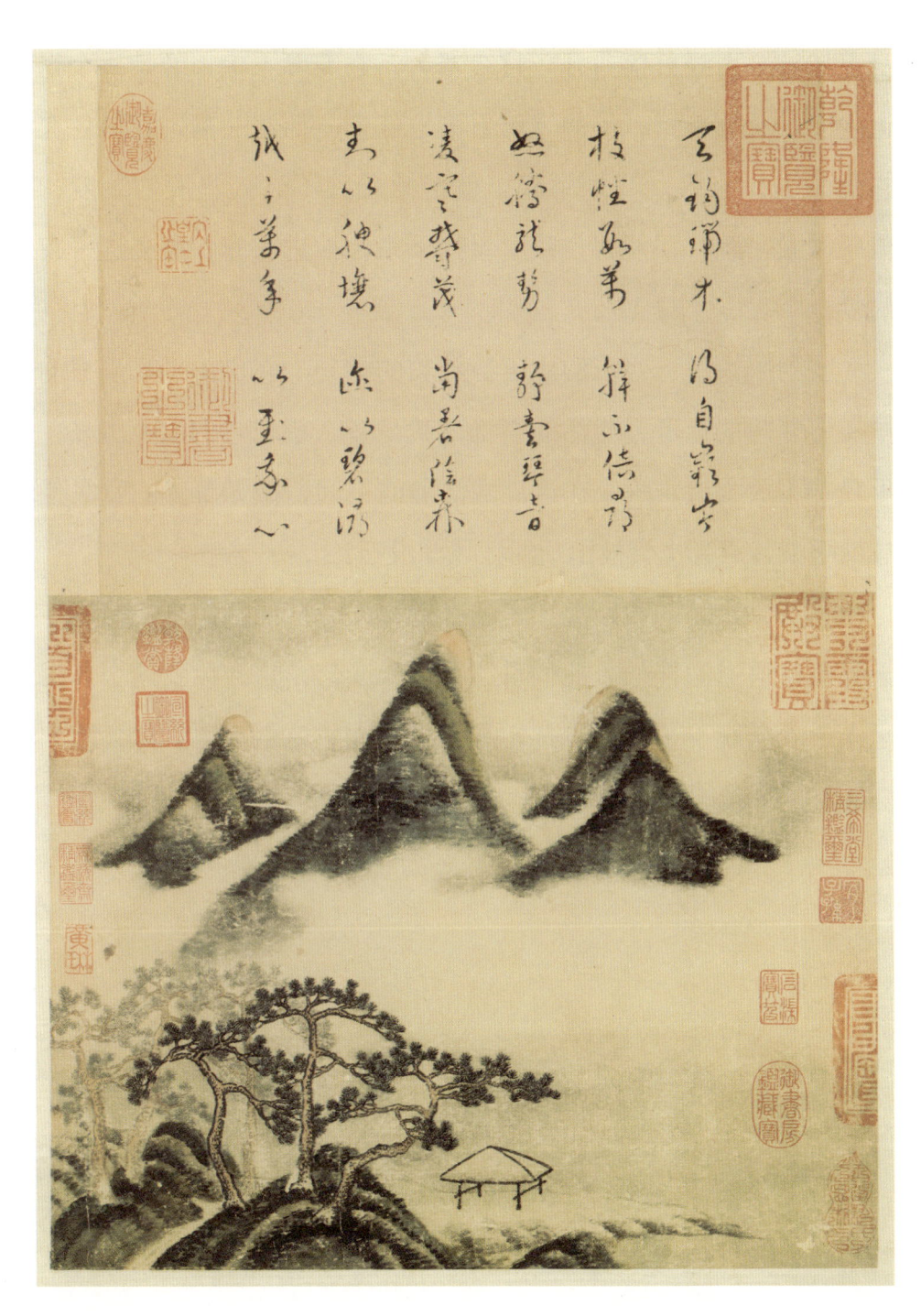

春山瑞松图 ［宋］米芾

身上掠过，历经日落月升、昼夜寒暑，它宠辱不惊，像是一个得道老者，慈眉善目，静静地俯看滚滚红尘。而这一刻，我借住在它的肩上，将手高高地举起，就能感受到不远处星辰的温度，似乎微微一跳，便能将一颗星星摘下来，揣进衣兜，照亮这一夜的梦。

  我的脑海里已经酝酿出无数壮美的诗句。它们关乎我爱恨的抗衡，梦想的远近，生活的喜忧，我是多么想把它们歌吟出来，可我却不敢太大声——在这广阔浩瀚的空间，微如草芥的我纵使放肆呼喊，声音也会被山顶的狂风湮没吧？

  何况，这时的我距离天宫这么近，太大声的话，也会惊动在天界清修悟道的神仙。他们看惯了风云变幻，定会笑我这个凡俗之人，既摆脱不了尘世纷扰，又参不透人生这道难题，只会跑到寺庙寻求片刻的禅定吧！

山中问答

◎ 这首诗采用问答的形式抒写诗人隐居山林的闲适意趣,反映诗人在出世与入世之间的复杂心理。

李 白

问余¹何意栖²碧山³,笑而不答心自闲。
桃花流水窅然⁴去,别有天地非人间。

注释

1. 余:我,诗人自指。
2. 栖:居住。
3. 碧山:山名,位于今湖北安陆。一说碧山指山色青翠。
4. 窅(yǎo)然:幽深遥远的样子。

那日在山林间穿梭游荡,长歌吟啸让我豁然开朗,满心喜悦之时,偶遇一位自山下而来的访客。他拄着拐杖立在路旁,花白的须发在风中轻轻飘扬,深深的皱纹带着盈盈笑意,不解地问我为什么要栖息在这人迹罕至的苍翠山林之中。

我享受在山水间徜徉的乐趣,也明了内心的方向,自知这是我生命的溪流必经的一段旅程。再细细端详这位老者,他身体的每条纹路都是岁月沧桑的注脚,想必也曾为柴米油盐、衣食住行

春山吟赏图 [明] 仇英

吃过苦头。于是,我们欢畅地聊起他的家庭境况、庄稼的收成和畜禽的数量,他一一说来,言语中流露知足和自洽。日光一点点流转,夕阳斜照时,我与他挥手作别,又告诉他:若无闲事挂心头,便是人生好时节。

在这山中,单是暖意回归的春日,桃花岩上一树树桃花如雪似霞地盛开,就让人流连忘返。一阵和风吹来,那灼灼的花瓣打着旋儿,悠然落入澄澈碧绿的水中,随着潺潺流水漂远,连心中的尘垢也一并带走了。山中夏日的繁茂、秋日的清朗、冬日的萧疏,都是一篇篇精妙绝伦的诗文,用心日日默读,其奥义皆不辨自明。

此等经天纬地的山水文章,岂是俗世名利所能相比?何况,在这恬静的世外桃源悠然徜徉,眼里唯有青山隐隐、绿水悠悠,无论是望天看云、谛听林涛,还是读书写诗、对月畅饮、临溪煮茶,都是无上美事。在尘世中受困已久,现在就让这山水解去我身心的枷锁吧。

关山月[1]

◎ 这是一首边塞诗,借乐府旧题抒写戍边战士的艰苦生活和思归之情,深刻地揭示连年征战对人民的摧残。

李 白

明月出天山[2],苍茫云海间。

长风几万里,吹度玉门关[3]。

汉下[4]白登[5]道,胡[6]窥青海湾[7]。

由来[8]征战地,不见有人还。

戍客[9]望边色[10],思归多苦颜。

高楼[11]当此夜,叹息未应闲。

注释

1. 关山月:乐府旧题,属《横吹曲辞》,多抒离情别绪。
2. 天山:即祁连山,位于今甘肃与青海的交界处。汉时匈奴称天为"祁连",故祁连山即"天山"。
3. 玉门关:汉代重要的军事关隘,通往西域的交通要道,故址在今甘肃敦煌西北部。
4. 下:指出兵。
5. 白登:山名,位于今山西大同。西汉初年,高祖刘邦率兵迎击匈奴,于白登山被匈奴围困七天七夜。
6. 胡:古代对中国北方及西域游牧民族的称呼,此处指吐蕃。

7.青海湾：即今青海省青海湖。

8.由来：历来，自始以来。

9.戍客：戍守边疆的战士。

10.边色：泛指边境地区。一作边邑。

11.高楼：古诗中常以高楼指代闺阁，这里指家中思妇。

夜色沉沉，我独自游荡在广袤而贫瘠的戈壁，耳边刮过的风和内心激荡的风，紧紧交缠成一股绳，暗自拉扯较量。在巍然绵亘的祁连山上，一轮圆月从东方的云海中缓缓升起。那清淡微弱的月光，似被厚重的云层摩挲过，多了一分粗砺的质感。

边地的风腾涌千年，此刻在我的耳畔呼啸，像一场旷日持久的战争，似乎永无停歇之日。它从万里之外的隘口出发，一路摧折扫荡，来到戍边将士死死驻守的玉门关，仍不改其狂躁的脾性。棱角尖利的沙砾被它裹挟着，打在将士们的脸上，不时流出血来，却远远不及战争带给人们的创伤。

当年，汉朝的君王雄心勃勃，千里挺进，幻想直取白登山道，结果有多少将士横卧疆场，一腔热血汇成冰冷的血海？吐蕃的武士仰仗自身威武凶猛，觊觎青海的大片河山，发动了战争强取豪夺，结果有多少身躯化作森森白骨，在凄风冷雨中日日哀鸣？

历代征战，出征的将士们总是风餐露宿、食不果腹，历尽千辛万苦，待一声号令发出，便奋勇杀敌，试图换取渺茫的一线生机。但在残酷的兵戎相向之后，真正能够生还的到底有几人？

曾经，他们也是雄姿英发、志在四方的少年郎；如今，连年的战争夺去了他们生命的活力，他们变得木讷寡言，神色亦暗淡如天上那影影绰绰的月亮。他们失神的双眼，不时遥望着远处的烽火边城，提及千里之外的家乡和亲人，干涩的眼里流出几滴泪，胸腔微微起伏，泣不成声。

留守在家乡的妻子儿女，又何尝不对他们日思夜盼，时常站在高耸的城楼上，踮起脚尖张望。但是远方的路口，那个熟悉的身影却从未出现。胸口壅滞的叹息，再一次升腾起来，绵延成一道无形的墙，几乎要将心脏压碎。

林峦烟雨图 [元] 高克恭

秋浦¹歌

◎ 诗人运用比喻和夸张的手法,极言壮志未酬的悲愤和岁月不待的哀愁。

李　白

白发三千丈,缘愁似个²长。
不知明镜里,何处得秋霜³。

注释　1.秋浦:秋浦县,因临近秋浦水得名,故址位于今安徽池州境内。

2.个:如此,这般。

3.秋霜:喻指白发。

　　人生倥偬,转眼间已年过半百。我拖着日渐苍老的身体,再到风景清丽的秋浦游玩,故人、旧景一如往日,体力、精力却已大不如前。行舟下的绿水,还是那么澄澈平静,如同天地之间的一面镜子。垂首观望水中漂浮的水草和穿梭的游鱼,却蓦地发现自己已是银发满头、容貌衰弛,心中不觉为之惊颤。

　　自从离开都城长安,昼夜交替,四季流转,十年时光弹指而过,不留一丝回响。我在北方游荡时,曾亲见安禄山势力壮大,君王养痈成患。想想这纷乱喧嚣的世道,再没有海晏河清;回顾

山亭纳凉图 〔明〕周臣

这颠沛流离的日子，再没有遇见理解我的人。那无法言说的郁闷和心中弥漫的惆怅，总是让我辗转反侧，夜不成眠。

草木葱茏，欣欣向荣，在重露繁霜的打压下虽会枯萎、凋零，但来年春到，依然是雄姿勃发。我曾经意气风发、踌躇满志，亦如盛夏的乔木，以为这些年所遇寒霜已悄然落在人生深处，不值一提。郑重地倚靠在船舷上，在碧水中自照，我才发现年华匆匆流逝，斑斑痕迹从不曾放过我。

这些年，我如行脚僧般云游天下，四海为家，那在心中燃烧、从未熄灭的志向，像暗夜之中唯一闪亮的星辰，引领我坚持至今。可眼下仍无我一展抱负的良机，只能在人生的寒冬里继续颓唐，这才是我满头霜发的真正原因吧？

早发[1]白帝城[2]

◎ 诗人在流放夜郎的途中遇赦,即刻回舟东下江陵。此诗即行舟归家时所作,生动地体现诗人欢快兴奋的心情。

——李 白

朝[3]辞[4]白帝彩云间,千里江陵[5]一日还。
两岸猿声啼不住[6],轻舟已过万重山。

注释

1. 发:出发,启程。
2. 白帝城:古城名,位于今重庆境内白帝山上。
3. 朝:早晨。
4. 辞:告别。
5. 江陵:即今湖北荆州。
6. 住:停止。

当清晨的第一缕曙光照在窗棂上,我起身背上行囊,迎着绚丽的彩霞,匆匆赶往码头。昨日夕阳西下时收到的赦免信,藏在我的衣袖里,字字句句早已烂熟于心。今日,我就要乘上斑驳的轻舟,踏上返乡的旅程!抬头望,屹立在高处的白帝城,在五彩云光的映衬下,更加巍峨壮丽,气势恢宏。脚下的长江水翻涌着无数喜悦的浪花，一路高歌着，直奔理想的福地。

过去独自离开故地、前往夜郎时，我的内心充满苦涩，仿佛人生正处于至暗时刻，迢迢江水也随之凝滞不动，眼前的路愈发莫测，纵有再多的狼狈与失意，也无从与人言说。如今虽是同一条江水，却顺风顺水，如这般速度行驶下去，抵达江陵也不过一日的工夫。这么一想，我的心情就更加愉悦了。

两岸的峡谷密林，是一页页快速翻动的篇章。鸟儿的啁啾潜藏其中，此起彼伏，欢唱着大自然的赞歌。两岸青山对峙，猿猴的啼叫不时地掠过耳边，而后又复归于寂。细听那声音，大抵是猿猴在枝叶间追逐玩闹，竟有几分欢快在其中。

在这大自然的协奏曲里，我顺流而下，心中郁积的不平之气早已消解，取而代之的是阳光普照的明媚。我试图吟诵眼前所见，记录这峰回路转的欢愉之情，凝思后抬头，迅疾如风的小舟竟已穿越千层浪涛、万重青山。

曲江图 [唐]李昭道

黄鹤楼[1]

◎ 写诗人登临黄鹤楼触景生情，引发思乡之愁和世事苍茫的慨叹，气象宏大，格高意远，被誉为"唐人七律第一"。

崔　颢

昔人已乘[2]黄鹤去[3]，此地空余黄鹤楼。

黄鹤一去不复返，白云千载空悠悠。

晴川[4]历历[5]汉阳树，芳草萋萋[6]鹦鹉洲[7]。

日暮乡关[8]何处是？烟波江上使人愁。

注释

1. 黄鹤楼："江南三大名楼"之一，位于今湖北武汉。传闻仙人驾鹤经此而去，遂得此名。
2. 乘：驾。
3. 去：离开。
4. 晴川：晴空下的平原。
5. 历历：清楚可数。
6. 萋萋：草木茂盛的样子。
7. 鹦鹉洲：位于今湖北武汉，相传因东汉祢衡的《鹦鹉赋》而得名。
8. 乡关：故乡。

望海楼图 〔明〕佚名

沿着台阶徐徐登上气势恢宏的黄鹤楼，我站在高处，任习习微风撩动着情思。回顾方才一路登临的过程，我并未邂逅传说中的炼丹修仙之人，与旁人聊起，只道仙人们驾乘着黄鹤，羽化而去了。怪不得在这波澜壮阔的长江边上，只剩下空荡荡的黄鹤楼，伫立在千年的长风里轻轻喟叹，一声又一声。

据说，那黄鹤飞入天宫后也受了点化，再没有回来。如今仰望万里长空，已不见鸥鸟飞旋徘徊。只有几朵彼此保持着距离的白云，各自在风中悠荡，鲜少变幻，像在天空中浪迹了千年，早已厌倦飘拂。

视线下移，只见长江对岸土地肥沃、物产丰富的汉阳地区，广阔的田野在阳光下慵懒地伸展，一大片葱茏的树林随着地势蔓延，叶子油绿而光润。鹦鹉洲在奔涌的浪涛之中坚定自如，绿枝安然地随风摇动，萋萋芳草含情脉脉，那小家碧玉般的楚楚风致，实在是我见犹怜。

沉醉于眼前的美景，不知不觉，黄昏已悄悄到来。眼看那一轮惨淡的斜阳渐渐从山峦的怀抱里游走，江水中荡漾着星星点点的波光，在苍茫的暮色中，万物都蒙上了浅墨色纱幔。身边的游人渐次离开，而我的故乡又在何方？我无处安放的愁绪，又能寄托在异乡的何处呢？

飞升而走的仙人，一去不回的黄鹤，不都随着时光的流逝化作一缕尘烟，只留下无垠的空寂了吗？可浩渺的烟波，转瞬即逝的风，此刻却似千军万马奔腾而来，化作千愁万绪，与我纠缠不休。

唐诗的意境

二

顾南安
编著

湖南人民出版社·长沙

出版前言

古典诗词是中华传统文化的精髓，它蕴藏着丰富的文化内涵，凝聚着古人的智慧与情思，对于涵养审美情操和培育文化自信大有益处。其中，唐诗凭借着优美的韵律、深刻的思想和精湛的艺术表现，成为中国古典诗歌的一座高峰，唐诗几乎贯穿中国学子的整个学习生涯。

目前，众多的诗词读本都主要强调释义，即让学生通过字面意思理解诗词的含义。然而，就提升诗词鉴赏水平和古典审美能力来说，仅知其字面意思是远远不够的，对意境的体悟和把握才是关键。2022年版《义务教育语文课程标准》对于欣赏文学作品也提出了明确

要求，即"能对作品中感人的情境和形象说出自己的体验，品味作品中富于表现力的语言"。

所以，要想提高学生学习古诗词的效果，情境化阅读必不可少。所谓情境化阅读，是一种通过创设情境，将诗歌与学生的情感体验相结合的阅读方式。在真实情境中赏析古诗，不仅能调动学生的生活经验发掘诗歌内涵，还能提升学生的审美素养和鉴赏能力，其具体优势有以下几点。

第一，创设情境可以帮助学生理解古诗的意境，并强化记忆。意象的选择和意境的营造，是成就一首诗的艺术魅力的关键。从意象入手创设情境，将枯燥的文字转变为有声有色的画面，不仅能让学生在鲜活的场景中体会诗人的情感，感悟诗歌的意境之美，还能引发精神共鸣，有效地增强学生记诵古诗的能力。

第二，创设情境可以提升学生的专注力，增强古诗学习的沉浸感。古诗意蕴深远，一味地背诵不仅无助于理解诗意，还会消磨学生学习古诗的热情。创设具有生活气息的真实场景，能充分地调动学生的感觉和知觉，通过联想与想象积极地参与创造，学生更容易集中注意力，全身心地融入其中，感受诗歌的艺术境界。

第三，创设情境可以激发学生的想象力，提高学生的形象思维能力。客观物象与诗人的思想感情交融，形成了诗歌的独特意境。创设情境时除了要借助意象还原外在环境，更要融情于景，

深入作者的内心。因此，情境化阅读对学生的形象思维和想象力提出了更高要求，使学生在阅读时更容易投射自己的情感经验，从而更深入地理解诗歌的意境，在创意表达中体会语言的魅力。

此外，值得注意的是，在具体情境中考查学生的阅读理解能力和语言运用能力，也成为近年来中考语文命题的新趋势。

因此，本书将唐诗鉴赏和情境化阅读相结合，打造出具有独特价值的诗词读本。本书以2022年版《义务教育语文课程标准》为纲，精选中学语文教材中的经典唐诗，辅以课外必读唐诗，以情境化解读的手法将学生带入原汁原味的唐诗意境中，全面领略唐诗的艺术之美。

我们相信，这本书会成为中学生语文学习中的必备读物，帮助学生找到通往诗词殿堂的钥匙，全面提升诗词鉴赏的水平。

目 录

盛唐

002	竹里馆	王 维
004	使至塞上	王 维
008	送元二使安西	王 维
011	鹿柴	王 维
014	画	王 维
017	杂诗三首（其二）	王 维
020	题破山寺后禅院	常 建
024	望岳	杜 甫
028	除架	杜 甫
031	春望	杜 甫
035	登楼	杜 甫
039	春夜喜雨	杜 甫
042	又呈吴郎	杜 甫
046	旅夜书怀	杜 甫

049	·	江南逢李龟年	杜 甫
052	·	石壕吏	杜 甫
057	·	羌村三首（其三）	杜 甫
061	·	月夜忆舍弟	杜 甫
064	·	绝句二首	杜 甫
070	·	前出塞（其六）	杜 甫
073	·	赠花卿	杜 甫
076	·	茅屋为秋风所破歌	杜 甫
080	·	华子冈	裴 迪
083	·	逢入京使	岑 参
086	·	白雪歌送武判官归京	岑 参
091	·	走马川行奉送封大夫出师西征	岑 参
096	·	行军九日思长安故园	岑 参
099	·	渔歌子	张志和
102	·	月夜	刘方平

中唐

106	江村即事	司空曙
108	枫桥夜泊	张继
111	寒食	韩翃
114	送灵澈上人	刘长卿
117	长沙过贾谊宅	刘长卿
121	逢雪宿芙蓉山主人	刘长卿
124	寻陆鸿渐不遇	皎然
128	滁州西涧	韦应物
131	秋夜寄邱员外	韦应物
134	塞下曲（其二）	卢纶
137	塞下曲（其三）	卢纶
140	听筝	李端
143	夜上受降城闻笛	李益
146	游子吟	孟郊

盛唐

横琴高士图（局部） [元] 任仁发

竹里馆[1]

◎ 这首诗是诗人在辋川别业隐居时所作，幽静空明的环境和诗人高雅澹泊的心境相映，别有洞天。

王　维

独坐幽篁[2]里，弹琴复长啸[3]。

深林人不知，明月来相照。

注释

1. 竹里馆：辋川别业胜景之一，以多竹著称。
2. 幽篁（huáng）：幽深而繁茂的竹林。
3. 长啸：撮口发出悠长清越的声音。古人常以此述志、抒发感情。

夜的纱帐轻轻覆盖了辋川别业。我携着心爱的古琴，哼着悠扬的曲调，迎着凉风独自前行，去往静谧安适的竹里馆。曲曲折折的小径旁，一棵棵秀拔的竹子如士兵一样挺立，竹叶在深浓的夜色中婆娑，以一种别样的方式与我相和。

在茂密的竹林深处，择一石矶将古琴安放，撩起衣衫下摆坐定。在竹子不息的私语里，我微闭双眼，将白日里积蓄的浊气轻轻呼出，调整好气息，而后手起弦动，乐声渐起，行云流水一般,在夜色中淙淙流淌。

那乐声,似一波一波的浪,或轻柔,或澎湃,推动着演奏者的情绪,向最高处不断竞发。弹到乐声高潮处,亦是我兴致最高昂时,于是我放开清亮的歌喉,配合那旋律,朗声唱起来,惊得那已然入梦的鸟雀从梦中醒来,扑棱着翅膀飞远。

我的嘴角不由得浮起笑意,并不顾及鸟儿的惊惶,只管敞开了心怀,用最肆意的腔调,去抒发这一刻的所思所感。在这景色优美、亭台掩映的辋川别业,我是唯一的主人,也只有我知道这片隐蔽幽深的竹林。放浪恣肆如何,颓废潦倒如何,孤高寂寞如何,无人能懂又如何?我只想在我的世界里,活得独一无二。

这时,一轮淡淡的月穿过阴暗的云层,掠过树梢,将朦胧的月光洒下来,照拂在琴上、手上。我抬头凝望,与那冷若凝霜的玉轮久久相对。月亮向来多情又无情,也曾无数次为我照亮脚下的路,可它对我心中的渴望和希冀到底懂多少呢?

它从未言语,而我身披月色,比它更孤独。

使¹至塞上

◎ 描绘雄浑壮阔的塞外风光和艰苦的边塞生活，抒发了诗人去国离乡的孤寂和悲壮之感。

王 维

单车²欲问边³，属国⁴过居延。

征蓬⁵出汉塞，归雁⁶入胡天。

大漠孤烟直，长河落日圆。

萧关⁷逢候骑⁸，都护⁹在燕然¹⁰。

注释

1. 使：出使。
2. 单车：一辆车，极言车辆少，轻车简从。
3. 问边：慰问边疆战士，到边塞察访军情。
4. 属国：典属国的简称，本为秦汉时官名，这里代指使臣，乃诗人自比。
5. 征蓬：指随风而去的蓬草，此处是诗人自比。
6. 归雁：振翅北飞的大雁。
7. 萧关：古关名，又名陇山关，故址在今宁夏固原东南。
8. 候骑（hòu jì）：负责侦察、通讯的骑兵。
9. 都护：唐朝在边疆设置六都护府，其长官称为都护。这里指前线统帅。

10.燕然:燕然山,即今蒙古国境内杭爱山,位于蒙古高原西北,自古便是汉匈交战之地。这里代指前线。

挥别长安的亲友,踏上前往凉州的遥迢路途,干烈的风很快就把我眼眶里残留的泪水吹干。新的职务也无法提升我的兴致,在官场浸淫得久了,自然知晓此番调任的真正含义。

崎岖荒凉的行道上,只有我这一辆车独自前行。车轮发出"吱呀吱呀"的声响,碾轧着零落的心情,一簇簇繁盛的芨芨草在风中摇摆。绵延的山峰夹道,其间是一片开阔的谷地,不见鸟影,却传来禽鸟零星的鸣叫,伴随着心跳寂寞的回响。行行重行行,不知过了多久,我才抵达这个名叫居延的地方。

拐过一道山口,眼前是一片无边的沙漠。西风轻轻翻卷着车子的帘布,吹干了征人身上的汗水。细小的黄沙打在干裂的皮肤上,出征的单车犹如断了根的蓬草,飘飘忽忽就出了边塞。几声悠长的啼鸣突然响起,我抬头遥望苍茫的天空,一群大雁正飞向北方,赴季节之约。

心下怅然,我侧身西望,游离的目光却立马被眼前的景象吸引。浩瀚的沙漠尽头,落日像红灯笼一样垂挂在地平线上,摇摇欲坠。一条蜿蜒的河流"哗啦哗啦"流向远方,把斜阳的余晖揉成无数片闪亮的光斑。落日的不远处,一缕狼烟直直飘上天空,最终与暗沉的天色融为一体。

春郊游骑图　［唐］佚名

第一次领略如此壮美的景象,我被深深震撼,脑海里勾画了一幅荒漠行旅图,边思索边品味,竟不知不觉抵达了萧关。遇到前来侦察的骑兵,我上前询问他们的首领在哪里,他说主帅仍在燕然山前线指挥战斗,不知何时才能回来。

　　我轻轻应一声,不再言语,随着他们前往凉州。无尽的怅惘和失落在胸口翻腾,一时难以疏解。慰问边疆将士的使命,我一直记挂在心,不曾忘却,这一刻却忽然有些失语,只好把一声长长的叹息,送到吹刮不止的风里。

送元二¹使²安西³

◎ 送别诗中的千古绝唱。诗人以酒饯别,深刻地表达出内心浓烈的惜别之情和对友人的牵挂。

王　维

渭城⁴朝雨浥⁵轻尘,客舍⁶青青柳色⁷新。

劝君更尽一杯酒,西出阳关⁸无故人⁹。

注释

1. 元二:家中排行第二,王维的朋友。
2. 使:出使。
3. 安西:指唐代安西都护府,位于龟兹(今新疆库车一带)。
4. 渭城:即秦代咸阳古城。
5. 浥(yì):润湿。
6. 客舍:驿馆,旅馆。
7. 柳色:柳叶繁茂的翠色,此处为离别的象征。
8. 阳关:位于今甘肃敦煌境内,是古代中原通往西域的门户,也是丝绸之路南道的重要关隘。
9. 故人:老朋友。

四季山水图册（武陵嵚径） ［清］查士标

在渭城的巷陌之中，雄鸡的啼鸣高亢响起，一声连着一声。云破日出的晨曦来不及铺展，一场酝酿已久的春雨便悄然落地，绵绵密密，柔润如酥油。空气中弥漫的细微灰尘被湿润的雨气盖压下去，地面也变得潮湿而浓重。

我拍拍衣袖上沾染的细密雨珠，在开阔的客栈场院里信步，只见客栈屋顶上的苔藓和细草经过一场春雨的洗礼，像毛茸茸的嫩绿毯子一样，铺满了好几片屋顶，格外醒目。旁边拴着马匹的一棵大柳树上，初生的细长叶子冒着油光，不时滑落几滴清澈的雨珠。望着这情景，心头的不舍再一次弥散开来。

就在这时，元二背着行囊走出了客栈。我快步走上前，和他相视一笑，轻轻拍了拍他那负重的肩膀。一时间，我的担忧和他的失意交织，欲说还休。我拿出早就准备好的美酒，斟满一杯，递到了元二手中，就让这杯酒代我诉说吧！

元二一饮而尽，我又斟满第二杯递给元二，心中默默念道：趁着我们还没分开，趁着我还在这里，多喝几杯吧！向阳关而去的漫漫长路，尘土飞扬，人烟稀少，不知有多少艰难险阻，就让我们干了这最后一杯酒，祈愿它能把坎坷的前路都化为坦途吧！

鹿柴[1]

◎ 描写傍晚时分的鹿柴山林,用声与色反衬出山林的幽冷空寂。

王　维

空山不见人,但[2]闻人语响。

返景[3]入深林,复[4]照青苔上。

注释 1.鹿柴(zhài):王维在辋川别业的胜景之一,故址位于今陕西蓝田一带。

2.但:只。

3.返景:夕阳返照的余晖。景,日光。

4.复:又。

独自穿行在山高树密的鹿柴,眼前是怎么看也看不够的美景。参天的古树像剑戟一样直指天空,茂盛的枝叶相互交错着,协力阻挡住热情的阳光。落在地上的光线少了,山林便多了一丝幽静。一时间,啾啾鸟语、唧唧虫鸣、瑟瑟风声和潺潺水响,都变得极其遥远,仿佛那是另外一个世界的天籁。

忽然,不知是在我身后,还是山脊的前方,传来了悠悠的吟唱。我凝神倾听,那声音似有若无,像一根粗细不匀却始终不曾

泉光云影翠绿共漾笔意学诗堂读杜句壬申秋日画而 玄宰

泉光云影图 [明] 董其昌

断开的丝线，掠过一片片正在生长的叶子，落入我的耳朵，与我闲游的心情相得益彰，让这次独行变得意趣盎然。

少顷，声音的主人似乎越过山丘，绕到另一边去了，悠长的吟唱声蓦地消散了。再看这空谷、密林，竟愈加空旷、清寂，一颗原本随着歌声而激昂的心，也骤然无所依归，一时间意兴阑珊。

此时，太阳逐渐西斜，一抹余晖低低地照进了树林，为幽深浓重的景色增添了明亮的光束，让我阴郁的一颗心受到些许抚慰。走遍羊肠小道，此刻的光景，是我外出游荡的记忆中最惊艳的一瞥。

我默默地坐下，安静地凝视了许久，专注地看那一束光影在地上微微移动，为幽僻处的苔藓披上一层暖融融的光辉。那湿绿的苔藓在光线下越发清晰，显露出一个幽微而庞杂的境域，将我在喧嚣尘世的烦恼都吸纳了进去。

画[①]

◎ 这是一首题画诗,还原了一幅天然灵动、清幽绵邈的山水花鸟图。

王 维

远看山有色,近听水无声。

春去花还在,人来鸟不惊。

随着画轴缓缓展开,青山便跃然纸上,向远处绵延,绿水却穿过纵横的沟壑流淌到了近前。

走上前去细细观赏,只见高峻的山峰上奇石林立,草色青青,红花点点,沐浴在微醺的风中,感受着春日的煦暖。画中的春山似乎刚下过一场雨,比现实中的春山更多了几分不可名状的韵致。

一条清凉的溪流从山间峡谷里缓缓流出,遇山石劈斩而轰然坠地,乱琼碎玉一般在草地上飞溅。溪水"叮咚叮咚",欢快地向我奔来,我情不自禁地迎上去,却听不懂它对山诉说的私语。

一株淡粉的花树歪斜着腰身,在溪畔顾影自怜,繁茂的枝叶迎风吟唱起动听的歌谣。那一朵朵盛放的花儿暗自争风,娇美的

[①] 此诗作者存疑,一说宋代佚名诗人,一说清代高鼎,本书采用唐代王维之说。

山阴图（局部） ［唐］王维

容颜更加红艳，只为用易逝的青春招来几只蜂蝶，赌一个更为丰美的春天。

枝叶间藏着一只羽色亮丽、展翅欲飞的鸟雀。它圆溜溜的眼盯着斜上方，专注而不可动摇，仿佛那里有它的玩伴，抑或饱餐一顿的美食。它全身的羽毛收紧，用力蹬地，似乎下一秒就会变成离弦的箭。我不敢走近，唯恐惊动了它，从那花木繁盛的绝尘之地飞出，不想却飞进这人世樊笼。

杂诗三首（其二）

◎ 用白描的手法抒写游子向故乡来人寻问家中情形的急切心情，表现了游子强烈的思乡之情，语言平实朴质而诗味浓厚。

王　维

君自故乡来，应知故乡事。
来日[1]绮窗[2]前，寒梅著花未[3]？

注释

1. 来日：来的时候。
2. 绮（qǐ）窗：雕绘精美的窗户。
3. 著（zhuó）花未：开花没有。著花，开花。未，疑问副词，用于句末，相当于"否"。

离开一个熟悉的地方、一个亲密之人，相思便如蛛网一点点结满心窗，直到遇见那个来自故乡的旧相识，我终于像久渴之人遇见一汪甘甜的清泉，内心的愁闷就要得到最畅快的释放。

说到故土风物、家乡轶事，这位远道而来的同乡如数家珍。那些风俗人情让我备感亲切，只觉得故乡的一切是那么美好，令人向往。可是聊着聊着，我却有些失落了——我最想听的，他并没有讲。

松为罗汉
闲生面恰
有相怜天
姿人间八
美人啖米
楼原经裹
庚寅登
壬寅秋正
海魁

岁寒三益图 [清] 汪承霈

在我家的窗前，当年她和我合栽了一棵梅树，作为我们爱情的见证。她曾说自己时常望着窗外的梅树出神，怀想我何时归家。如今，那梅树兴许又要开花了，不知道她满心的希望，又在悄然之中开落了多少回？

我是那么想询问爱人的近况，想听到哪怕是一点点关于她的消息，可我一个男儿，又怎么好直白地对同乡开口呢？不知过了多久，我情不自禁地打断了他，小心地问道："你离开家来这里，途经我家门前的时候，可曾见那雕花的轩窗，窗前的梅花树是不是已经开出花苞了……"

题破山寺[1]后禅院

◎ 这是一首题壁诗。诗人清晨游寺，领略禅院幽寂空明的意境，寄寓自己流连山水、高蹈出尘的隐逸情怀。

常　建

清晨入古寺，初日照高林。
曲径[2]通幽处，禅房花木深。
山光悦[3]鸟性，潭影[4]空[5]人心。
万籁[6]此俱[7]寂[8]，但余[9]钟磬[10]音。

注释

1. 破山寺：即兴福寺，位于今江苏常熟，南齐时郴州刺史倪德光捐宅改建为寺，到唐代已成江南名刹之一。
2. 曲径：曲折迂回的小路。
3. 悦：高兴，此处为使动用法。
4. 潭影：清澈潭水中的倒影。
5. 空：使人心境澄明。
6. 万籁（lài）：自然界的各种声音。
7. 俱：副词，全，都。一作都。
8. 寂：静默，没有声响。
9. 但余：只留下。

幽林清逸图 ［元］王蒙

10. 钟磬（qìng）：钟和磬，古代礼乐器，也是佛教法器。

一夜的凝露还在叶片上流连，在万道晨光的折射下宛如一颗颗发亮的珍珠。一阵风吹来，惊得它们纷纷滚落入泥土中。我顺着布满青苔的湿滑台阶一步步登高，跨进这别有洞天的破山寺。

从云彩中探出头的旭日，将明亮的光线洒在高挺茂密的树林上。树冠上的叶子在风中闪动片片银光，近地面的叶子则苍翠欲滴。几束光线从枝条的缝隙里穿过，打在茵茵绿草上，衬得寺庙更加静谧。

茂林的深处有一条弯弯曲曲的小径，幽深邃远，不知通往何处。怀着一颗平静的心，我沿着斑驳的青石板前行，每一步都仿佛是一个动情的诗眼，只觉逸趣横生。缓行数百步，小径倏然一转，眼前豁然开朗。

几间古旧的禅房安详地立在岁月的掌心，波澜不惊。堂前屋后是高低错落的大片树木，蓁蓁绿叶与树下五彩的花朵交相辉映，在晴朗的天空下绽放最明丽的光彩。几位僧人在禅房里气定神闲地走动，步履轻盈，悄然避开沿途丛生的青苔。

与这禅房相对而立，只觉山中明媚的阳光、沉静的林木、潺潺的水声、空灵的鸟鸣，都自带禅意与自在。凡尘俗事都悄悄远离，肉身随之变得轻盈，心性也一并收敛，只觉如菩萨一般垂首低眉，才是行走世间最好的姿态。

再看寺庙内那一汪清澈的潭水，散逸出凉爽之气，如淡看世界的眼，又像普度众生的心，满满的，又空空的，潺湲似低语，向芸芸众生悠然阐释着佛理。

在这样闲适的环境里浸润，身心不知不觉发生微妙变化，过往的忧愁竟无迹可寻。慢慢地，万物啮食、鸣叫、扑腾、流动、拔节、转移等细微声响，统统隔绝在了耳外，无法再进入心灵的圣地，就好像从未出现过一样。

洗心之后，我继续前行，离开破山寺，挥别了深林幽院，投身滚滚红尘。一时间，市井的喧哗纷纷传入耳中，我却听得不甚清晰，只有破山寺那悠长的钟磬之音，一声接一声地落在心的湖面上，荡开一圈又一圈涟漪。

望岳

◎ 这首诗通过描绘泰山的高大巍峨和神秀景象，流露出对祖国山河的热爱与赞美，寄寓了诗人不畏艰险、勇攀高峰的济世之志。

杜　甫

岱宗[1]夫[2]如何？齐鲁[3]青[4]未了[5]。
造化[6]钟[7]神秀[8]，阴阳[9]割昏晓[10]。
荡胸[11]生曾[12]云，决眦[13]入归鸟。
会当[14]凌[15]绝顶[16]，一览众山小。

注释

1. 岱宗：即泰山。泰山居五岳之首，为诸山所宗，古人视之为神山，帝王封禅或祭祀皆在此山，故有此尊称。
2. 夫（fú）：句首发语词，无实义。此处用于强调疑问语气。
3. 齐鲁：春秋战国时期，齐鲁两国以泰山为界，鲁居泰山之阳，齐居泰山之阴。两国文化交融形成统一的文化圈，由此加强了"齐鲁"的地域概念，旧址皆位于今山东境内，故成为山东的代称。
4. 青：指青翠的山色。
5. 未了：犹言无穷无尽。

6. 造化：指孕育一切的大自然，亦指自然界的创造者。

7. 钟：汇聚，聚集。

8. 神秀：指天地之神奇秀美。

9. 阴阳：山南为阳，山北为阴，这里指泰山的南北两侧。

10. 昏晓：早晨和黄昏。泰山之高令南北两侧明暗迥异。

11. 荡胸：心胸摇荡。

12. 曾：同"层"，重叠。

13. 决眦：决，裂开。眦，眼角。为了将美景尽收眼底，眼角（几乎）要裂开。

14. 会当：定要。

15. 凌：登上。

16. 绝顶：最高峰。

　　五岳之首的泰山，一直是我所向往的名山胜境。原本，它只存在于我恣肆的想象中，而今我终于如愿登临，才发觉它需要用工笔细细勾勒。

　　山石嶙峋陡立，峰峦连绵起伏，泰山矗立在广袤的齐鲁大地上，沉静而不失威仪，雄伟又不乏宽仁。鸟兽在它的臂弯里安家，植被在它的身体上肆意生长。深深浅浅的绿色就那样随着山势铺展，蔓延到视线的尽头，与辽阔的绿野融为一体。

　　大自然的鬼斧神工将那山石砍琢得雄壮神奇，形态各异，又将天地灵气汇聚在此，让这里的一切美得不似人间。向上攀缘时，那粗砺的阶梯一直延伸到飘浮的云层中，如同通往天宫的御阶。

由于山势陡峭，山南山北的景象截然不同。向阳的一面花树绚烂，明亮壮美，背阴的一面则静默如谜，暗如黑夜。两侧风景如此迥异，却又完美地融合，让人忍不住惊叹大自然的神来之笔。

一步步向上攀爬，站在崛起的山石上临风而立，只见层层云雾在头顶、身侧迅速流动，我忍不住想伸出手去撷取一朵白云，对着远处的山峦深吸一口气，心胸便豁然开朗。

蓦地，一声清脆的啼鸣划破天际，吸引了我的注意力。那是一只归山的飞鸟，渺小而强健的身影在云层和茂林中时隐时现，颇有一股天地任我行的侠气与豪情。

再往上走，抬头只看见泰山主峰的峰顶和澄净而广袤的天空。一轮红日在西天之中燃烧得正烈，斜射而来的光芒璀璨夺目。回望来时路，只见原本高不可攀的青山不知何时已被我踩在脚下。

但正值壮年的我怎么可能就此满足？我一定要尽我所能，攀爬到泰山的最高处，以一个胜利者的姿态，俯瞰脚下的点点群山。正如终有一日，我会实现心中的宏愿，为天地立心，为生民立命。

夏麓晴云图 ［清］王翚

除[1]架[2]

◎ 诗人借除架抒发人生始盛终衰的感慨，流露出迟暮将至、功业难成的迷茫与哀愁。

杜 甫

束薪[3]已零落，瓠叶[4]转萧疏。

幸结[5]白花了，宁辞[6]青蔓除。

秋虫声不去，暮雀意何如。

寒事[7]今牢落[8]，人生亦有初。

注释

1. 除：拆除，去掉。

2. 架：用于支承瓠瓜的木架。

3. 束薪：束，捆绑。薪，木柴。

4. 瓠叶：瓠瓜的叶子。

5. 结：指花开之后还结出果实。

6. 宁辞：哪里会推辞。

7. 寒事：秋冬物候，寒冷时节。

8. 牢落：稀疏，荒芜。

四季轮回，转眼又是秋天。春夏雨露滋养，瓠瓜一天天成熟，傲娇地挂在支架上，向世人炫耀它的饱满。春末时为它们所搭的支架，在瓠瓜日复一日的重压下，已经变得歪歪扭扭，几欲垮塌。萧瑟秋风里的瓜架，就像一个个老者佝偻着年迈的脊背，颤颤巍巍。

瓠瓜叶率先感知到空气里的那一丝寒意，在冷露寒霜的一次次侵袭下渐渐干枯，凋落泥土中，一片片枯叶蜷缩着，像战场上的将士遗骸，证明它们曾为了秋日的丰收，拼尽最后一丝力气。

值得庆幸的是，煦暖春日里那微小的白色花朵、坚韧的藤蔓和手掌般的叶子精诚团结，不舍昼夜地供给养分，终于收获饱满沉重的大瓠瓜。此时割除瓜架上紧紧缠绕着的墨绿色藤蔓，就不会感到惋惜心疼了。

一日凉过一日，晨露打湿了衰微的虫鸣，萦绕在耳畔的声音不再如夏日那般聒噪，却也哀戚得令人惆怅。鸟雀面对着眼前凋零的风物，也发出一声声悲鸣，像在诉说这一生的沧桑，字字滴血，充满别离的凄怆。

举目四望，万物悲切，原本蓬勃的盛景几日内便变得萧瑟寥落，叫人目不忍视。它们不也曾在明媚的阳光下怒放，又在雨水丰沛的时节开怀畅饮吗？

人生一世，草木一秋。这急景流年渐次上演，多像倥偬而过的人生，如今我虽已老迈多病，但曾经不也是娇弱水嫩的婴孩、意气风发的少年、踌躇满志的青年和孜孜以求的壮年吗？好在我这一生始终秉持着初心,有所辛劳,亦有所收获。如此,便也没有什么可叹惋的了。

岁朝图 [明] 商喜

春望

◎ 此诗作于安史之乱后,通过写春日长安破败荒芜的景象抒发国破家亡、昔盛今衰之悲叹,表达了诗人忧国忧民、思念亲人的沉痛情感。

杜 甫

国[1]破[2]山河在,城春草木深[3]。

感时[4]花溅泪,恨别[5]鸟惊心。

烽火[6]连三月,家书抵[7]万金。

白头[8]搔[9]更短,浑[10]欲不胜[11]簪[12]。

注释

1. 国:国都,指长安。
2. 破:陷落。
3. 草木深:草木茂盛,可见此地荒芜、人烟稀少。
4. 感时:为时局动荡而感伤。
5. 恨别:因离别而心生怅恨。
6. 烽火:这里指安史之乱的战火。
7. 抵:值,相当。
8. 白头:白发。
9. 搔:用手指轻挠。
10. 浑:简直。

11. 胜：经受，承受。

12. 簪：古人束发的饰物。

　　太阳还是那个太阳，每日在天空中来回游弋，却不时地被浓厚的黑云遮住，收敛灿烂的金辉。山河看似无恙，国都长安城却早已不似昔日那般繁华与热闹了。放眼望去，原本强盛的千里江山已是满目疮痍，战火带来的累累伤痕仍清晰可见。

　　我独自站在城阙的一角，千般滋味拥塞心口。长安城的春天一向是鸟语花香、烟柳弄晴、游人迤逦，如今，四通八达的街衢上却人迹寥寥，只有荒草和野树疯了一样地生长，在风中招摇。

　　那些正值青春的花朵竞相开放、尽态极妍，却不见摩肩接踵的赏花人，那淡淡的清香飘得越远，就越显得冷清与落寞。凝睇那些无言的花朵，我只觉得花瓣和花蕊间满是悲苦，花叶间甚至溅落涔涔泪水，一滴一滴砸在我的心头。

　　我的那些老朋友早已流落天涯，不知所终，更不知何时才能再次相逢。念及此，悲伤便浸透了我的五脏六腑。不经意间听到一声孤独的鸟鸣，那啼血的哭诉，把我刚结痂的心又撕开一道口子，叫人胆战心惊。

　　安史之乱的战火燃烧了数月，我每天睁开双眼时都暗自庆幸，可滚滚狼烟还在头顶弥漫，让人看不到战火熄灭的希望。

　　每个人苦苦渴盼的，就是家人从远方传来的消息，即便倾其所有，也要向家人投寄一封报平安的书信。只要离散的亲人还活

十二禁御景图（姑洗昌辰图） [清] 余省

着，那便是千万两黄金都买不来的好消息。

愁思整日侵扰着我的神经，须发在一夜之间变得花白。在乱世中该何去何从，我始终找不到一个答案。日日思量，白发也渐渐脱落，只剩下薄薄一层。

昔日用来绾发的木簪也从稀疏的白发间坠落，掉进了泥沟里。愣怔望着沾染了泥垢的发簪，一时间百感交集，才知岁月已近迟暮，物事全非。

登楼

◎ 诗人将登楼所见壮美山河与动荡时局相融合，流露出强烈的爱国忧思，寄寓了诗人渴望济世安民的个人抱负。

杜　甫

花近高楼伤客心[1]，万方多难此登临。

锦江[2]春色来天地，玉垒[3]浮云变古今。

北极[4]朝廷终不改，西山寇盗[5]莫相侵。

可怜后主[6]还祠庙[7]，日暮聊为[8]梁甫吟[9]。

注释

1. 客心：客居他乡的游子之心。
2. 锦江：原名郫江，自郫县流经成都入岷江。又名府河、濯锦江。
3. 玉垒：山名，位于今四川都江堰。
4. 北极：北极星。在中国古代的天文体系中，北极星居北天正中，被视为帝王的象征。
5. 西山寇盗：指进犯川西边境的吐蕃。
6. 后主：刘备的儿子刘禅，三国时蜀汉末代皇帝，又称后主。蜀汉灭亡后，刘禅辞庙北上，成亡国之君。
7. 还祠庙：对刘禅误国却仍能建祠立庙的轻蔑。

8. 聊为：心怀不甘而姑且如此。

9. 梁甫（fǔ）吟：乐府古辞，属《相和歌·楚调曲》。传为三国时诸葛亮所作。

    离开长安城，客居蜀地，至今已过去五年。独自从高楼下穿过，横逸的枝条几乎碰到额头。抬头看，零星的几片绿叶上，一朵朵鲜艳的花挤挤挨挨，灿然盛开，却不见游人驻足欣赏。

    霎时，千般滋味涌上心头。我虽偏安在蜀地一隅，但放眼各地，战乱频仍，十室九空，自然无人再有雅兴观赏这灼灼花朵。我暗自叹息，拖着沉重的步子缓缓登上高高的楼阁，举目眺望。

    不远处，锦江的流水如玉带一般，袅袅娜娜从城中穿过，满是小家碧玉的温婉纤丽。水流两岸，蓬勃的绿色交叠掩映，其间夹杂着深红、粉红、明黄、暗紫等各色花朵，如同绮丽华美的织锦，铺盖整个大地。

    远处的玉垒山上，封顶的积雪常年静默着，从未有过一丝松动。层层叠叠的浮云像是忠实的臣子，紧紧围绕在雪顶周边，又被万里长风吹出各种姿态。古往今来，那云朵就像这世间嬗变的时势一样，让人捉摸不透。

    在我心中，大唐王朝屹立在泱泱大地上，恢宏庄严，向来神圣不可侵犯。对于一个长期客居他乡的人来说，它就像是深夜里一抬头就能望见的北极星，永远默守在那里，不会改变位置，却一直指引着人们，带给他们力量。

湖亭游骑图 [唐]李昭道

西边的入侵者至今仍野心勃勃，觊觎我朝的大好河山，试图伺机将它侵吞。他们若真来犯，大唐子民必将追随朝廷赶赴前线，奋勇杀敌，以鲜血捍卫领土的完整、朝廷的尊严。

昔日，蜀国的后主刘禅继位，受诸葛孔明这样的能士竭力辅佐，才守得短时的昌顺。谁知后来刘禅却终日沉沦，宠幸佞臣，将大好江山拱手让人，导致民不聊生、生灵涂炭。纵然如此，在他死后，百姓仍感念皇恩为他修建祠堂，让他的塑像日日接受供奉和祭拜。

此时，西山的一轮残日将尽，暗沉沉的夜晚即将来临。想到身处如此境地，我多么想学着英武圣明的诸葛孔明，吟唱那首《梁甫吟》，让我满腔的愤懑得以宣泄，想回长安而不得的心得到些许安慰吧！

春夜喜雨

◎ 这首诗细腻地描绘春日夜雨的美景，运用拟人手法盛赞春雨润泽万物的高尚特性，抒发了诗人的喜悦之情和对春雨的喜爱。

杜 甫

好雨知[1]时节，当春乃[2]发生[3]。

随风潜[4]入夜，润物细无声。

野径云俱黑，江船火独明。

晓[5]看红湿处[6]，花重[7]锦官城[8]。

注释

1. 知：知晓，明白。

2. 乃：就。

3. 发生：萌发生长。

4. 潜：悄悄地，秘密地。

5. 晓：天刚亮时。

6. 红湿处：雨水打湿的花丛。

7. 花重（zhòng）：雨水令花变得湿重。

8. 锦官城：故址位于今四川成都，后用作成都的别称。

春雨是最为灵巧聪慧的，当它还是天上游荡着的一团云雾

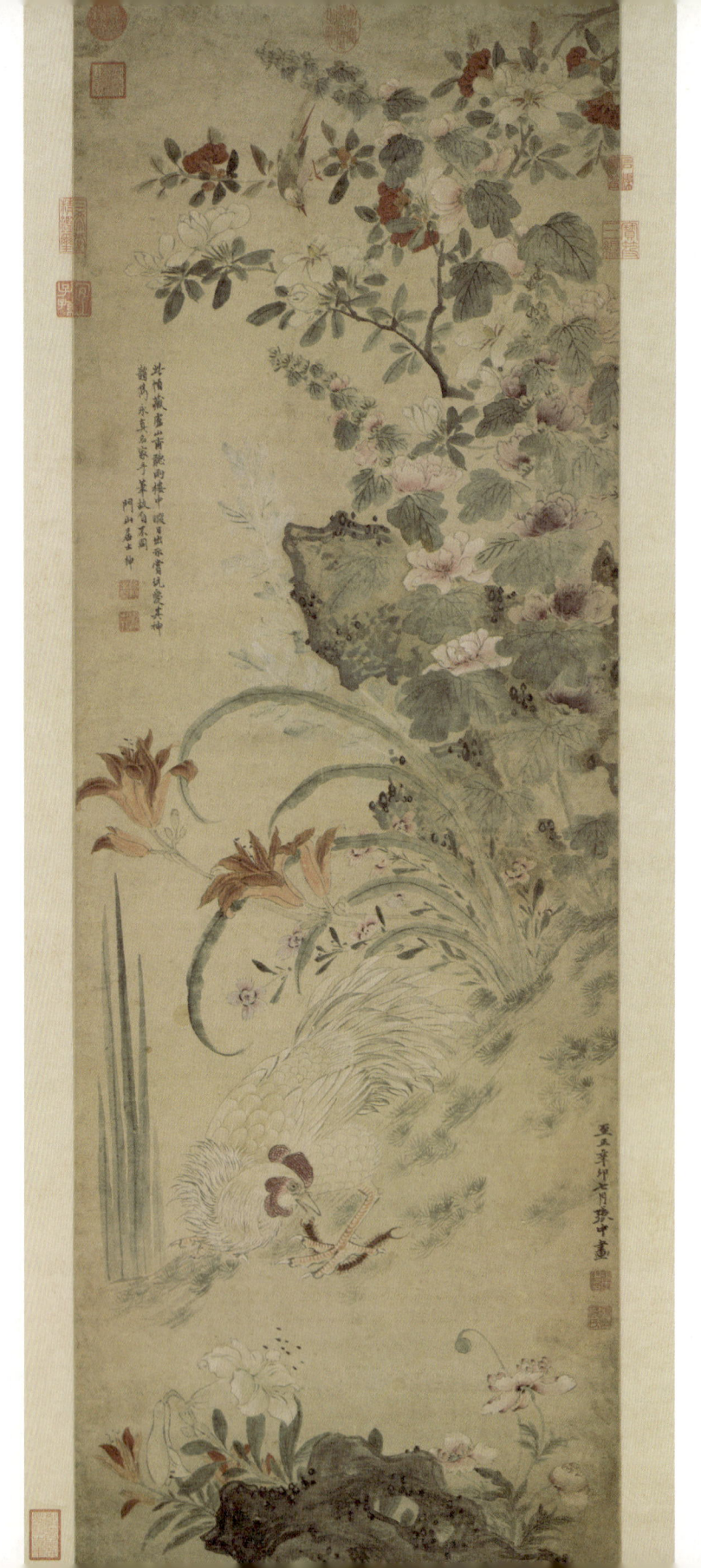

写生花鸟图 [元] 张中

时，看到明媚的阳光如千万根金色丝线柔柔洒下，听到静谧的草堂里传来鸟儿的啁啾，便知春天已然来临，而自己也该悄悄变身，为正在萌发的植物送去莹润的问候。

傍晚时分，一阵微风扯着几片阴云，自北方天空来，将一层轻薄的黑纱覆在青蓝的天幕上。想必这令人欣喜的雨，是自春天的溪谷飘飞而来的一位懿德仙子，来得及时，也来得安静，唯恐惊扰植物的生长和人们的休憩。

站在窗前，我安静聆听，雨仙子的脚步轻盈又绵密：落在土地上，泥土轻舒了一口气，更加湿润饱满；落在叶片上，叶片不舍地将它捧在掌心。当然，这久违的脚步也落在了人们的心上，让人更珍惜受到雨水滋养的世间万物。

借着草堂内微亮的光线，我举目远眺，阴云笼罩下的四野，万物的轮廓几近消隐，只有沉沉暮色将世界浸泡在一个漆黑的大染缸里。在蜿蜒的田间小路的尽头，一只船在锦江之上飘摇，船上灯火摇曳，忽明忽暗。那一团火光湿润又温暖，此刻悄然照亮我日渐丰盈的情思。

其实又何止是我的情思呢？白日里，那些在风中含笑、微微颔首的花枝，这一刻应该更加水润，弯下了腰。等翌日天亮，第一缕曙光照耀下来，它们定会像约好了一般，争先恐后地向上托起一朵朵娇美红艳的花蕾，将整个锦官城装扮成鲜花的海洋。

又呈[1]吴郎[2]

◎ 诗人体恤邻妇贫寒而寄言劝告吴郎,言辞恳切,语气委婉。体现了诗人对穷苦百姓的深切同情,揭露百姓生活困厄的社会根源。

杜 甫

堂前扑枣[3]任[4]西邻,无食无儿一妇人。
不为[5]困穷宁有此[6]?只缘[7]恐惧转须亲[8]。
即[9]防远客虽多事,便插疏篱却甚真。
已诉征求[10]贫到骨,正思戎马[11]泪盈[12]巾。

注释

1. 呈:呈递,有尊敬之意。诗人曾写过一首《简吴郎司法》,此诗写给同一个人,故言"又呈"。
2. 吴郎:即吴南卿,是杜甫的晚辈姻亲,两人私交甚笃。居留夔州时,他借杜甫草堂暂住,入住后随即筑建篱笆、禁止打枣。杜甫遂写诗相劝。
3. 扑枣:打枣,击落枣子。
4. 任:放任,不拘束。
5. 不为:要不是因为。
6. 宁有此:怎么会做这样的事?宁,怎么,难道。
7. 只缘:正因为。

8.转须亲：反而更应该表达亲善。

9.即：就。

10.征求：指赋税征敛。

11.戎（róng）马：兵马，指战争。

12.盈：满。

草堂前的空地里，生长着几棵枯槁的枣树。每到秋天，叶子逐渐凋落后，枝干上就现出了稀稀拉拉的枣子。草堂西边那个缺衣少食、无儿无女的老妇人，不时迈着蹒跚的步子，挎着竹筐，拿着一根和她一样干瘦的长棍，来草堂前打枣。我从不阻拦，因为深知她生活不易，需要食枣充饥。

我曾去过老妇人的家中，茅草屋内没有什么物件，吃饭用的锅碗、睡觉用的草榻全部破旧不堪，吃食无非是几棵干瘪的硬菜根。若非食不果腹、饥肠辘辘，她又怎会冒着被他人指责谩骂的风险，跑去邻居家的门前打枣子吃？未免她担惊受怕不敢再来，我每每见到她，还与她聊几句家常话，好让她放下心中负担。

我搬出草堂后许久，又见到了她。她并不惧怕我，主动上前跟我这个老邻居寒暄，亲切有加。她说官府强行征收各种税款，让本就一贫如洗的她苦不堪言，而兵连祸结让她的生活雪上加霜，她涕泗横流，哭着说不知何时才能熬出头。

听着这一切，我忍不住悲从中来，想到你或许也正为此事困扰，便决定再次写封信寄给你。还希望你收到信以后，不要觉得我多事，且试着去理解这样一位可怜妇人。

老妇人再去打枣，见草堂换了主人，肯定会心生戒备，言谈间百般试探，此举或许令人不悦，却也是事出有因。你一搬到草堂，就在枣树边上修筑篱笆，不许他人打枝头的枣子充饥，这让她原本就万分艰难的生活陷入了绝境。

她穷苦、卑微，也并非她想要这样，不过是无力改变现状罢了。你和我的境况终究是比她好些，何不多些体恤，把那道篱笆拆了，让她在食物匮乏时还能得几颗枣子充饥？你闲暇之时若能平心静气地和她寒暄几句，让她放下心中芥蒂，就再好不过了。

桃村草堂图 ［明］仇英

旅夜书怀

◎ 诗人暮年离蜀东下,旷远寂静的月夜江景反衬出诗人的孤苦无依、境况凄凉,流露出人生失意的感伤。

杜 甫

细草微风岸,危樯[1]独夜舟。

星垂平野阔,月涌[2]大江流。

名岂文章著,官应老病休。

飘飘[3]何所似,天地一沙鸥。

注释 1.危樯:高高竖起的桅杆。危,高。樯,船上挂风帆的桅杆。

2.月涌:月影入水,随江流涌。

3.飘飘:飞翔,有漂泊不定之意。

夜色有些深了,我吃力地将脚下的小船停泊在长江的臂弯里。抬头看,高高的桅杆像一支锋利的铁戟直指夜空。习习微风轻拂我的面庞,同时也吹动岸边的细草,它们俯仰生姿,如同梦中残影。

半明半昧的星斗,在蓝丝绒一样的夜空中悄悄眨着眼睛,

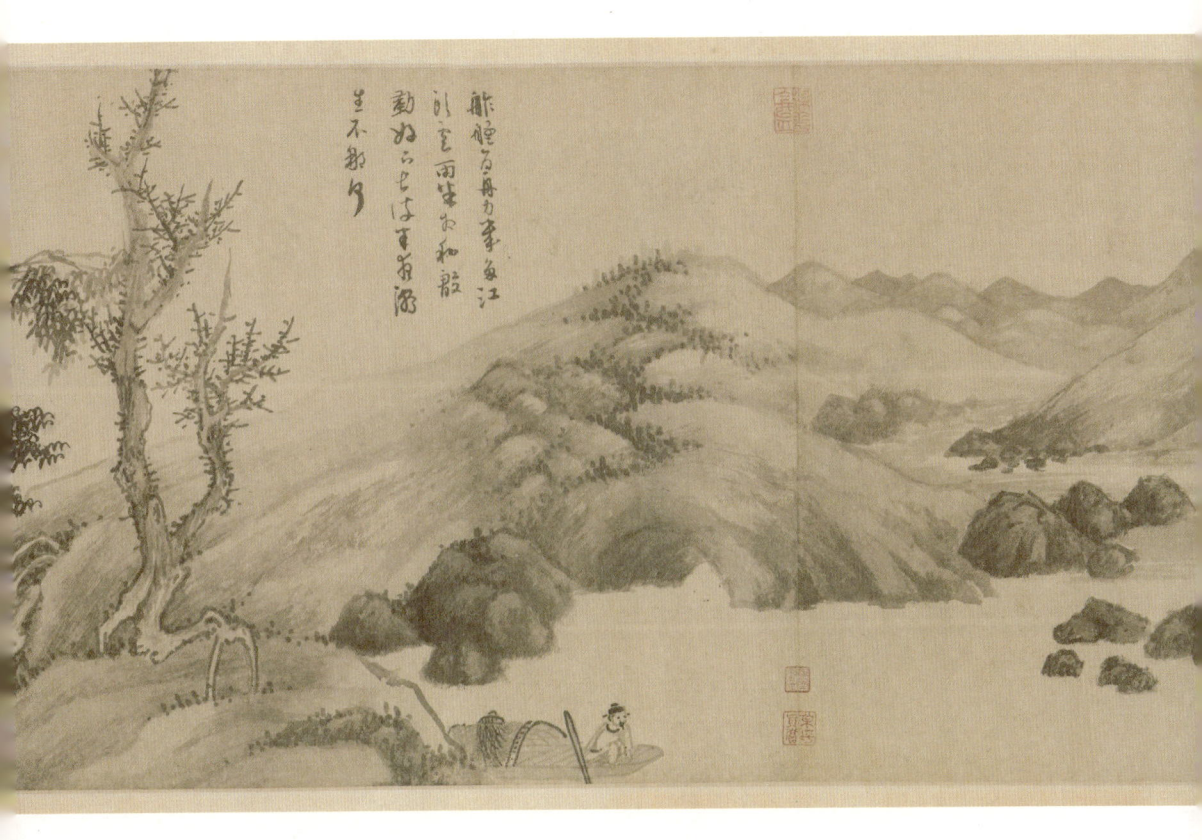

仿荆浩渔父图（局部）［元］吴镇

仿佛怕人察觉似的。须臾间，急促的流星拖着发光的尾迹划过天际，纷纷坠入宽广的田野深处，不知所终。在田野与天空的交接处，皎洁的月光泼洒在涌动的长江上，一道明晃晃的银辉在水面铺展，让我和这条小船如同置身在美丽梦幻的星空中央。

这些年我辗转许多地方，意气风发的少年早已被岁月打磨成了须发苍白的老人。宦海沉浮这么久，我竟因为写文章得到了一些虚名，情动于中而写下的那些诗文难道真的能换取好名声吗？既然如此，年迈多病的人又有什么理由不辞官归去呢？

造化弄人，我拖着疲惫的身体，在苍茫的长江之上孑然流浪，却不知归宿在何方。那种漂泊无依、浪迹天涯的悲凉，又有谁能够感同身受？或许，只有那只整日在这广阔天地之间翱翔穿梭的沙鸥，才体会得最真切。

江南逢李龟年[1]

◎ 诗人与故友重逢,追忆昔时繁盛,饱含时世凋敝、身世浮沉的沧桑之感。

杜 甫

岐王[2]宅里寻常见,崔九[3]堂前几度闻。
正是江南[4]好风景,落花时节[5]又逢君。

注释

1. 李龟年:唐朝著名乐师,善歌,长于作曲演奏,深受唐玄宗赏识。安史之乱后流落江南,卖艺为生,后郁郁而终。
2. 岐王:李隆范,唐玄宗李隆基的弟弟,以爱才好学著称,雅善音律。
3. 崔九:即崔涤,唐朝大臣,得唐玄宗宠幸。崔氏官至宰相,位高权重,李龟年与之相交可见其深受赏识。
4. 江南:唐朝的江南位于今湖南省。
5. 落花时节:暮春,通常指阴历三月。落花意蕴深厚,饱含身世飘零、社会凋敝之意。

当年,我在长安城为官,与达官贵人日日闲谈、费心周旋,

江南春图 [明] 文徵明

日子过得安逸自得，胸中抱负也算有所实现。时年，梨园内繁弦急管，乐声不息。李龟年琵琶在手，端坐台上，修长的手指轻拢慢捻，《渭川曲》便如高山流水，惊动长安。他与名贤相交，更为帝王所重，一时间风头无两，在长安城无人不知。

我出入岐王府的那些年，曾无数次见到李龟年和岐王辨析乐理，相谈甚欢，兴致高涨时甚而相和着高歌一曲。那情景，让人觉得流水落花已随春去，闲云孤鹤误落人间。

我也曾在秘书监崔涤的大堂，无数次听他人说，李龟年正与崔大人促膝交谈。那时，能得如此优待的不过数人，那光景是何等的荣耀！

如今，许多年过去，旧病缠身的我来到向往已久的暮春江南。烟柳画船，繁花似锦，处处都是明媚动人的景象。一阵风吹来，摇落姹紫嫣红，片片花瓣随风四散，将这江南装扮得更加旖旎妩媚。

没有早一步，也没有晚一步，我竟然与流落在歌台酒肆卖力演奏的李龟年再次相逢，一时间百感交集，酸楚与不甘涌上我的心头。流年暗换，时过境迁，芳华不过是没有温度的锦缎，在风刀霜剑下化成灰。

石壕吏

◎ 现实主义叙事诗的杰作，通过描写差吏乘夜抓丁的社会现象，揭露封建统治的残暴，表达了诗人对饱受战乱之苦的劳动人民的深切同情。

杜　甫

暮[1]投[2]石壕村[3]，有吏[4]夜捉人。
老翁逾[5]墙走[6]，老妇出门看。
吏呼[7]一何[8]怒！妇啼一何苦！
听妇前致词[9]："三男邺城[10]戍[11]。
一男附书至[12]，二男新[13]战死。
存者[14]且[15]偷生，死者长已矣！
室中更无人[16]，惟有乳下孙。
有孙母未去[17]，出入[18]无完裙[19]。
老妪[20]力虽衰，请[21]从[22]吏夜归。
急应[23]河阳[24]役，犹得[25]备晨炊。"
夜久语声绝，如闻泣幽咽[26]。
天明登前途[27]，独与老翁别。

注释　1. 暮：在傍晚。
　　　　2. 投：投宿。

3.石壕村：位于今河南陕县一带。

4.吏：官吏。这里指抓壮丁的差役。

5.逾：翻过，越过。

6.走：跑，这里指逃跑。

7.呼：呼喊，大声叫喊。

8.一何：多么，何其。

9.前致词：老妇走上前去（对差役）说话。致，对……说。

10.邺城：即相州，故址位于今河南安阳与河北邯郸一带。

11.戍：驻守，这里指服役。

12.附书至：捎信回来。书，书信。

13.新：刚刚。

14.存者：活着的人。

15.且：姑且，暂且。

16.更无人：再没有别的（男）人了。

17.去：离开，这里指改嫁。

18.出入：偏义副词，偏指"出"。

19.完裙：完整的衣服。

20.老妪：老妇人。

21.请：请求。

22.从：跟从，跟随。

23.应：响应。

053

24.河阳：古地名，位于今河南孟州一带。

25.犹得：还能够。得，能够。

26.泣幽咽：微弱断续的哭声。

27.登前途：踏上前行的路。登，踏上。前途，前行的道路。

　　夜色浓重得像化不开的墨，沉沉地压住狗吠和鸡鸣，村民的低语也听不到了，石壕村陷入死一般的寂静。客房里，奔波数日的疲惫还未完全消退，我却不敢入睡，独自面对着桌上那微弱的灯光不住地叹息，气息掠过战栗着的细瘦灯焰，几欲将之扑灭。

　　马蹄声、兵戈相击声、哀号声远远地传来，那声音像洪流一样几乎将石壕村覆没。抵住狂跳的心脏，我听见一阵窸窸窣窣的声音，似乎是隔壁老汉趁着兵马还未到来，正踉跄着翻墙而逃。很快，差役的恫吓和叫嚣声就撞到了门上，万般无奈之下，弯腰驼背的老婆婆三步并作两步出了屋子，"扑通"一声跪倒在地。

　　凶狠的叫喊早已吓倒了老婆婆，她无助而悲伤地啼哭，将夜空划出一道哀痛的口子。可差役哪里会顾及这些，一遍遍呵斥她交出家中壮丁。想到儿子们的遭遇，老婆婆的心肺顿时像被刀剜一般，泪水如断了线的珠子，纷纷落进尘土。

　　她跪着向前爬了几步，抓住领头兵役的衣角，哀哀陈说起三个儿子的遭遇——他们都已被差役带去戍守邺城。几天前，一个儿子从战场上捎来书信，说另外两个弟兄已经马踏肉泥、血染黄沙。死去的，自此倒落了个清净；苟活的，却依然要在这乱世中忍饥挨饿、苦苦挣扎。

领头的兵役不信，派人去搜屋。老婆婆心下一急，哭得更是喘不过气，话音断断续续，只道家中再无壮丁，只剩一个嗷嗷待哺的孙子。为了喂养这个瘦弱的婴儿，儿媳妇才没上战场。何况，她连一片遮身蔽体的粗麻布都没有，如何能出门哪！

听到下人的禀报，领头的兵役在心底暗自叹了口气，可一想到上司下达命令时的冷峻眼神和残酷的责罚，他还是咬咬牙，举起右手命令道："既然如此，就让老人家去前线给将士们做饭吧，把她带走！"

老婆婆绝望地低下头，来不及告别儿媳妇和孙儿，就被兵役扭住双手，推搡着押解走了。耳边渐渐安静下来，不远处仍旧传来低微断续的哭泣。这一夜，石壕村不知又有多少老少，像落魄的牛羊一样被兵役驱赶，去往那生死难料的战场服劳役？

我揪着一颗心，战战兢兢地僵坐着，直到天边露出一缕微光。念及还要赶路，我又起身准备离开，出门却见逃遁一夜的老汉已经拖着孱弱的身体回来了。我向他挥手作别，他面如土色，无神的双眼始终低垂着。

我转身匆匆上路，泪水止不住地落下。朔风阵阵，荒草纷披，在风中无助地摇摆。这多像我们的命运，若草芥，似尘埃，被时势所裹挟，鲜有来路，去无影踪。

买鱼沽酒图 [元] （传）佚名

羌村三首（其三）

◎ 诗人遭贬归家时作此诗，抒写父老乡亲携酒探望的拳拳盛意和淳朴民风，反映出乱离之中百姓生活的悲苦，寄寓了诗人的济世情怀。

杜 甫

群鸡正乱叫，客至鸡斗争。

驱鸡上树木，始闻叩柴荆[1]。

父老[2]四五人，问[3]我久远行。

手中各有携，倾榼[4]浊复清[5]。

苦辞[6]酒味薄，黍[7]地无人耕。

兵革[8]既未息，儿童[9]尽东征。

请为父老歌，艰难愧深情。

歌罢仰天叹，四座泪纵横。

注释

1. 柴荆：即柴门。
2. 父老：对年长之人的尊称。
3. 问：慰问馈赠。
4. 榼（kē）：古代盛酒或贮水的器具。
5. 浊、清：指酒的颜色。
6. 苦辞：再三陈说。

7. 黍（shǔ）：一种粮食作物，俗称黄米。

8. 兵革：指战争。一作兵戈。

9. 儿童：这里指年轻人。

　　傍晚时分，我与家人相对而坐，漫谈过往岁月的种种遭遇。成群结队的鸡在院落中追逐啼鸣，好不热闹，以至于客人轻叩柴门的声音都不曾听见。

　　看到月亮从东边的山峦间露出了淡黄的身影，我走出屋门，拿起一根细长的棍子，挥舞着将鸡群驱赶到围栏筑成的鸡窝里休憩，四周渐渐安静下来。我转身欲进屋，才听见有人在敲紧闭的柴门。

　　打开门，原来是附近的几位老人家，听闻我近日归家，每人手里都提着一壶酒来看望我。我心中感激不已，连忙请他们到屋里坐。在屋内，他们将带来的酒打开，斟满酒杯，又询问起我这些年在外的境遇。

　　我端起桌子上的酒，与他们碰杯对饮，如实地讲起自己在官场摸爬滚打的经历，以及写诗作文获得的一点虚名。他们专注倾听，似乎对此并无兴趣，而是更关心生活中的小事，只怕我在外受了委屈，吃了苦头。我举杯向他们致敬，感谢他们的关心。他们却谦虚起来，说家乡的酒味道淡薄，希望喝惯了好酒的我不要嫌弃。

　　我笑着摇头，我怎么可能嫌弃，这酒再清淡寡味，也都是家

山居留客图 [宋]（传）夏圭

乡的味道，带着父老乡亲对我的关爱。何况，这些年战乱频发，村里的年轻人都去充军了，只有体弱多病的老人留守在家中。各家的田地没人耕耘，收成自然不好，酿酒，也就只能用那些陈谷子、烂稻米了。

我的心中涌起一股暖流，眼眶也随之湿润。我那饱受战乱折磨的乡亲们啊，这些年你们经历的苦难我感同身受，更感谢你们在如此艰难的情况下，还携带着酒来探望我这个失意之人，让我感受到家人般的温暖与深情。

内心满满的感激和愧疚不知如何表达，于是我痛饮一杯酒，又敞开喉咙，将满腔真情吟唱出来，以此感谢给我无尽关怀的故友与亲人。看着他们质朴可亲的脸庞，我愈发不能自已。

一曲结束，我不禁长叹一声，在座的老人竟都流下热泪。世事动荡如棋局，我们只是被时代洪流裹挟着的蝼蚁。我们无能为力，随波逐流，唯有这心心相印的体恤和抚慰，能让我们卸下防备，将心里的痛楚酣畅地释放。

月夜忆舍弟 [1]

◎ 这首诗表现了遭逢离乱的诗人对亲人的深切担忧与思念。

杜 甫

戍鼓[2]断人行[3]，边秋[4]一雁声。
露从今夜白，月是故乡明。
有弟皆分散，无家问死生。
寄书[5]长[6]不达，况乃[7]未休兵。

注释

1. 舍弟：对自己弟弟的谦称。
2. 戍鼓：边防驻军的鼓声。
3. 断人行：鼓声响起开始宵禁。
4. 边秋：边塞的秋天。一作秋边。
5. 书：书信。
6. 长：经常，总是。
7. 况乃：何况是。

戍楼上的更鼓响了一声又一声，像夜晚孤寂的心跳，虚幻而缥缈。在它的催动下，人们纷纷归家安歇，路上的行人越来越稀疏，最后只剩下孤零零的我。在这边远之地的秋夜，寒露轻易打

秋渚水禽图 [明] 吕纪

湿了孤雁的喉咙，它的啼声里暗藏整个秋季的衰落。

白露起始，寒生露凝，瑟瑟北风肆意地摇撼蒹葭，让它在深秋凋零成一处遗迹。沐浴着清冷的月光，我仰头细看，却不见玉兔奉茶、吴刚伐桂，只有一团迷蒙的雾气，模糊了眼前的所有景象。脑海里深深怀念的，还是儿时依偎在父母身旁时见到的那轮明月，它高悬在故乡天空上，和万家灯火遥遥相对。

如今，一场逆臣的叛乱使得山河破碎，家园遭难，骨肉离散。我身在秦州，你却流落他乡，天各一方。我们的几间屋舍在风霜雨雪的侵袭下只剩一片断壁残垣，不知异乡的你是否安好，我唯有将这份愁心寄予明月。

过去的无数个夜晚，我也曾将满心牵挂化作纸上盛开的花，托驿使寄送。只是那些花朵未曾寻到可供生长的心灵之壤，又错失了归鸿，终究是枯萎了。在无休无止的战争里，那些纸短情长都不幸化成了灰烬，那"想念"二字，自此便与天地间仓皇求生的灵魂擦肩。

绝句二首

其一

◎ 这首咏物诗选取春天的典型景物，动静结合，勾勒出一幅生气蓬勃的丽春图。

杜 甫

迟日[1]江山丽，春风花草香。
泥融[2]飞燕子，沙暖睡鸳鸯[3]。

注释

1. 迟日：春日。
2. 泥融：这里指泥土湿润。
3. 鸳鸯：水鸟名，体型比鸭子小，羽毛华丽鲜艳。雌曰鸳，雄曰鸯，出双入对，自古以来便是爱情的象征。

浣花溪的春天，一旦到来，便是热烈而奔放。尽管太阳刚从东方升起，天光熹微，千里江山却已在春光中复苏，清风拂煦，唤醒酣眠一冬的花草，磅礴的生机中孕育着无限柔情。

穿过画廊般的美景奔赴春天的盛会，柔和的春风拂过肌肤，又轻轻地叩击着心扉，令人情痴意迷，流连忘返。五颜六色的花

芙蓉双鸳图 [清] 顾瑛

朵绵延成一片广阔的花海，阵阵清香在天地间飘溢，将盛大的花事轻轻向世间万物诉说。

　　脚下的泥土，已然从冬日的冰冻中苏醒过来，变得软绵绵，鸟雀踩上去，轻盈得如同踩在柔软的云朵里。低回的燕子，用锋利的翅膀来回裁剪着春天翠绿的柳帘，不时降落在不远处的泥土上，用嘴衔了湿泥，而后折回附近的梁间筑巢，准备繁育后代。

　　春水盈盈，流淌时多了几分灵动与雀跃。阳光照耀下的白色细沙，蓄积了太阳的温度，越发温暖。成双成对的鸳鸯在河滩上栖息，时而交颈而歌，时而抖动翅膀，贪婪地享受着大好春光，不觉间为这漫漫的春日增添了生机。

其二

◎ 明媚春光勾起诗人的客愁，以乐景寄哀情，乡思越发浓烈。

杜 甫

江碧鸟[1]逾[2]白，山青花欲燃[3]。
今春看又过，何日是归年。

注释

1. 鸟：指江上的鸥鸟。
2. 逾（yú）：更加。
3. 花欲燃：指花红似燃烧的火。

清澈的锦江水悠然而下，像一条色泽明丽的绿丝带，柔软地飘荡在锦官城的腰际。水底的五彩砂石和游鱼清晰可见。白色的鸥鸟低掠过水面，像绸缎上飞快滑落的露珠，调皮地四处藏匿，转而又成群结队地从江岸跃出，像朵朵浪花排空而去。

山坡上，大自然早已悄然调制好缤纷的颜料，用精巧的画笔为各种植物上色，于是，高低错落、深浅不一的翠叶便开始交头接耳。谁知大自然意犹未尽，又换了红色颜料，轻轻点缀几笔，朵朵红花便在山坡上如火如荼地盛放，美不胜收。

在这欣欣向荣、蓬勃盎然的春天，人们总是沉醉在疏密有

三白图 [元]王渊

致的春景中，陶然忘机，怡然忘归。只是春光不常驻，好景不常在，盛大的光景终会被时光匆匆的车轮碾碎，经过夏秋的欢闹，化作一整个冬季的静默。

明年春日，这里的景色依然会令人心旌摇曳。只是它这般美好，却并不属于客居此地的我。什么时候我才能回到故乡，与我的亲友开怀畅谈一番？如此想着，倒觉得这满眼春色，兀自惹人恼。

前出塞(其六)

◎ 诗人借戍卒之口反对穷兵黩武,体现了诗人济世安民的仁爱之心。

杜 甫

挽弓[1]当挽强,用箭当用长[2]。

射人先射马,擒[3]贼先擒王。

杀人亦有限,列国自有疆[4]。

苟[5]能制侵陵[6],岂[7]在多杀伤。

注释

1. 挽:拉。
2. 长:指长箭。
3. 擒:捉拿。
4. 疆:边界。
5. 苟:如果。
6. 侵陵:同"侵凌",侵犯欺凌。
7. 岂:难道。

拉弓射箭,射手不仅要有强劲的臂力,还要会挑选弓箭。弓臂的弹性要强,不易折断;弓弦则要紧绷有力,不可松弛过长。再搭配一支锋利无比的长箭,控弦发矢自然不在话下,射程也远非普通弓箭所能比。

在战场上射箭，是先射人还是先射马？先射马，马匹体形壮硕，命中概率自然会高很多。如果马先受伤摔倒，马背上的骑兵就会自高处跌落，免去攻打之虞，省心省力。

敌军突袭又该如何？活捉他们的首领。军队的首领是引航定向的旗帜，是誓死拼杀的精神，更是军纪整肃的保证。如果首领束手就擒，军心涣散，敌军自然就像一盘散沙似的溃败了。

可是，拥有丰富的战斗经验就可以肆意征伐了吗？当我看到一个个鲜活的生命被长矛尖刀刺伤，鲜血汩汩流下，在沟渠中汇成一条深红色的血河时，我的心如撕裂般疼痛。单靠战争与杀戮是无法换来天下大治的，只有民心归顺才能维持长久的安定。何况，每个国家都有自己的疆域，越过边界去屠戮征服其他民族，是不可取的莽撞行为。

如果我们的军队对外能制止蛮夷的试探和侵犯，对内能保证兴国安民的各项事业，国家想必已经足够强大，又何必让那些远离故土与亲人的血肉之躯，在上位者蓄意挑起的战斗中白白地牺牲呢？

北京宫城图　［明］朱邦

赠花卿 [1]

◎ 诗人采用通感和虚实相生的手法,为无形的乐曲赋予灵动神姿,极言乐曲美妙,同时暗含讽谏。

杜 甫

锦城[2]丝管[3]日纷纷[4],半入江风半入云。
此曲只应天上[5]有,人间能得几回闻。

注释
1. 花卿:即花敬定,唐朝武将,成都尹崔光远的部将。
2. 锦城:成都的别称。
3. 丝管:丝,指弦乐器;管,指管乐器。"丝管"泛指音乐。
4. 纷纷:形容乐声绵长悠扬。
5. 天上:双关语,虚指天宫,实指皇宫。

锦官城内处处笙歌,管弦悠扬,一派歌舞升平的盛世景象。乐音此起彼伏,穿过错落有致的楼阁轩窗,终日在游人的耳畔萦绕,不绝如缕。

偶尔在锦江边信步漫游,推敲诗句,试图捕捉几个漂亮的诗眼,我的思绪却总是被阵阵管弦声打断。乐音从江岸的高阁上传来，在空中飘荡，或是随着清风飞越锦江，或是扶摇直上，飘进高高的天宫。

心烦意乱之时，我望向高阁，看见了一张熟悉的面孔。他武艺高强、骁勇善战，曾为大唐立下汗马功劳，当朝天子对他称赞有加，黎民百姓也津津乐道，认定他是少有的奇才。

昔日战功赫赫的武将花敬定，如今却判若两人。他衣着华丽，放浪不羁，斜倚在看台中央的太师椅上，伸手接过侍者递来的茶水轻轻啜饮，又对着台上的奏乐者连连称赏。随侍的众人闻声纷纷应和，对他的豪举赞不绝口。

可耳畔的音乐如此美妙，分明是天宫中的神仙和金銮殿上的皇帝才有权享受的，如今怎么沦落到了熙来攘往、乌烟瘴气的市井间？

行路的游人都听得如痴如醉，只说先前从未听过这般音乐，花将军喜欢的乐曲果真不同凡响。

開韶慶佳節合宅樂團圓夫婦同堂洽見孫繞膝妍華燈燦樓表吉爆響階前瓊萼南枝報春光宇宙延

御題姚文瀚歲朝歡慶圖
江趙老冲來勒敬書

岁朝欢庆图 [清] 姚文瀚

茅屋为秋风所破歌

◎ 这是一首歌行体古诗,描写诗人旅居成都草堂期间茅屋破毁、夜雨淋身的不幸遭遇,表达了诗人忧国忧民的思想感情和改革现实的崇高理想。

杜 甫

　　八月秋高[1]风怒号,卷我屋上三重茅[2]。茅飞渡江洒江郊,高者挂罥[3]长林梢,下者飘转沉塘坳[4]。南村群童欺我老无力,忍能[5]对面[6]为盗贼。公然抱茅入竹去,唇焦口燥呼不得[7],归来倚杖自叹息。俄顷[8]风定云墨色,秋天漠漠向昏黑。布衾[9]多年冷似铁,娇儿恶卧[10]踏里裂。床头屋漏无干处,雨脚如麻未断绝。自经丧乱[11]少睡眠,长夜沾湿何由彻[12]!

　　安得[13]广厦[14]千万间,大庇[15]天下寒士[16]俱欢颜!风雨不动安如山。呜呼!何时眼前突兀见[17]此屋,吾庐独破受冻死亦足!

注释

1. 秋高:深秋。
2. 三重(chóng)茅:几层茅草。三,泛指多。
3. 挂罥(juàn):缠挂着。罥,缠绕。
4. 塘坳(ào):积水的洼地或池塘。坳,低凹的地方。
5. 忍能:狠心。
6. 对面:当面。

7. 呼不得：喝止不住。

8. 俄顷（qǐng）：不久，一会儿。

9. 布衾（qīn）：葛布或麻布制成的被子。衾，被子。

10. 恶卧：睡相不好。

11. 丧（sāng）乱：战乱，指安史之乱。

12. 何由彻：如何才能挨到天亮。彻，尽，完。

13. 安得：如何能得到。

14. 广厦（shà）：宽敞高大的房屋。

15. 大庇（bì）：广泛地遮蔽、护佑起来。庇，遮蔽，掩护。

16. 寒士：指出身低微的、贫苦的读书人。

17. 见（xiàn）：通"现"，出现。

盖好茅草屋，一家老小才算在蜀地安顿下来，此时秋意渐浓，寒霜凛冽。一日，狂风大作，我和妻儿正躲在屋中，盼着肆虐的风早点停歇，谁知这风竟着了魔一样怒吼不止，将覆盖屋顶的三层茅草簌簌吹跑。

我急忙跑出门，几间茅屋被狂风吹刮得只剩下框架。一团团茅草在天上接连飞起，径直飞越浣花溪，散落到对岸。高飞的茅草被风中摇荡的树枝阻拦住，缠绕在树枝间，低飞的茅草则散落到低洼处或池塘中。

南面村子里的几个顽童未经世故，不知人间疾苦，见我年老体衰，竟当着我的面像盗贼一样肆无忌惮地抱起地上的茅草，嬉笑着冲进一旁的竹林深处。我气急了，扯着嘶哑的嗓门，冲着被风吹斜的竹林大声数落，他们却根本不理会我。无奈，我只得拄着拐杖，喘着粗气，回到四壁漏风的家中照顾妻儿。

没多久，风渐渐地平息下来，如墨的积雨云却在北方的天空中升腾，很快便响起轰隆隆的雷声，天地万物都变得阴沉昏暗。我还没将家里的什物收拾妥当，豆大的雨点就噼里啪啦打了下来，让一家人再次陷入慌乱。

雨越下越大，好多东西已经来不及收拾，一家人只好依偎在一起，将那盖了多年的冰冷的被子裹在身上，以抵御不断袭来的寒气。可谁知，孩子眠时惊梦，一使劲竟把那可怜的被子蹬破了！顿时，飕飕的冷风和着紧密的雨丝畅通无阻地冲了进来。

屋顶的梁架裸露着，雨淅淅沥沥地向下落，家中再也找不到一处干爽之地，一家人只能在墙角蜷缩着。屋外的雨依然如倒豆子般，密密麻麻地拍打下来，毫不留情。战争爆发后，我的睡眠就少得可怜，再遇到阴雨连绵的天气，一家老小该如何在这摇摇欲坠的屋檐下熬到天亮呢？

想想真是让人揪心不已！究竟怎样做，才能拥有千万间宽敞亮堂的大房子，在风雨飘摇中岿然不动，让普天之下的贫寒之士安心居住呢？

如果真有那么一天，就算这几间茅屋被秋风吹破，被大雨浇透，就算我受冻而死，又有何妨？

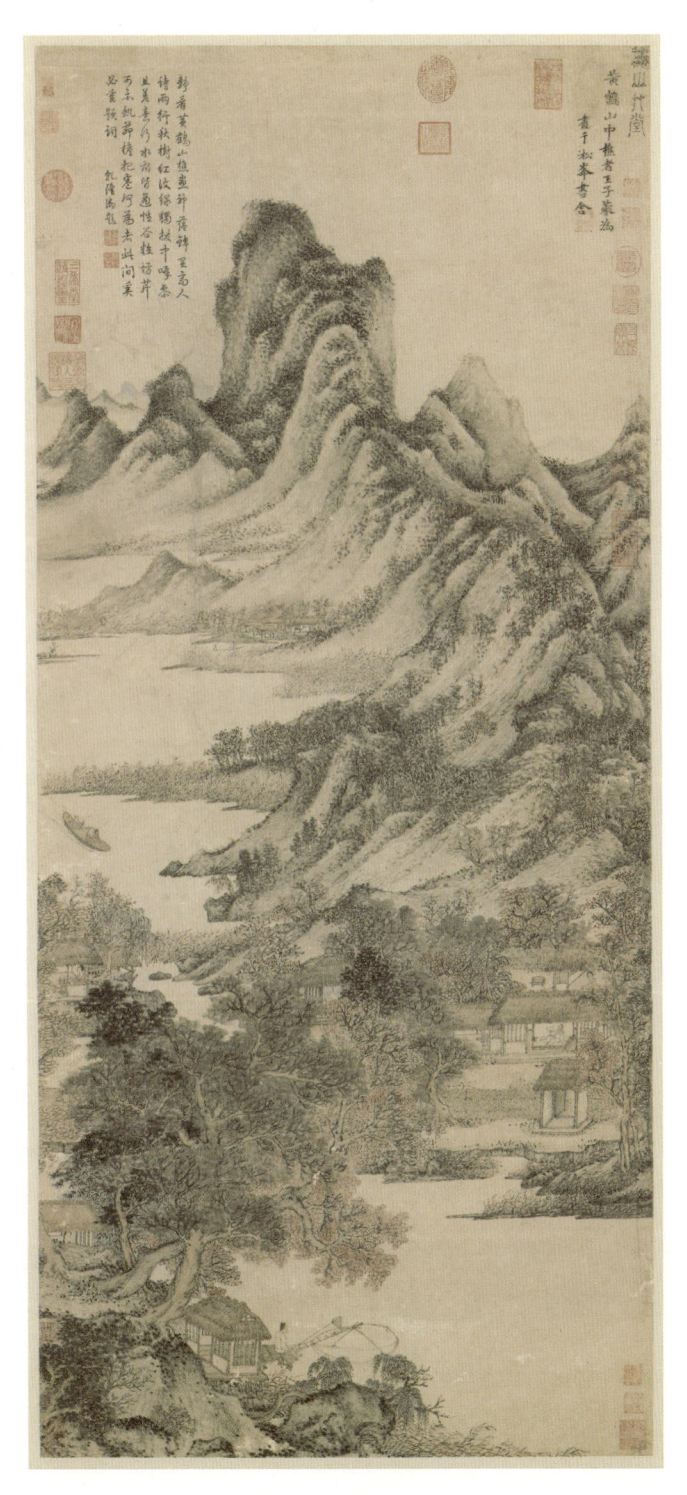

秋山草堂图 [元] 王蒙

华子冈[1]

◎ 动静结合，声色兼备，抒写诗人在夕照中漫步还家的陶然自得和对华子冈的眷恋不舍。

裴 迪

日落松风[2]起，还家草露晞[3]。
云光[4]侵[5]履迹[6]，山翠[7]拂人衣。

注释

1. 华子冈：王维的隐居地辋川别业的胜景之一。裴迪与王维同隐终南山，彼此交好，寄情山水。
2. 松风：松林中的清风。
3. 晞（xī）：干燥。
4. 云光：云霞余晖。
5. 侵：渐进，掩映。
6. 履迹：人的足迹。履，鞋子。
7. 山翠：山色苍翠。

终南幽幽，苍翠的山脉诉说了大地的无尽厚重与柔情。好友王维的辋川别业安适地横卧在终南山的怀抱，一处又一处景致错落地镶嵌其中，如天地棋盘上的一枚枚小棋子。华子冈风光绝美，常常令我们流连忘返。那日山中唱和，日暮时归家，更觉华子冈别有韵味。

一轮红日，照得一方山林沉醉，又带着尚未烧尽的热忱，渐渐向西山坠落，去贩卖它的烈酒。西边漫天的云霞如醉酒一般，放出熊熊焰光。天空燃烧得如此热烈，引得一株株松树窃窃私语，忽而形成了阵阵松涛，开始拂动丝丝的凉意，空气里弥漫着淡淡的香气。

细嗅着令人愉悦的清香，我独自走在归家的途中，脚步轻快而悠闲，鞋子摩擦地面发出细微声响，抬起的瞬间又扫动道旁的碧草野花。叶片上的露珠早已在白日里蒸发，叶子越发轻盈，晃悠着身子一路相送，直至行人远去。

回头望，夕阳的余晖穿过酡红的晚霞斜斜地照过来，琥珀色的光线映照在花草上，将茂密的花影投在走过的小径上，静谧安详，犹如一幅没有边际的剪影画。清风偶尔吹拂过来，花移影动，仪态万方，甚是可爱。

两旁山坡上傲然挺立的青松翠柏，在傍晚的霞光里更加苍翠。它们随风摇摆，像是要替我拂去终日奔波而沾染的尘埃，更为我卸下了傍晚时分渐渐涌上心头的离别的惆怅，让我无所挂碍，神清气爽。

暮色早已降临，回首眺望，王维不舍的目光一直追随着我。我欣慰不已，回家的脚步也更加轻快，不由得哼起了田园小调。待他日，惠风和畅，杨柳依依，我们必定会再次相约，一路唱和着尽情游乐。

枫谿观瀑高宗御题图 [清] 董邦达

逢入京使[1]

◎ 描绘出使西域的诗人托返京故友捎口信的动人场面，抒写诗人对故园的无限眷恋和渴望建功立业的豪情壮志。

岑 参

故园[2]东望路漫漫[3]，双袖龙钟[4]泪不干。

马上相逢无纸笔，凭[5]君传语[6]报平安。

注释

1. 入京使：进京的使者。
2. 故园：指长安以及诗人的住所。
3. 漫漫：形容路途极其遥远。
4. 龙钟：沾湿貌，这里指泪水沾湿衣袖。
5. 凭：托，劳烦，请求。
6. 传语：捎口信。

前往安西的旅途漫长又枯寂，对家乡的怀念如雨后疯长的杂草，拔节的声音清晰可闻。回首相望，繁华的长安城已在身后落幕，城里那个温情、幸福的家，随着车轮的不断转动，已消失在地平线的尽头。

那里是长安，是百姓向往的人间天堂，即使出使西域是为了报效朝廷，我也还是不舍长安城的秀美风物和淳朴民风。我一遍遍擦拭着情不自禁流下的泪水，袖口都湿透了，却依然止不住那流泻的情思。

一队人马远远地行来，细看那旗帜和装束，是大唐的人马。在马上拱手相迎，寒暄一番，才知他是奉旨入京的使臣。只见他满面春风，欢欣溢于言表。想必，他也曾在边疆长久徘徊，也曾在离开长安后的每个夜晚辗转反侧吧？好在这一刻，他终于要回到心心念念的长安城去了。

这些天来相思之情难以抑制，我多么想写一封家书，交给入京的使者，可翻遍行囊也没能找出纸笔。我无奈地笑笑，解释说出门太过匆忙，没想到漫漫长路还能偶遇同乡故友。

入京使者笑着说，出门在外，琐事略忘一二也是人之常情，不如就把重要的事说与他，由他带回长安。我向他作揖表示感谢，把对家人的惦念和自己流落在外的近况，简要地说与他听，让他帮我传达给家中亲人。

念及彼此还要赶路，我和入京使者没有耽搁便匆匆作别，向截然相反的方向行进。不知还要走多久才能抵达安西，但好在长安城中的亲人还能收到我的消息，知道我这一路平安无事。至此，我不安的心终于可以稍稍放下，不再如先前那般煎熬难耐了。

十二禁御景图（太簇始和图） ［清］丁观鹏

白雪歌送武判官[1]归京

◎ 边塞诗中的压卷之作。描写八月飞雪的塞外奇观和将士雪中送行的盛况，表现了将士的豪迈气概和对友人的惜别之情。

岑 参

北风卷地白草折，胡天[2]八月即飞雪。
忽如一夜春风来，千树万树梨花[3]开。
散入珠帘[4]湿罗幕[5]，狐裘[6]不暖锦衾[7]薄。
将军角弓[8]不得控[9]，都护铁衣冷难着。
瀚海[10]阑干[11]百丈冰，愁云惨淡[12]万里凝。
中军[13]置酒饮归客[14]，胡琴琵琶与羌笛[15]。
纷纷暮雪下辕门[16]，风掣[17]红旗冻不翻。
轮台[18]东门送君去，去时雪满天山路。
山回路转不见君，雪上空留马行处。

注释

1. 武判官：具体人物不详。判官，唐代官职名，担任朝廷委派的地方长官的僚属。
2. 胡天：塞北的天空。胡，中国古代对北方及西域游牧民族的称呼。
3. 梨花：梨树的花，春天开放，花色纯白。这里以花喻雪，将枝头积雪喻为满树梨花。

4.珠帘：用珍珠串成或缀有珍珠的帘幕，形容帘幕华美。

5.罗幕：用丝织品做成的帐幕，形容帐幕华美。

6.狐裘（qiú）：狐皮袍子。

7.锦衾（qīn）：锦缎做的被子。

8.角弓：两端用兽角装饰的硬弓。

9.不得控：天冷得拉不开弓。控，拉开。

10.瀚（hàn）海：戈壁沙漠。

11.阑干：纵横交织的样子。

12.惨淡：暗淡无光。

13.中军：主将或指挥部的代称。古时行军作战时分中、左、右三军，主将在中军指挥。

14.饮归客：宴饮归京的人，指武判官。饮，宴饮。

15.胡琴琵琶与羌（qiāng）笛：都是当时西域少数民族的乐器。

16.辕门：古时军营或官署的门。

17.风掣（chè）：红旗冻结，风吹不动。掣，拉，扯。

18.轮台：唐轮台隶属北庭都护府，位于今新疆维吾尔自治区米泉县境内。

北风像刀子一样飕飕刮过，荒野里的树被扒光了衣服，不见一片叶子，枝干在风中无声地摇晃。旷野上的枯草齐刷刷卧倒，贴伏着大地。在风的摧残下，浓云越来越沉重，没多久，纷纷扬扬的雪花就铺满了大地。

初至安西的我，从未见过这般冷冽的景象。谁能想到时值八月，一场风雪过去，天地间白茫茫一片，连树枝上也积满了雪花。恍惚之间，我以为是昨夜春风裹挟着暖意，悄悄吹拂了大地，让千百棵梨树的花一夜之间竞相开放。

雪花从帐篷的缝隙里簌簌扑进来，在寒冷如冰的珠帘和罗幕上迅速冻结，化作一道道坚固的白墙。天是那么寒冷，狐狸皮毛缝制的大衣也难以御寒，裹上绸缎缝制的被子，还是防不住四下透风。

在这样冷峻的条件下，曾经能轻松拉弓、受士兵仰视的将军，也会因为被冻僵而频频失手吧？那重若千钧的铠甲，此时恐怕更是冰冷得难以穿上。

帐篷外，开阔广袤的沙漠上，潜藏的湿气已经结成厚厚的冰层，北风再也吹不动固结的沙土。满天的黑云紧紧贴着大地，不给天地留下一丝喘息的空隙。昏暗阴沉的天色里，将士们的脉搏似乎都被冻住了。

然而，将士们却更加慷慨激昂，身体里的血液像浪涛一样奔涌，言谈间迸发的激情，像火焰山上终年不息的热浪。那高涨的亢奋情绪，几乎要掀翻冰天雪地中的帐篷了。

今天，武判官就要离开这里，回到长安城了。三军主帅正在帐中摆酒设宴为他送行，我和将士们一起举杯向他敬酒，大家开怀畅饮，载歌载舞。胡琴、琵琶和羌笛的声音不绝如缕，自宴会开始就一直飘荡在边地的上空。

千里搭长棚，没有不散的筵席，终于还是到了曲终人散时。我们相拥着走到帐篷外面，大雪依然下个不停。抬头看，天空依旧阴沉，营帐前的红旗也被冻得僵硬，在冰天雪地里显得越发鲜艳，却听不到旗面拍打的猎猎声。

将士们相互扶携着，裹着寒风，在厚重的积雪里深一脚浅一脚地走，直走到轮台的东门外，才在武判官的反复劝说下停步。而后相互作揖告别，武判官一行骑上成队的马匹，在漫天飞雪中渐行渐远。

挥舞的手久久地停在半空，谁都没有再说话，空气也仿佛凝固了，啸叫的北风和翻飞的雪花成为那一刻最庄重的祝祷。天山路迂回曲折，地上的马蹄印迹很快就被大雪抹平，却依然牵动着每个人的心。

峰回路转，最后一瞥中的点点黑影也终于消失在视线尽头，将士们却依旧出神地站立，不愿归去。我默默看着他们，只觉他们像一尊尊石碑，刚刚离去的武判官似乎把他们的满腔情思也悄悄带走了。

函关雪霁图 [明] 唐寅

走马川[1]行[2]奉送封大夫[3]出师西征

◎ 用恶劣的战争环境反衬边疆战士英勇无畏的战斗豪情,颂扬战士们高昂的爱国志气。

岑 参

君不见走马川行雪海边,平沙莽莽黄入天。

轮台[4]九月风夜吼,一川碎石大如斗,随风满地石乱走。

匈奴草黄马正肥,金山西见烟尘飞,汉家大将[5]西出师。

将军金甲夜不脱,半夜军行戈相拨[6],风头如刀面如割。

马毛带雪汗气蒸,五花连钱[7]旋作冰,幕中草檄[8]砚水凝。

虏骑闻之应胆慑,料知短兵[9]不敢接,车师[10]西门伫[11]献捷[12]。

注释

1. 走马川:河流名,位于今新疆境内。一说车尔臣河。
2. 行:一种诗歌体裁。
3. 封大夫(dà fū):即封常清,唐朝名将,蒲州猗氏人,军功卓著,升任北庭都护,持节安西节度使。
4. 轮台:唐轮台,位于今新疆米泉境内。
5. 汉家大将:指封常清,唐代诗人多以汉代唐。
6. 戈相拨:兵器互相撞击。
7. 五花连钱:指马的毛色斑驳。五花,即五花马。连钱,一种宝马。

8.草檄：起草讨伐敌军的官方文书。

9.短兵：对尺寸较短的冷兵器的统称。

10.车师：即庭州，唐朝北庭都护府的治所，位于今新疆乌鲁木齐东北。

11.伫：长久地站着，泛指等待。

12.献捷：献上诗篇庆祝胜利。

你看啊，辽阔的走马川弯弯曲曲，紧靠着雪海的边缘。黄沙在空中肆意游走，漫无边际，将天和地搅成迷蒙混沌的一片。将士们只知道要顺着走马川不断前进才能与匈奴作战，可前面的路况如何，却怎么也看不明了。

轮台九月的夜晚，狂暴的朔风怒号不止，耳边好似有成群结队的猛兽在奔腾咆哮。哪怕走马川的石头巨大如斗，重若千钧，也会被那气势汹汹的强风裹挟着四处乱滚，轰隆隆的声音响彻云霄。

此时，在遥远的匈奴营地，天气却大相径庭。那里能感受到秋天的微凉，茂盛的牧草刚刚变黄，军马一个个吃得膘肥体壮，在草场上奔跑起来四蹄生风，威风凛凛。匈奴将士经过一段时间的休整，精神也越发抖擞。

风沙稍稍停歇，我便爬上高高的山峰向西远望，高耸的金山之下，马蹄奔腾扬起的尘土和狼烟混杂着，烟尘滚滚。封常清将

瑞雪凝冬图 [明]（传）王谔

军和士兵们明知此行条件艰苦，胜负难料，却还是痛饮烈酒，出师西征了。

将士们为了早日肃清敌寇，夜以继日地赶路，一刻都不肯休憩。夜里，他们常常摸黑行军，凛冽的寒风刮着将士们饱经风霜的脸和干裂的嘴唇，他们一次次用口水抿湿嘴唇，却从不叫苦。

偶尔原地休整，将士们也只是将身体靠在一起，坐着眯会儿眼，身上沉重的铠甲从未脱下，只为遇到袭击时能快速应对。当盾牌和长矛相互碰撞发出清脆的响声，便是他们再次向匈奴军进发的时刻。

彪悍的马匹日夜跋涉，口中的热气刚一呼出，旋即被滚滚黄沙湮灭。马匹身上沁出的热汗，在寒冷的空气里很快凝结成冰，挂在一绺一绺的马毛上。

临时搭建的营帐中，谋士提笔正欲书写征战檄文，却发现笔尖坚硬如铁，将薄薄的纸张划破。砚台里刚磨好的墨汁，也冻得如坚冰一般，怎么也化不开。情急之下，谋士索性掷笔，走出帐外横戈跃马，和将士们一道直奔沙场。

出师的势头威猛，将士们因而满怀豪情，士气大振。听闻我军出师西征的消息，匈奴纵然心有不甘，号令寇盗以死相抗，也抵挡不了我军一往无前的进攻，必定落得个丢盔弃甲而逃的败局。

见我大唐军队视死如归，志在必得，我心头原有的一点疑虑也瞬间被打消了。我就暂留在驻地，做好后方增援补给的一应准备，随后伫立在车师的西门，等待封大将军战捷归来的好消息。

行军九日[1]思长安故园

◎ 重阳节登高怀乡之际，诗人流露出忧国忧民之情和平定战乱的渴望。

岑 参

强[2]欲登高去，无人送酒来。
遥怜[3]故园菊，应傍[4]战场开。

注释 1.九日：指农历九月九日重阳节。

2.强：勉强。

3.怜：可怜。

4.傍：接近，靠近。

回归长安的念头已经在心头萦绕多日，眼下又到了重阳节。近来，我在行军路上连日奔波，疲累困倦不说，只感觉自己像一只越飞越远的风筝，苦苦期待那根牵绊的丝线被拉紧，有朝一日能再回到出发的地点。

在长安城的时候，每到重阳，我都要约上三五好友，手提菊花酒坛，身上佩插茱萸，一起登上顶峰仰天俯地、开怀畅饮，祈愿国家安宁、家人幸福。而今，在行军的间隙，我即使勉力登上了山顶，向着长安的方向极目远眺，也是孤零零一个人，心情低

丛菊图 [元] 佚名

落到谷底。

在边远不毛之地，谁会携来一壶美酒，与我一起消除这无穷无尽的悲愁呢？想到卧倒在菊花丛中的陶渊明，尚能等来提着美酒与他同饮共醉的知己王弘，我心头的失落感就更郁郁不可言了。

不知遥远的长安城里，一到秋天就凌霜盛开的菊花，今年是否还是那般傲然无惧？曾经，那黄灿灿的花朵熙熙攘攘地铺满了整座城池，如同黄金战甲，为我大唐军队铺出一条辉煌的凯旋之路，威震四海。

如今，一场祸国殃民的战争正四下蔓延，生灵涂炭、民不聊生，京都长安也成了血泪交织的战场。随时可能爆发的战争，让黎民百姓终日惶惶不安却又无计可施。连城中的菊花，也在一次次的战斗中倦了神采，失了斗志，花瓣间沾满了苦不堪言的血泪，隐忍着不肯滴落。

连年纷飞的战火，到底何时才能消停？穷苦百姓早已受够了折磨，无法再忍受这种担惊受怕的日子。我多想回到长安城，投身沙场，早日平定这场战乱，让百姓回归安宁祥和的生活。待明年重阳节登高望远时，长安城的菊花再不会这般落寞了吧？

渔歌子[1]

◎ 描绘西塞山前的明丽春色和悠然垂钓的渔父,展现了诗人超尘脱俗的意趣和对自由生活的向往。

———— 张志和

西塞山[2]前白鹭[3]飞,桃花流水鳜鱼[4]肥。
青箬笠[5],绿蓑衣[6],斜风细雨不须归。

注释

1. 渔歌子:词牌名,又名《渔父》《渔父乐》《秋日田父辞》等。原为唐教坊曲,后用作词调。
2. 西塞山:位于浙江湖州。
3. 白鹭:一种美丽的水鸟,羽毛雪白,体型纤长。
4. 鳜(guì)鱼:淡水鱼,性凶猛,以其他水生动物为食。肉质鲜嫩,营养价值高。
5. 箬(ruò)笠:用竹篾或箬叶编织的斗笠。
6. 蓑(suō)衣:用草或棕叶编织的用于遮雨的雨具。

春日煦暖,在西塞山的石矶上闲坐,独自垂钓一个丰美的春天。山峦起伏流畅的波形,使得清风更加舒缓怡人。香草芳树在山的怀抱里肆意峥嵘,花簇纷披,点缀在大片绿色之间,像油画

赵山青兮楚水碧，水碧山青两崖侧
色兼裹方丈跋之翁一冒长占矶
头立本来官府多沧浪良贵祖无支
伱门修柱主客紝不闲贵黄茅蜨屋
甘荒凉高风道建子陵蹈冒食官
家竹十来朝塘回皓出商山白发
高本樵碌、若翁之意莫五乎闲忌
远古咸戚嗟朝卷则夕立墟何如若
翁紫在渔浮鱼芫酒醉止呼俯
仰天地百虑无沧浪一曲长吟之
　　　　　　東吳張誥題

捕鱼图 [明] 倪端

一样令人倾心。

几只身形优雅的白鹭，在水泽浅滩上觅食、嬉戏，纤长的双足推开柔软的水草，将一圈圈发光的涟漪赠送给晴朗的春日，而后拍打着翅膀，自水面向高空飞去，洁白的身影游走在碧水青山之中，将一颗闲适的心带去了悠远之地。

身旁的几株桃树灼灼燃烧，繁复的花朵缀在清绝的枝上，灵动俏皮。它们悄悄探身，在漫溢的河水中顾影自怜。河水中，肥美的鳜鱼在桃树的花影下成群结队地游来游去，不时腾跳出水面，仿佛要撷取一朵偷藏心中。

此情此景令我陶然忘忧，连收获了几条鳜鱼也无心计较。迷醉中，不知流光转了几许，更不知太阳何时躲进了纤薄的云层，直到如牛毛般轻盈的雨丝随风飘洒，落在竹青色的箬笠和蓑衣上，我才察觉周身烟雨迷蒙，唯美至极。

我欣赏着眼前的画面，轻轻哼唱起悠然的曲调。出离凡尘已是不易，又何必急于回去。这缥缈的山光水色，绵密的雨丝风片，让我置身广阔、静谧、温柔的天地间，感到无限自由。至于那些恼人的俗世杂念，何不将它们隔离在这青山绿水之外呢？

月夜

◎ 诗人写春色而取其微，营造出清逸静美的意境，饱含对春天、对新生的欣喜之情。

刘方平

更深¹月色半人家，北斗²阑干³南斗⁴斜。
今夜偏知⁵春气暖，虫声新透⁶绿窗纱。

注释

1. 更深：古人以更计时，一夜分为五更，更深即为夜深。
2. 北斗：北斗七星。
3. 阑干：横斜的样子。
4. 南斗：在南天排列成斗形或勺形的六颗亮星。
5. 偏知：才知。
6. 新透：（虫叫声）初次穿透。新，初。

"滴答""滴答"，一声一声的更漏，细数着时间的悄然流逝，又似要穿透寂静的夜。窗外，西斜的月亮洒下清辉，不偏不倚地照耀着千家万户，院子里如同积蓄了一汪静水，散发出霜雪一般莹白的光泽。月光流过低矮的屋檐，穿过敞开的窗户，洒在地上，把屋子分割成明暗截然不同的两个世界。

雨余春树图 [明] 文徵明

连日来夜不能寐，我看久了屋内白皑皑的月光，便透过窗棂，寻找天空中北斗星和南斗星的踪迹。只见它们相互陪伴着，横斜在碧海青天里，与那轮明月遥相呼应。它们不时眨巴着眼睛，却是那么安静，唯恐惊扰了世间众生的清梦。

今夜，空气里的凉意不再如先前那般汹涌地侵袭身体，取而代之的，是一丝不易察觉的温热气息，正悄然升腾。一声久违的虫鸣，蓦地划破了夜的寂静，让我再一次确定，春的脚步已经近了。

我支棱着耳朵，细细聆听大自然的天籁。那虫鸣声并不高昂，甚至有些微弱，间隔许久，它才啼鸣一声。但它确实是这个春天最动听的声音了，悄然间，就把春天的纱衣掀起了一角。我仔细听着，恍恍惚惚像是进入了梦乡。

窗外，那生机勃发的春景很快就要登场了吧？一望无尽的绿野和点缀其间的姹紫嫣红，将倏然点亮人们的双眼。到那时，纵使夜间躺在床铺上，隔着绵软的窗纱，我也能感觉到葱茏的绿意在天地之间涌动，为万里河山换上春日的新装。

中唐

莲溪渔隐图 [明]仇英

江村即事[1]

◎ 描写江村幽美宁静的景色和垂钓者的闲逸情趣，反映了垂钓者适性任情的人生态度。

司空曙

钓罢归来不系船，江村月落正堪眠[2]。
纵然[3]一夜风吹去，只在芦花浅水边。

注释 1.即事：以当前事物为题材所作的诗。
2.正堪眠：正是睡觉的好时候。堪，可以，能够。
3.纵然：即使。

夜钓归来，江边村落上空悬挂着的那轮皎白的月亮，为我指引唯一的方向。我迎着溶溶的月光，细听荡桨摇橹、鱼儿戏水，让倦意在心头弥散。小船缓缓向岸边靠拢，我困倦的身体和不羁的灵魂，终于也要归家了。

那艘斑驳的小船曾经四处漂荡，经历了太多风浪，所以这一刻，我连它也不用系了。就让岸边那根寂寞伫立的老树干，继续向呢喃的夜风倾诉一生的沧桑，让那破旧的小船继续寻找自己的归宿，在风平浪静时幻想新的征途。

这江水的脾性，我再了解不过。它的低语是那样轻柔、体贴，如同一个处变不惊的催眠师。在它的陪伴下，我才睡得安详沉静，任红尘风雨在身外飘摇，梦中的我抛绝了纷杂的世事，只装得下草木一季的荣枯。

纵使有风扬起，我的梦境也不会被吹落。哪怕这风吹上整整一夜，让江水边的草变绿、变黄，我也从不担心。那一叶扁舟再怎么随风漂荡，次日一早，至多是在村庄不远处的芦花滩畔、浅水岸边，我便能找到它。而它就像个老朋友，依旧安静地等我摇橹出发。

枫桥[1]夜泊[2]

◎ 这是一首羁旅诗,通过描绘江南秋夜美景,营造出幽寂旷远的意境,抒发了客子飘泊无依的孤苦与哀愁。

张　继

月落乌啼霜满天,江枫[3]渔火[4]对愁眠。

姑苏[5]城外寒山寺[6],夜半钟声到客船。

注释

1. 枫桥:位于今苏州西郊的一座古桥。
2. 夜泊:夜间停船靠岸。
3. 江枫:江边枫树。江,吴淞江。
4. 渔火:渔船上的灯火。
5. 姑苏:苏州的别称,因其西南郊姑苏山而得名。
6. 寒山寺:位于枫桥西,始建于梁代。传言唐初诗僧寒山曾居于此,故得名。

　　吱呀作响的船桨,将水中那弯残月的淡影搅得稀碎。夜雾在江面上弥漫,丝丝缕缕的寒意包裹着姑苏城。透过那蒙蒙的水雾,寒夜的残月像一弯紧蹙的蛾眉,带着失意的忧伤,正向群山背后坠去。不知何处传来乌鸦的啼鸣,砸在空寂的心上,荡出几

秋江渔隐图 ［宋］马远

声寥落的回响。

桨声欸乃，一路穿过了江村桥和枫桥，江岸边的枫树醉红了叶子，在暗夜里绵延出大片沉沉的火光。这时，江面上多了几艘小船，与我的小船并行。船上的灯火都像是倦了，对着困倦的我轻轻眨眼，将我无解的惆怅映照得更加清晰，也让我的一颗心，在那星星点点的暖黄色光芒里，获得片刻的慰藉。

我再次仰望姑苏城外连绵起伏的山峦。它们在夜晚沉沉睡去，朦胧之中更见恬静，翠色如流波般格外动人。远远的，只见一座山峰上隐约矗立着一座寺庙，削尖的塔顶直指云天，似乎是为了迎接天上的神仙踏访人间。

入夜已久，跋涉多日的身体终是疲乏了。我轻轻闭上眼睛，努力抚慰愁乱的情绪，寒山寺里的钟声悠然地传来，直抵我的双耳，让我这颗浮萍般无处寄放的心，再一次在无边寒意中游荡。

寒食[1]

◎ 描写皇都暮春时的富丽风光,抓取宫廷礼俗的典型画面,含蓄地讽喻了宫廷专权和宦官专宠的社会现实。

韩 翃

春城[2]无处不飞花,寒食东风御柳[3]斜。
日暮汉宫[4]传蜡烛[5],轻烟散入五侯[6]家。

注释

1. 寒食:古代自清明节前一二日起禁火三天,只吃冷食,故称寒食节。
2. 春城:春日里的长安城。
3. 御柳:御苑之柳,皇城中的柳树。
4. 汉宫:以汉代唐,实指唐朝皇宫。
5. 传蜡烛:寒食节有禁火习俗,但皇宫和权贵宠臣不遵此俗。
6. 五侯:汉成帝封其舅王谭、王商、王立、王根、王逢时五人为侯,享殊遇。这里泛指受皇帝恩宠的外戚。

一草一木对气候的感知最为灵敏,无论是初绽的嫩芽还是待放的花蕊,感受到一丝春意,都会应邀赶赴春天的盛会。几日之内,绿叶红花就喧嚷起来，将整座长安城笼罩在淡淡的香气中。

时令流转，人们还没来得及细细欣赏花朵最娇媚的模样，便到了孕育果实的时节。柔美的花瓣被春风绝情抛弃，一阵风来便纷纷飘落，留下孤独伤怀的倩影。杨柳早有打算，让种子搭乘着一朵朵轻盈的飞絮，寻找下一代的落脚之地。柳絮纷纷飘扬，迷了人的眼，也为这暮春裹上了千丝万缕的愁思。

寒食节总是伴随着凉意而来。那个时候，百姓家中都禁了烟火，不得点灯生火，日日吃冷食过活。人们讲述着介子推和晋文公生死相托的感人事迹，又怀想着故去的亲人，如烟往事一幕幕涌上心头。走在长安街上，看到一排排柳树在东风的吹拂下，扬起细长柔软的丝绦，在空中荡出一波一波的绿浪，如同散落风中的纸钱和经幡，行人便愈加伤感。

寒食节傍晚，皇宫内仍是烛火通明。皇家在祭扫仪式中点燃了一年中最早的一团新柴，祈祷国运永祚，皇室子孙福泽绵长。而后，皇帝命人取火，将先前备好的蜡烛点燃，按照品级一一分送给王侯近臣。燃烧的蜡烛升腾起袅袅青烟，自此便一直缭绕在王侯将相的楼榭歌台上。

那些贫苦的百姓，远没有这般幸运。他们没有新年的火种，暮色四合时，只能在庭院里啃食着冰凉的食物，眺望着宫廷官邸中的明亮火光，在心底默默地叹息。

岁华纪胜图册（蚕市）　［明］吴彬

送灵澈上人[1]

◎ 描绘灵澈上人归山之景，意境清远，抒发了诗人对友人的惜别之情，表现了二人恬淡的心境。

刘长卿

苍苍[2]竹林寺[3]，杳杳[4]钟声晚。
荷笠[5]带斜阳，青山独归远。

注释

1. 灵澈上人：唐朝著名诗僧，俗姓汤，字源澄，会稽（今浙江绍兴）人。
2. 苍苍：深青色。
3. 竹林寺：位于润州（今江苏镇江），是灵澈此次游方歇宿的寺院。
4. 杳杳（yǎo）：深远的样子。
5. 荷（hè）笠：背着斗笠。荷，背负。

白日的畅聊仍意犹未尽，灵澈上人的处世之道多么通透，如醍醐灌顶一般，让我的失意土崩瓦解，此刻只觉灵台清明。

怎能不珍惜这样美好的时光，于是我又陪伴上人多行了几处，才让你一步步远去。用手遮挡眼前的阳光，我的视线掠过你

竹院逢僧图 [明] 赵左

清瘦的身影，竹林寺的飞檐翘角在葱茏的松柏翠竹间依稀可见。清凉的晚风吹动林涛，枝叶婆娑的沙沙声传入耳朵，如蛩音，又像天籁，安宁得令人心动。

寺院的晚钟，恰在这时敲响，低沉悠远的声音沿着山岗和树林，一波一波涌到身边。林中的鸟儿被惊动，扑棱着翅膀飞向山野的上空，播撒三两声啼鸣，又迂回着进入另一片茂林，不见踪影。

斜阳悬在西山的千顷森林之上，铺展千万条金色丝线，为每一棵绿树加冕，为曲折小路铺上金毯。你置身在金灿灿的光海之中，身影越来越小，离那光明却越来越近，冥冥中，我觉得那是上苍对你我的开示。

光线越来越暗，暮色一点点浮起。终于，连你的身影也在峰回路转时消失。我仰望着连绵的青山、苍劲的松柏，知晓你的身影将与那些风景恒久相伴，而你所走的，是一条属于你的不为人知的小径。

长沙过贾谊[1]宅

◎ 这是一首怀古诗，通过凭吊汉代文学家贾谊的坎坷仕途，抒发了诗人接连被贬时内心的悲怆怨愤。

———— 刘长卿

三年谪宦[2]此栖迟[3]，万古惟留楚客[4]悲。
秋草独寻人去后，寒林空见日斜时。
汉文[5]有道恩犹薄，湘水无情吊岂知？
寂寂江山摇落处，怜君[6]何事到天涯！

注释

1. 贾谊：西汉初著名政论家、文学家，后受排挤，被贬为长沙王太傅，故后世又称贾长沙、贾太傅。
2. 谪宦：贬官。
3. 栖迟：淹留，隐遁。
4. 楚客：流落在楚地的客子，指贾谊。
5. 汉文：指汉文帝。
6. 君：既指代贾谊，也是作者的自问。

傍晚时分，我一路打听方向，奔你的旧宅而来。老屋顽强，在你离去近千年之后，仍屹立着对抗岁月的侵蚀。你我之间虽横亘着一段无法跨越的时空，但我心中的凄苦和不甘，或许只有同样沦落天涯的你才懂，所以未经你允许，我便将你引为知己。

你被汉文帝贬谪到长沙，在此地孤独地度过三年时间。就像一只羽翼颀长的鹰，猛然中了暗箭，流落至荒蛮之地，在无助与苦闷之中默默疗愈自己的伤口。纵使伤口愈合，也自此收敛起翅羽，不再乘着万里长风一展雄姿。

于是，在荒凉的异乡，你用文字抒发胸中苦闷，努力在异地的荒漠里让生命开出高洁的花。但你无以言说的悲苦，你的明心见性，连历史的风沙也掩盖不了。你的事迹代代相传，千百年的时光流转，你我这才没有失散。

游人三三两两离去，独留我在深秋枯黄的衰草里徘徊，一步一步，试图寻觅你曾经的足迹，体会你那些年的心路历程。蓦然抬头，落日正斜斜地照在随风摇摆的枝叶上，萧条得如同多年前的一场旧梦。

汉文帝自称有道，却将心怀天下的你放逐至此，令你日夜踟蹰，难道这也是君王的治世之道？听说你也曾前往湘江，凭吊以死明志的屈子，只是汩汩流淌的江水，怎能明白屈子当初的义无反顾和你的所思所想？如今，我特意前来凭吊你，耳边吹过的风、空中飘零的叶、身旁走过的人不绝，却无一懂得你我心中激荡的愤懑和不甘。

群山沉默，丧失折返回声的热情；江水浩荡，再翻不起开怀的涟漪。一片片枯叶终是无法主宰自己的命运，任命运的秋风肆

无款山水图

无忌惮地吹落。这些多情的叶子，虽不解你我横遭贬谪的缘由，却还是纷纷覆盖你的居所，像在祭奠你我生命中那一闪而过的光芒，又似在营造一场短暂的幻梦，好让寻你而来的我遗忘当下的痛楚。

　　暮色越发沉凝，风吹动我斑白的长须，牵动一丝苦涩的笑。尔后，我佝偻的身躯，将在年复一年的荒烟蔓草里，立成一座无字碑。

逢[1]雪宿[2]芙蓉山主人[3]

◎ 诗人用白描手法写自己夜宿寒山的所见所闻,营造出风雪人归的凄清意境。

刘长卿

日暮苍山[4]远,天寒白屋[5]贫。

柴门闻犬吠,风雪夜归人。

注释

1. 逢:遇上。
2. 宿:借宿,投宿。
3. 芙蓉山主人:芙蓉山具体位置不明,主人指作者投宿的村户。
4. 苍山:青山。苍,青色。
5. 白屋:未经修饰的简陋茅屋。

日暮时分辗转来到芙蓉山,狂风怒号,乌云低垂。行了一天的路,我疲倦至极,却又不得不加快脚步。黑云穿过料峭的山林,将树木横生的枝杈冻得宛如僵直的手指。

不一会儿,纷飞的雪花就被寒风裹挟着,如一重重白色帘幕翻卷而来,茫无边际。放眼远望,原本静默的群山更加辽远苍茫，脚下的小道迂回往复，似乎怎么也走不到头。

摸索许久转过山头，一座低矮的院落在大山深处隐约可见。渴望归家的心终于得到一丝安慰，我加快步伐来到跟前，才发现那两三间屋子是由茅草搭成，简陋贫寒。此刻它们被厚重的落雪覆盖，显得更加凋敝。

到院门前，我还未来得及高呼，一只凶悍的土狗便从柴门后敏捷地冲出来，"汪汪"叫了起来。不远处一棵高大乔木上的积雪，被犬吠声激荡，簌簌飘落。我向屋内高喊几声，那狗的吠叫也渐渐低沉，不似刚才那般高亢激愤。

屋舍主人听闻有人前来，掀开屋门上的草帘，一片暖黄的灯光忽然映照出来，在茫茫雪夜里照亮一条光明的路。屋舍主人在那光线里急急跑过来，打开柴门热情地招呼："快进来避避吧，快进来！"

我的嘴角早已冻僵，连一个完整的笑容也挤不出来，便跟随主人跨进屋门。红泥火炉正烧得旺盛，火舌调皮地四处乱窜，烘得屋内温暖如春，瞬间融化了头顶双肩的落雪。我轻轻拍打肩头，所有的疲惫都在那一刻消退，一颗心在风雪交加的夜里躲进了安乐窝。

溪山雪意图（局部） ［南宋］刘松年仿高克明绘

寻陆鸿渐[1]不遇

◎ 这是诗人访友不遇所作。高雅幽静的居住环境和缥缈不定的行踪衬托出隐者的闲情逸兴,一个超尘脱俗的隐士形象跃然纸上。

皎 然

移家虽带[2]郭[3],野径入桑麻。
近种篱边菊,秋来未著花[4]。
扣门[5]无犬吠,欲去问西家[6]。
报道[7]山中去,归时每日斜[8]。

注释

1. 陆鸿渐:即陆羽,唐代茶学家,精于茶道,隐居苕溪著述《茶经》,被后世誉为"茶圣"。
2. 带:靠近。
3. 郭:外城,泛指城墙。
4. 著花:开花。
5. 扣门:敲门。
6. 西家:西边邻居。
7. 报道:回答说。
8. 日斜:太阳西斜,犹言暮时。

陆鸿渐是我的好友。前不久，他和一家老小从喧嚣的市井迁到了外城。

秋日清润，我携着一壶酒追寻老友的行迹而来。那条幽僻的小路如同一位尽责的导游，一路指引我穿行于茂密的桑榆间。一会儿，眼前豁然开朗，只见广袤的沃野上安然坐落着几间屋舍，似在秋日的阳光里小憩。

小院外的篱笆下，一簇簇低矮的菊花挨挨挤挤，叶片交错如相互搀扶的臂膀，在飒飒的凉风中努力挺身，惹人怜爱。由于刚播种不久，繁茂的绿叶间还没长出像样的花苞。

但菊花向来是陆鸿渐的知音，哪怕尚未开出金黄的花，随风摆动的叶子也令他心满意足。意气相投的邻居是多么难得，心中若有万千意，也可以在风眠树静时，低声说与东篱听。

走到柴门前，我用手中的路杖轻轻敲打门板。"嗒嗒"，心头像是有小马欢跳，为这秋日晴空谱写一小段即兴的乐章。可院中仍然安寂，连狗吠都不曾传来，只有稻香隐隐飘来。

我不禁感到失望，家中怎会无人呢？彷徨之际，却见不远处一户人家的柴门轻启。不甘中夹杂着紧张，我犹豫着上前，叩响了邻居家的院门，询问陆鸿渐一家的去向。

邻人说他向来是大自然中的野夫，不肯居家虚度光阴，每日晨曦时分就跑到山中采药游荡，今天不知到哪里逍遥自在去了。

我忍不住追问他什么时候回来，邻人笑了笑，说须等到日薄西山了。每次看他回来，背上的药篮里都装着各种各样的草药。

棠山為障帶清
池取水
烹茶便
且宜著
箇胎仙
茗鼎側
知伊著
反魏家
詩
壬寅仲
秋巾游
淘能

石泉新汲廣砂瓷竹色……
……為閒窗沁趣酒
……薦茶盟

石泉試茗圖　[清] 王翬

他一进家门，肩上的夕阳便收敛了最后一丝光，而他合上门，夜的布幔也拉上了。

滁州[1]西涧[2]

◎ 描绘西涧清幽宁静的暮春美景,表达了诗人怀才不遇的淡淡忧伤和随遇而安的恬适心境。

———————————————————————— 韦应物

独怜[3]幽草涧边生,上有黄鹂深树鸣。

春潮[4]带雨晚来急,野渡[5]无人舟自横[6]。

注释

1. 滁州:位于今安徽滁州以西。
2. 西涧:位于滁州城西郊野。
3. 独怜:唯独喜爱。
4. 春潮:春天的潮汐。
5. 野渡:郊野的渡口。
6. 横:随波漂浮。

春天一到,迎春、蔷薇、玉兰、樱花等都迫不及待地绽开明媚的笑脸,在水畔、庭院、路旁争奇斗艳,摇曳生姿。倘若阳光灿烂,东风拂面,那种繁花竞相开放的胜景,是最动人心的。只是时至暮春,花朵便纷纷萎谢凋零,随风入土。这时,一碧连天的芳草,便会接替繁花装点江山。

仿荆浩渔父图　［元］吴镇

我常常在西涧的幽谷中闲逛，那儿有一大片依水而生的碧草，楚楚风致，我见犹怜。那碧草茎叶细长，泰而不骄，无论阴晴冷暖，只管笃定又安静地生长，从容之中自有几分疏放。有时阳光为绿茵镀上一层蜜色，小草变得更加鲜亮明丽，珊珊可爱。

树丛深处藏着几只机灵的黄鹂，不时发出清亮的啼鸣，娓娓讲述这一季的繁华与美好。它们的喉咙每轻轻鼓动一次，这山林的苍翠、河水的丰盈，空气的清新、芳草的馨香，就悄然增加一分。身穿薄衫穿行在曲折的石径上，我只觉身心舒泰、宠辱偕忘。

只是预想不到，万物清明的背后，会隐藏着一场别开生面的雨水。傍晚时分，春光尚未完全敛去，倾斜的雨线便穿过潮湿的雾气，蒙蒙落下，润泽了河边的芳草，打断了黄鹂的歌唱，也扰乱了我折返的脚步。那雨淅淅沥沥，连绵不绝，山涧如同饱饮了醇香的美酒，一改往日的柔顺，潮水迅猛上涨，一溪碧水顿时变得汹涌而浩大。

远处的渡口上，浩荡的河水快要淹上栈桥，原本准备渡水的行人此刻早已自寻避雨之处，不见了踪影。那开阔的水面上，便只剩下一只小小的扁舟，随着动荡的波澜轻轻摇摆。

秋夜寄邱员外[1]

◎ 诗人秋夜怀人，抒发对隐居异地的好友的深切相思。

韦应物

怀君属[2]秋夜，散步咏凉天。
空山松子落，幽人[3]应未眠。

注释 1.邱员外：邱丹，曾拜尚书郎，后隐于临平山学道。
2.属：正值，适逢。
3.幽人：幽居隐逸之人，指邱员外。

夜凉如水，悄然洒落人间，像一场轻盈的梦境。我走在静谧的梦境深处，来回踱步，衣衫上渐渐多了几滴冷凝的露珠。那熟悉的寒意，连同此刻盘桓在脑海中的思念，一点一滴落进心潭，激起一圈又一圈柔情的涟漪。

皎皎明月独自守着浩瀚的碧空，与月下徘徊的我遥遥相望。凉风袭来，一切显得越发缥缈，而邱丹的音容笑貌，却在眼前越来越清晰，让我忍不住回想起过往相处的美好时光。

屈指算来，我们已经许久未见，不知道你如今在临平山学道，是否有了期待中的收获。山中松柏森森、碧草青青，空寂无

日長山靜綠陰稠　坐砌治階活水流　一室蒲萄惟四壁　片言乃意足千秋　心將太宇同寧謐　意與宵雲共去留　搖曳林高卧雲塚　原是我原周

乾隆壬戌秋御題

桐陰書靜圖 [明] 仇英

人,一向清幽静谧。如今秋凉露重,那松树的针叶上定然挂上了清澈的水珠,松子于静夜中悄然落地,其声想必也是妙不可言。

如果真是这样,那我的故友邱丹,喜欢幽居隐逸的你,也一定在这秋凉中享受着难得的时光,用心追寻着无比崇尚的道。或许,不经意间你也会念起千里之外的我,而舍不得在这样的夜晚早早入睡吧?

我回到房间,借着窗外莹白的月色,挥毫泼墨写下这首诗,记录我此时的所思所感,托寄给远方的你。只待有一天你读到,能明白我的牵挂,我们寻日相聚,举杯言欢,畅叙幽情。

塞下曲[1]（其二）

◎ 通过记述将军夜猎一事，刻画了勇武善射、镇定自若的名将形象。

卢　纶

林暗草惊风[2]，将军夜引弓[3]。
平明[4]寻白羽[5]，没[6]在石棱[7]中。

注释

1. 塞下曲：唐代乐府名，属《横吹曲辞》，多写边塞军旅生活。
2. 惊风：突然被风吹动。
3. 引弓：拉弓。
4. 平明：天刚亮时。
5. 白羽：箭杆末端的白色羽毛，这里指箭。
6. 没（mò）：隐没，钻入。
7. 石棱：石头的棱角。

茂密的森林牢牢锁住夜的漆黑，枝叶在夜风中相互摩擦，发出窸窸窣窣的声响。此外，只剩下胸口跳动的声音，和翻涌其间的无尽胆识。忽然，不知从哪里刮来一阵疾风，似猛虎低啸，林木为之一抖，高挺的野草更是倒伏向一边，随后又渐渐恢复

十万图册（万笏朝天）〔清〕任熊

原状。

狩猎的大将军精神一振,屏住呼吸,支棱起耳朵细听,暗林的草叶间传来声响。他循着那细微的声音望去,隐隐约约见到了一只形似白虎的野兽。他立即用双腿夹紧马肚,让骏马飞驰起来。而后,他迅速取下背后的箭矢,拉弓扣弦,对准那野兽"嗖"地射了出去。箭尾在夜风中带出一声长啸,旋即传来了一声钝响,想必猎物已经应声倒地。大将军闻听,疾驰着离开。

翌日清晨,明亮的阳光照入茂盛的树林当中。大将军带着士兵,凭借昨夜的记忆前来搜寻猎物,却始终不见那白虎的身影。最后却在蓊郁的草丛中发现了一块状似猛兽的磐石,棱角处直端端地插着一支箭矢!

随行的士兵无不目瞪口呆,原来大将军昨晚那充满力量的一箭,竟将坚硬的石棱射开了一条细长的缝隙,箭头深入磐石。士兵上前想拔下来,用尽力气,长箭却纹丝不动。而那根银光闪闪的尾羽,在风中飘扬,像一枚标榜胜利的小旗帜。

士兵们面面相觑,对英武勇猛的大将军愈加钦佩。暗夜中,他虽未遇见凶猛的老虎,但是单凭一己之力将箭矢射入磐石,士兵们也知他能让体型硕大的老虎当场毙命。他们感叹着,议论着,心中笃定要跟随如此骁勇的大将军出生入死。回头再看大将军,却见他已骑着那匹枣红色的烈马,潇洒的身影一闪,转到密林那一头去了。

塞下曲（其三）

◎ 描绘边疆将士雪夜追逃的场景，展现了将士们的豪迈气概和振奋人心的力量。

卢　纶

月黑雁飞高，单于[1]夜遁[2]逃。
欲将[3]轻骑[4]逐[5]，大雪满[6]弓刀。

注释

1. 单于（chán yú）：匈奴的最高统治者。此处泛指入侵者的统帅。
2. 遁：逃走。
3. 将：率领。
4. 轻骑：轻装迅捷的骑兵。
5. 逐：追赶。
6. 满：落满，沾满。

边塞狂风怒吼，残月躲进黑云背后，再也没有现身。漫漫长夜如同一个黑洞，将天地万物都吸附进去，只留下萧萧风声。忽然，几只大雁从睡梦中惊醒，飞逃上千里高空，几声尖厉的啼叫将寂静的黑夜撕出一道锋利的口子，也让守城的士兵心头一惊。

三官出巡图 ［宋］（传）马麟

守城的士兵迅速响应，稍一侦察，发现了仓皇逃窜的匈奴兵。他们正悄然组建车马队伍，趁着夜黑风高，我军将士困乏之时，结队出逃。消息火速传报，很快就到了大将军的耳朵里。

大将军的眼中燃起一团怒火，他迅速起身拿起宝剑，士兵们瞬间领会，立即开始整理行装。未几，城下的空地上，一队轻骑兵精神抖擞，整装待发。大将军策马扬鞭，一声令下，一支铁骑便飞速追赶夜逃的匈奴兵。

谁知这时，酝酿已久的黑云化作漫天飞雪，纷纷落了下来，落在将士和马匹的身上，落在寒夜中依然闪光发亮的铁戟和弓箭上，迷了将士们的双眼。可这岂能阻挡得了我军追讨的步伐？只见将士们将身体伏在马背上，双手紧紧揪住缰绳，双脚急急地踢打马肚，马匹登时如闪电划过白茫茫的旷野。他们只希望能尽快追上逃亡的匈奴兵，今夜就将其制服，让他们从此不敢来犯，保我大唐边境永世太平。

听筝

◎ 描写女子藏巧于拙,为了寻找知音故意错拨筝弦,凸显了弹筝女的伶俐可爱。

李 端

鸣筝[1]金粟柱[2],素手[3]玉房[4]前。

欲得周郎[5]顾,时时误拂弦[6]。

注释 1.鸣筝:弹奏筝曲。筝,弦乐器。

2.金粟柱:形容筝柱华贵而精美。柱,筝弦部件,用于定弦调音。

3.素手:指弹筝女子纤细洁白的手。

4.玉房:指玉制的筝枕。房,筝上架弦的枕。

5.周郎:三国时东吴名将周瑜,有雄才大略,善音律。

6.拂弦:拨动琴弦。

弹古筝的少女穿着一身素衣,悠然走到台上含笑鞠躬,而后轻轻坐到古筝前,像一朵出水的芙蓉开在阳光下,高洁明丽。台下众人一睹其貌后不禁鼓掌,少女大抵是见惯了这情状,礼貌地回以笑容,眼神却有意无意地掠过台前的观众。

台上那架赭红色的古筝，小巧玲珑，粗细不一的十三根弦被楠木制作的弦轴撑着，做工很是精良。少女拨弄筝弦，纤细洁白的手指在琴弦上轻拢慢捻，随着指尖翻飞，乐音更加昂扬。须臾之间，乐声又变得低沉悲切，如坠谷底。

那灵动的手指在玉制的筝枕前如蝴蝶一般翻飞，让观众眼花缭乱。乐音行云流水，听者如痴如醉，如同遨游于广阔的天地间，抑或是沉湎于一场经年的旧梦，不愿醒来。

只有台上端坐的少女知晓自己弹错了几处，那是她刻意为之。每当弹错时，她都用余光瞥一眼那个气质非凡的少年郎。那少年郎往常也来，最近几日来得格外勤快，听到少女弹错琴音，他那双水汪汪的眼睛就望向她，轩昂的眉宇微微一蹙，像是焦急，又像是不解或失望。此时，少女心头那株枯木上，一朵朵鲜艳的桃花便绚烂绽放了。

她早就看出，在座之中只有这少年郎善解妙音，如若有幸与他相识，才算为自己的琴音寻得一位知己。在心里盘算许久，她便冒险频频拨错琴弦，引得少年郎注目，少年若是有心，几个弹错的音符或可成就一段佳话。

观灯图 [宋] 李嵩

夜上受降城[1]闻笛

◎ 这是抒写戍边将士思乡愁情的名作,以声传情,融情入景,营造出空灵幽邃的意境。

李 益

回乐烽[2]前沙似雪,受降城外月如霜。
不知何处吹芦管[3],一夜征人[4]尽望乡。

注释

1. 受降城:唐代朔方道大总管张仁愿所筑的东、中、西三受降城中的西城,三受降城皆位于今内蒙古自治区境内黄河北。一说贞观二十年(646),唐太宗曾亲临灵州接受突厥一部的投降,受降城由此得名。
2. 回乐烽:烽火台名。一作回乐峰。
3. 芦管:古代西域各国通用的乐器觱篥,东晋传入,唐代盛行。
4. 征人:戍边将士。

夜已深,稀疏惨淡的灯火在风的吹拂下摇晃不定。我踟蹰着,走向荒漠中的受降城,内心潜藏的无望和孤独,开始像觉醒的虫子,一点一点噬咬日渐木然的心。

站在城墙边，我放眼远望，蜿蜒数十里的丘陵上，一座座高大的烽火台列阵般绵延到视线的尽头。烽火台下，阵阵狂风猛烈地吹刮无垠的沙漠，细密的沙粒如纷纷扬扬的雪花，飞起又落下，扑打在戍边将士的脸上。将士们早已习惯这种感觉，面无表情，只是偶尔轻轻抿一下干裂的嘴唇。

残缺的月，如蒙了一层灰般悬挂在暗沉沉的夜空。清冷的月光映照在积雪似的荒漠上，如同顺应季节而来的严霜，悄悄地染白了将士们的发梢，让人心生寒意。我将身上的衣衫紧了紧，却仍感觉凉意像长了脚般在肌肤上逡巡。

在万籁俱寂中，夜风吹送来呜呜咽咽的芦笛声。不知是哪个烽火台上的士兵，借用笛声倾诉难以言说的哀愁。起初，那声音低而缓，欲说还休，而后一点一点强撑着，爬到了音域最高处，最后终于毫无顾忌地奔泻而来，像流水一样决堤而出。

那幽怨的笛声，精准地漫进将士的心田，触动他们的乡愁。他们一个个披衣而起，忧郁的目光掠过似雪的沙漠和如霜的月色，又穿越这漫长的边塞之夜，不约而同地望着同一个方向——家，那是养育了他们生命的一方沃土，也是他们的骨肉至亲的安居之所。只是这年复一年的征战，到底何时才到头？

岁华纪胜图册（元夜） ［明］吴彬

游子[1]吟[2]

◎ 这是一首母爱的赞歌。在临行缝衣的日常场景中彰显母爱的伟大无私，表达了诗人对慈母的无限敬爱与感激，语言朴质而情深意浓。

孟　郊

慈母手中线，游子身上衣。
临[3]行密密缝，意恐[4]迟迟归。
谁言寸草[5]心[6]，报得[7]三春晖[8]。

注释

1. 游子：离家远游的人。
2. 吟：古代一种诗歌体裁。
3. 临：将要。
4. 意恐：担心。
5. 寸草：小草，喻子女。
6. 心：双关，既指草木茎秆，又指子女的心意。
7. 报得：报答。
8. 三春晖：以和煦春光喻慈母恩情。三春，指孟春、仲春、季春。

到了临行的前夜，不舍的心绪开始漫流。家乡的一草一木，朝夕相处的父母亲人，在这一刻变得更加可亲。离别让时间变得短暂而漫长，我辗转反侧，半梦半醒之间，家乡草木的风姿、亲人的笑脸不住地在脑海中浮现。

不觉又从梦中醒来，家中如豆的灯光依然亮着，起身才发现母亲还没睡。她用左手托着我外出要穿的衣服，右手执针线，借着油灯的微光，一针一线细细密密地缝着，手中的针不时在头发里摩擦两下，让针穿过布料时更加顺滑。她的手边，是已经缝好的几件衣裳，高高堆成小山的形状。

听到我的脚步声，她警觉地抬头，问我怎么还不睡，却全然不知自己的一双眼睛早已布满血丝。这几日，她一直心神不宁，进进出出间多少有些手忙脚乱，不似素日那般有条不紊。我的母亲，她唯恐我出门在外缺衣少食，事业不顺时无人相助……更怕我这一去，不知道何时才能回来。千万种忧虑堆积在心头，年迈的她只能为即将远行的儿子做最简单的事：一针一针地赶制新衣，针脚细密而紧实，这样衣衫就不容易破损，以免游子在外捉襟见肘。

她的一番苦心，我怎能视而不见，一把酸泪瞬间夺眶而出。我连忙转过头去，平复情绪后便劝说母亲早点休息。而后我回屋躺卧，任凭泪水簌簌地流下，沾湿枕巾。有人曾说，一棵小小的初生的嫩草，是对整个春天的雨露滋养的最好报答。但这怎么可能？母亲对儿女如春光一般温暖，哪怕用尽一生，我也无以报答这深远绵长的恩泽！

春景货郎图　［元］佚名

唐诗的意境

三

顾南安

编著

湖南人民出版社·长沙

出版前言

古典诗词是中华传统文化的精髓，它蕴藏着丰富的文化内涵，凝聚着古人的智慧与情思，对于涵养审美情操和培育文化自信大有益处。其中，唐诗凭借着优美的韵律、深刻的思想和精湛的艺术表现，成为中国古典诗歌的一座高峰，唐诗几乎贯穿中国学子的整个学习生涯。

目前，众多的诗词读本都主要强调释义，即让学生通过字面意思理解诗词的含义。然而，就提升诗词鉴赏水平和古典审美能力来说，仅知其字面意思是远远不够的，对意境的体悟和把握才是关键。2022年版《义务教育语文课程标准》对于欣赏文学作品也提出了明确

要求，即"能对作品中感人的情境和形象说出自己的体验，品味作品中富于表现力的语言"。

所以，要想提高学生学习古诗词的效果，情境化阅读必不可少。所谓情境化阅读，是一种通过创设情境，将诗歌与学生的情感体验相结合的阅读方式。在真实情境中赏析古诗，不仅能调动学生的生活经验发掘诗歌内涵，还能提升学生的审美素养和鉴赏能力，其具体优势有以下几点。

第一，创设情境可以帮助学生理解古诗的意境，并强化记忆。意象的选择和意境的营造，是成就一首诗的艺术魅力的关键。从意象入手创设情境，将枯燥的文字转变为有声有色的画面，不仅能让学生在鲜活的场景中体会诗人的情感，感悟诗歌的意境之美，还能引发精神共鸣，有效地增强学生记诵古诗的能力。

第二，创设情境可以提升学生的专注力，增强古诗学习的沉浸感。古诗意蕴深远，一味地背诵不仅无助于理解诗意，还会消磨学生学习古诗的热情。创设具有生活气息的真实场景，能充分地调动学生的感觉和知觉，通过联想与想象积极地参与创造，学生更容易集中注意力，全身心地融入其中，感受诗歌的艺术境界。

第三，创设情境可以激发学生的想象力，提高学生的形象思维能力。客观物象与诗人的思想感情交融，形成了诗歌的独特意境。创设情境时除了要借助意象还原外在环境，更要融情于景，

深入作者的内心。因此，情境化阅读对学生的形象思维和想象力提出了更高要求，使学生在阅读时更容易投射自己的情感经验，从而更深入地理解诗歌的意境，在创意表达中体会语言的魅力。

此外，值得注意的是，在具体情境中考查学生的阅读理解能力和语言运用能力，也成为近年来中考语文命题的新趋势。

因此，本书将唐诗鉴赏和情境化阅读相结合，打造出具有独特价值的诗词读本。本书以2022年版《义务教育语文课程标准》为纲，精选中学语文教材中的经典唐诗，辅以课外必读唐诗，以情境化解读的手法将学生带入原汁原味的唐诗意境中，全面领略唐诗的艺术之美。

我们相信，这本书会成为中学生语文学习中的必备读物，帮助学生找到通往诗词殿堂的钥匙，全面提升诗词鉴赏的水平。

目录

中唐

002	城东早春	杨巨源
004	十五夜望月寄杜郎中	王　建
007	秋思	张　籍
010	早春呈水部张十八员外	韩　愈
013	晚春二首（其一）	韩　愈
016	左迁至蓝关示侄孙湘	韩　愈
020	钱塘湖春行	白居易
024	大林寺桃花	白居易
027	鸟	白居易
030	遗爱寺	白居易
033	观刈麦	白居易

038	·	望月有感 ………………………	白居易
042	·	卖炭翁 …………………………	白居易
047	·	池上 ……………………………	白居易
050	·	赋得古原草送别 ………………	白居易
054	·	题都城南庄 ……………………	崔　护
057	·	秋词 ……………………………	刘禹锡
060	·	乌衣巷 …………………………	刘禹锡
063	·	酬乐天扬州初逢席上见赠 ……	刘禹锡
067	·	悯农二首 ………………………	李　绅
073	·	江雪 ……………………………	柳宗元
076	·	渔翁 ……………………………	柳宗元
079	·	零陵早春 ………………………	柳宗元
082	·	寻隐者不遇 ……………………	贾　岛
085	·	小儿垂钓 ………………………	胡令能
088	·	雁门太守行 ……………………	李　贺

晚唐

- 094 · 咸阳城东楼 …… 许 浑
- 097 · 泊秦淮 …… 杜 牧
- 100 · 赤壁 …… 杜 牧
- 103 · 山行 …… 杜 牧
- 107 · 秋夕 …… 杜 牧
- 110 · 江南春 …… 杜 牧
- 113 · 商山早行 …… 温庭筠
- 117 · 无题（相见时难别亦难）…… 李商隐
- 121 · 嫦娥 …… 李商隐
- 124 · 贾生 …… 李商隐
- 127 · 夜雨寄北 …… 李商隐
- 130 · 陇西行四首（其二）…… 陈 陶
- 133 · 山亭夏日 …… 高 骈
- 136 · 台城 …… 韦 庄
- 139 · 小松 …… 杜荀鹤
- 142 · 淮上与友人别 …… 郑 谷
- 145 · 江行无题 …… 钱 珝
- 148 · 春怨 …… 金昌绪

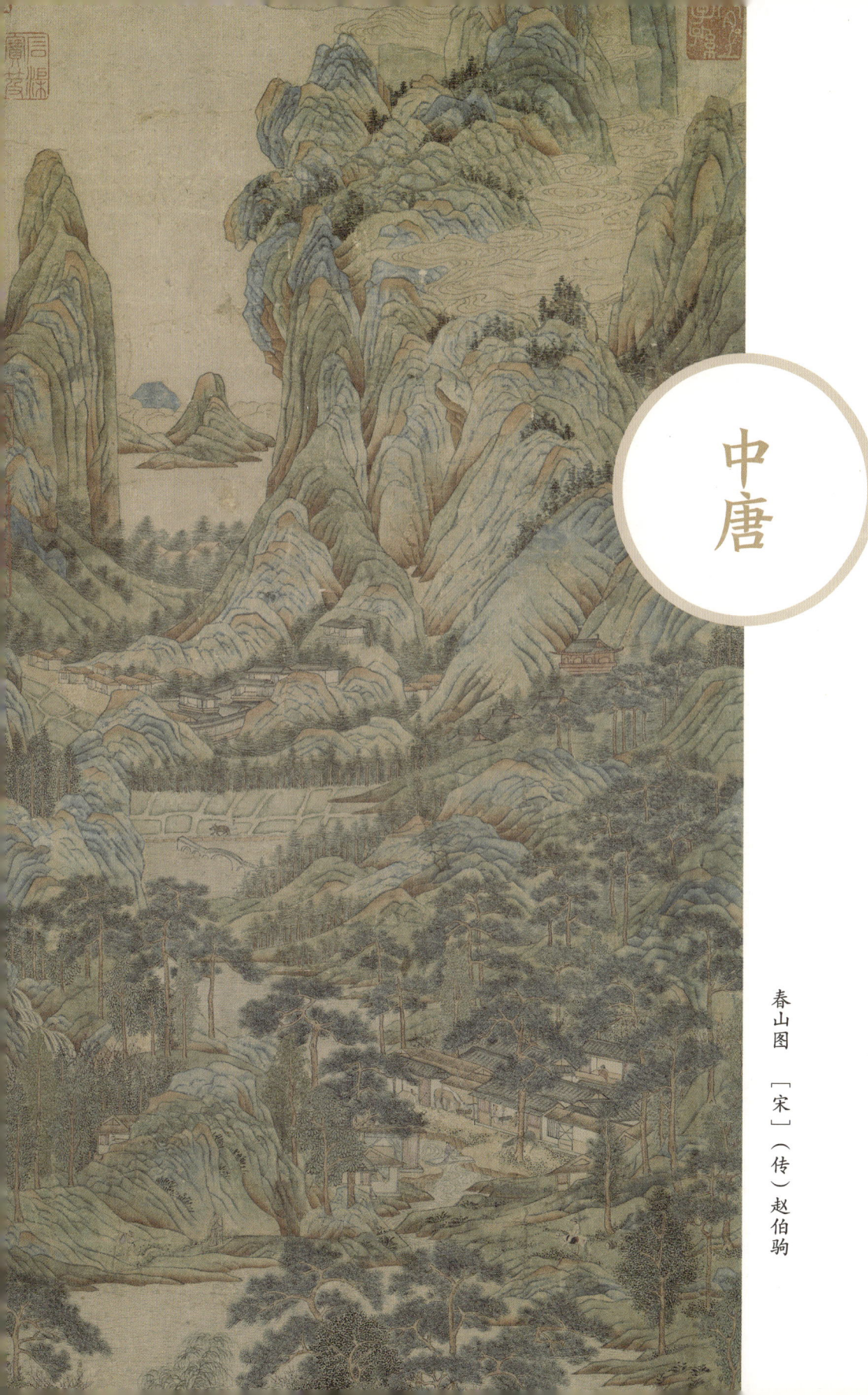

中唐

春山图 [宋]（传）赵伯驹

城[1]东早春

◎ 早春游赏清丽美景,诗人难掩热爱之情。

杨巨源

诗家[2]清景[3]在新春[4],绿柳才黄[5]半未匀[6]。
若待上林[7]花似锦,出门俱是看花人[8]。

注释

1. 城:唐都城长安。
2. 诗家:诗人的统称。
3. 清景:清新秀丽的景色。
4. 新春:即早春。
5. 才黄:柳叶初生,其色嫩黄。
6. 匀:均匀。
7. 上林:上林苑,秦代初建,汉时扩建为汉宫苑,故址在今陕西西安一带。此处代指唐都城长安。
8. 看花人:双关,旧指进士及第者。唐时进士及第者有在长安城赏花的习俗。

早春时节,乍暖还寒,温煦和寒凉暗自较量,却终归是天地之间涌动的阳气占据上风。那初生的一池碧水,在风的抚慰下更加妩媚动人。零零星星的绿芽自参差的枝杈间探出头，春意萌动，珊珊可爱。而这，也是诗人最喜爱的春之光景，是点亮诗人才思之灯的星火。这初盛的光景，在诗人的润色和描摹下，更多了几分鲜明生动。当它们悄然映入眼帘，人们心中便有了更加蓬勃、更为具象的春日印象。

所有景物中，最令人心动的是溪头那株柳树上，绿丝带般的柳枝上悬坠的嫩黄的新叶。它们如同刚刚睁开的眼，扑闪着，眨巴着，水汪汪的俏模样，让人心瞬间变得柔软多情。安静地品读它，就像是找到了春日诗篇的诗眼，那丰润绝妙的一个字包含太多奥义，与它相遇就能撞进春天的怀里。

如果错过了柳树新芽将发未发、初黄未绿的景致，春日再怎么喧闹，都显得逊色许多。等柳叶再舒展一些，将一根根垂荡的柳枝装扮成绿丝绦；等万紫千红的花朵在春日里争奇斗艳，像约好了一般占据长安城的各个角落，让长安城变成一艘巨轮，整日浮荡在繁花的海洋里，最初含蓄简净的美感便就此遗落了。

等到那时，街头巷尾、阡陌之间皆是徘徊流连的看花之人。人潮涌动，摩肩接踵，让人瞬间失了兴致。如若再遇到进士及第者游城赏花，人们就愈加躁动不安，匆匆围拢上去，踮起脚尖，相互推搡着，只为一睹才子的风姿。万物笙歌、人声鼎沸之时，属于那一片柳叶的春天便悄无声息地退场了。

十五夜¹望月寄杜郎中²

◎ 诗人望月怀远,借中秋月色抒写对故友的无限相思意。

王 建

中庭³地白⁴树栖鸦,冷露⁵无声湿桂花。
今夜月明人尽望,不知秋思⁶落谁家。

注释

1. 十五夜:农历八月十五的晚上,即中秋之夜。
2. 杜郎中:名不详。
3. 中庭:庭院中。
4. 地白:庭中的月光清辉。
5. 冷露:秋天的露水。
6. 秋思:秋日情思。

庭院正中,皎洁的月光柔柔地铺了一地,像是落了一层薄薄的霜雪,一点一点悄然漫溢到远处。在清冷的秋夜里独自漫步,相思在心中萌芽,却被寒鸦扑棱翅膀的声音轻易掩盖,好在那声音也渐渐平息下来。

秋露裹着丝丝凉意,像一层轻纱似的缓缓垂落下来,沾湿了单薄的衣衫,沁凉了皮肤,又一点一点覆上心头。抬头望

种秋花图 ［清］余省

月,那潮湿的凉意似乎掠过了天地万物,又弥漫到月盘中。那么,生长在月亮上的桂花树,应同这地上的一样,正纷纷绽开淡黄色的碎花,在受了凉意的洗礼之后,香气也愈加冷涩清幽了吧。

在这浩浩国土之上,今夜定然有无数的飘零客,在窗前、庭院、水畔、山前驻足,像我这般,微微仰起头,凝望着皎洁如银的玉盘,让思念和祈愿悄悄在心间流淌。那圆圆的月亮就像一面澄澈的银镜,自这一端寄送出去的思念,经过它殷勤的投递,终会落到最想念的那个人心上。

只是,这世界上有那么多人,今夜又有那么多思念和祈愿需要传达,纵然惊扰了吴刚、嫦娥、玉兔前来相助,恐怕也不可能悉数传达。今夜,碧海青天莫不茫茫,谁能撷得一缕情思交付真心?

秋思

◎ 细腻地记叙诗人寄家书前后的心理变化,寄托了游子思家怀乡的浓烈情感,流露出归家无期的怅然。

张 籍

洛阳城里见秋风,欲作家书意万重[1]。
复恐[2]匆匆说不尽,行人[3]临发[4]又开封[5]。

注释

1. 意万重:形容思绪万千。
2. 复恐:又恐怕。
3. 行人:指送信的人。
4. 临发:将要出发。
5. 开封:拆开信封。

客居洛阳城已久,记忆中的家乡似乎已经远去了。一颗时常惦记着故土的心,渐渐变成一泓安静的湖水,寂寞的水草随意缠绕,无神的垂柳顾影自怜,形单影只的小鸟敛翅而栖息,少了往昔的生机和灵气。哪知这一日秋风乍起,忽而吹皱了心里的一池湖水,唤醒沉睡已久的乡思,又拂过苍翠的绿树高草,让那叶尖儿为秋日平添了几分绚烂和生气。

重阳风雨图 [明] 陈淳

此时在我的家乡，白嫩肥厚的茭白刚刚长成，人们做好雕胡饭来招待上客；鲈鱼也肥硕鲜美，把它们捕捞出水，宰杀清洗干净，用刀切成薄片，蘸上调料……想想就令人口舌生津。据说晋代的张翰曾因思念家乡的这道美食而抛弃功名利禄，弃官还乡。而这一刻，我对吴郡的思念岂止于此？我对父老兄妹的惦念，对故交旧友的牵挂，对一草一木的向往，又比张翰少几分？

　　坐到书桌前，铺开纸张，蘸满墨汁，我着手给家乡的亲人写封家书，好让邮差帮我寄回。笔提起来，悬在空中半响，却久久难以落到纸上，只因思绪翻涌，情意深重，不知从何说起。后来索性从心所欲，想到哪里，便洋洋洒洒地写到哪里。

　　就这样，直到写下最后一个字，我也不知满腔的思绪是否已经落到笔尖，书写清楚。刚将信封交到邮差手中，忽觉遗漏了一些真心话，于是又叫住邮差，匆匆拆开了信封，将刚刚想到的那些心里话一一添到了家书的空白处……

早春呈[1]水部张十八员外[2]

◎ 描绘早春时节清丽丰润的长安雨景,极尽赞美,表达了诗人迎春时的喜悦之情。

韩 愈

天街[3]小雨润如酥[4],草色遥看近却无。

最是[5]一年春好处[6],绝胜[7]烟柳[8]满皇都[9]。

注释

1. 呈:恭敬地送交。
2. 水部张十八员外:即张籍,唐代诗人,曾任水部员外郎,在同辈兄弟中排行第十八,世称"张水部""张十八"。
3. 天街:京城街道。
4. 酥:即酥油,从牛奶、羊奶中提炼出的脂肪。这里形容春雨的细腻滋润。
5. 最是:正是。
6. 处:时。
7. 绝胜:远远胜过。
8. 烟柳:如烟雾般浓密的柳树。
9. 皇都:即帝都长安。

张员外，春天已翩然而至，本欲邀您前往长安城外郊游踏青，欣赏这遍野的春色，怎知您公务繁忙，无暇抽身，我便把近日所见写成这首诗，呈送给您过目，愿您在百忙之中能感受到春意。

那轻轻柔柔的小雨，最是惹人怜爱。它们像细细的花针，悄悄地洒落在天地间，不声不响，连绵不绝，似乎要默默作一幅经天纬地的画卷。长安城的街道、村舍的屋檐、繁盛的树木、开阔的原野，都受了春雨的恩泽，散发出比冬日里更加柔润的光泽。

第二天，太阳从东山的蒙蒙雾气中倾泻下细密的光线，为万物镀上一层明亮闪烁的金色。前日刚接受过春雨润泽的小草，都从原本干枯的母体里探出了小脑袋，远远望去，一片极其淡雅、朦胧的青色在大地上铺展，为不远处庄重深沉的长安城带去无限的生机。

我欢喜地跑去一探究竟，只见那一棵棵嫩黄的新芽儿，疏落地点缀在荒野上，适才那抹声势浩大的青色却不知去向。其间的变化，就像是大自然在我眨眼的瞬间施了魔法，让我感受春天的奥妙。

于我而言，这应该是整个春天最值得观赏之处了。若将春天比喻成一首欢快的乐曲，眼前之景自然是乐曲中最流畅、最美妙的旋律。变幻多姿，才是春天的真谛。

有人或许更喜欢春末时分：远望，长安城中柳树纷纷抽条，杨柳堆烟；近看，柳条如帘幕一样垂落，摇曳中生出千种娇媚。然而，那就像画作中用笔过多、色彩过重之处，艳丽得不免令人厌倦，不如早春那春草芽儿简略的几笔淡墨，添了逸趣，留下无穷畅想。

春塘柳色图　［元］朱叔重

晚春二首（其一）

◎ 通过描绘草木争奇斗艳的暮春风光，表达了诗人的惜春之情和时不我待的进取精神，意蕴隽永，富含哲理。

韩 愈

草树知春不久归[1]，百般红紫斗芳菲。
杨花[2]榆荚[3]无才思，惟解[4]漫天作雪飞。

注释

1. 归：离去，结束。
2. 杨花：即柳絮。
3. 榆荚：即榆钱，榆树的果实。
4. 惟解：只知道。

春，从唇齿间呼出，便觉意趣盎然，向来是讨人喜欢、令人着迷的。它的博大、宽厚、无私，让天地万物都得到了温暖和抚慰，喘息间便舒张成长。

你看那漫山遍野的树，在风中"哗啦啦"作响，树木的枝干间早已缀满大大小小的碧绿的叶子，像无数只手掌不知疲倦地拍动，为春天举行最热烈的欢迎仪式。一旦获知春天将逝的消息，草木就变得闷闷不乐，彼此商量着对策，祈盼留住

闲看儿童捉柳花句意图 [明]周臣

春天。

没多久，树梢间、草秆上就开满了各色鲜艳的花朵，疏落有致。这是它们共同的约定，因此它们倾尽全力，施展绝艳姿色，奋力撑起一个蓬勃、浩大的春天。

杨树和榆树，见了百花留春的疯狂和痴情，深知自己和迎春、芍药、玉兰等花朵相比，既无亮丽的颜色，也无浓郁的芬芳，更不愿意刻意讨好，该如何向春天表明心迹呢？

旭日和风里，柳絮和榆钱纷纷扬扬，在堤岸，在长亭，在古道，轻飞曼舞，行人肩头落满了春雪。看惯了争奇斗艳，这份随性轻盈是多么可贵。

左迁[1]至蓝关[2]示侄孙湘[3]

◎ 抒写诗人遭遇贬谪、瞻念前途时内心的孤愤与悲壮，表现了诗人为国除弊的忠君之心和对家国的眷恋之情。

韩　愈

一封[4]朝奏[5]九重天[6]，夕贬潮州路八千[7]。
欲为圣明除弊事[8]，肯[9]将衰朽[10]惜残年[11]！
云横[12]秦岭[13]家何在？雪拥[14]蓝关马不前。
知汝[15]远来应有意，好收吾骨瘴江[16]边。

注释

1. 左迁：即贬官降职。
2. 蓝关：蓝田县。
3. 侄孙湘：即韩湘，韩愈之侄韩老成的儿子。
4. 一封：指一封奏章，即《论佛骨表》。
5. 朝奏：早晨递呈奏章。
6. 九重天：古代传说天有九层，第九层最高，并以此指代帝王或朝廷。
7. 路八千：形容路途遥远。八千，虚指。
8. 弊事：政治弊端，这里指唐宪宗迎佛骨之举。
9. 肯：岂肯。

10. 衰朽（xiǔ）：衰弱多病。

11. 惜残年：顾惜晚年性命。

12. 横：横断，隔断。

13. 秦岭：指秦岭山脉中段的终南山。

14. 拥：同"壅"，阻塞。

15. 汝：你，指韩湘。

16. 瘴江：古时认为岭南多瘴气，故称其江河为瘴江。这里指潮州。

　　星辰的睡眼依然惺忪，未醒的天空幽深不见底。我走在上朝路上，万般纠结。昨夜修改了无数遍的《论佛骨表》藏在袖中，如一块燃烧的炭火，炙烤着我的身心。在朝堂上犹疑许久，我还是冒险将谏书呈递天子。

　　眼看谏书一步步传到高高在上的天子手中，我双颊的肌肉颤动不止。结果在我的意料之中，但一时之间我又难以承受龙颜盛怒。即使早就做好以死相谏的心理准备，在那一瞬间我还是如被惊雷击中，感觉世界将要崩塌。昔日好友裴度等人替我求情，天子才免我死罪，让我侥幸逃过一劫。

　　回望前半生，我在官场上摸爬滚打，年过半百舍身平乱，才被擢升为刑部侍郎。虽然职位有所变动，但我辅佐君王兴利除弊的抱负，为黎民百姓多做一些实事的情怀，却始终不曾改变。哪怕经历再多风雨，遭遇再多磨难，甚至因此丧失了宝贵的生命,我也从不后悔。

如今,我已年迈,时日无多,只希望在风烛之年里,能将日渐衰老的身体燃成一把熊熊的火炬,给这世界带来更多光明和温暖。

最终,我被发配到了遥远的潮州做刺史。踏上漫长的旅途时,已是暮色四合,云气凝重,鸟归兽藏,空气中的寒意四处游走。失魂落魄地走在空无一人的山道,满心的凄怆几乎快要将我摧烂,我一步三回头,放眼凝望,浮云缭绕的终南山岿然不动,长安城中的家哪里还有踪影?

咬着牙咽下悲痛,抓紧手中的缰绳,抬起泪眼仰望,险峻的关隘被积雪层层覆盖,道路愈加艰险难行。胯下的黄骠马踟蹰不前,发出一声声低沉的叹息。而我,在这漆黑的夜里,又该如何翻越人生的险隘呢?

黑沉沉的夜色仿佛塌下来一般,覆压着我的心田,压得我喘不过气来。我的好侄孙韩湘啊,你倒是重情重义,知我心里凄苦,又担忧我凶多吉少,匆匆赶来陪伴在我身边,一直走到这险要之地,让我的心宽慰不少。

前路茫茫,波诡云谲有谁知?八千路途,何时才能到潮州?如若在外的日子里我真遭遇不测,客死他乡,还请你照顾好家中的妻儿老小,顺便在潮州瘴气弥漫的江边,将我的尸骨简单收敛,埋入泥土中。

雪山红树图　［南朝梁］张僧繇

钱塘湖[1]春行

◎ 这是歌咏西湖的名篇。通过描绘西湖生机勃发的早春风光,抒发了诗人游湖的喜悦之情,以及对西湖美景的赞美与热爱。

———— 白居易

孤山寺[2]北贾亭[3]西,水面初平云脚[4]低。
几处早莺[5]争暖树[6],谁家新燕啄春泥。
乱花渐[7]欲[8]迷人眼[9],浅草才能没[10]马蹄。
最爱湖东行不足[11],绿杨阴里白沙堤[12]。

注释

1. 钱塘湖:即杭州西湖。
2. 孤山寺:位于今西湖以北,孤山之南。南朝陈文帝天嘉元年开山创建,初名永福寺,北宋时改名广化寺。
3. 贾亭:即贾公亭,西湖名胜之一。唐贞元年间,时任杭州刺史的贾全在钱塘湖建此亭。
4. 云脚:低垂近地面的云。
5. 早莺:初春早出的黄鹂。莺,黄鹂,叫声清脆悦耳。
6. 暖树:向阳的树。
7. 渐:逐渐地。
8. 欲:将要。

9. 迷人眼：令人眼花缭乱。

10. 没（mò）：高出，遮没。

11. 不足：不满足。

12. 白沙堤：即今白堤，横亘西湖，连接孤山和北山，自唐便存在。

　　天气煦暖，微风熏人，不到钱塘湖畔走走看看，唯恐辜负了春日艳阳下饱含情意的绿水青山。

　　在"嗒嗒"的马蹄声中，我从孤山寺的北面，一路绕行到贾公亭的西面，一双贪婪的眼怎么也看不够那一湖蓝绿的清水。湖水在习习微风中跃动柔柔的水波，让人疑惑这是春姑娘多情的眼波，还是岸边浣纱的女子扰动了这一湖春水的清梦。

　　春天的湖水，不愿安静地躺在钱塘湖的臂弯里，便一波一波地推向岸边，与岸边的泥土轻轻交谈。几片白云慵懒地垂在湖面上，看着湖水中白白胖胖的倒影，不觉面面相觑，想不到躲藏在自己体内的春雨，竟会悄悄将自己的身体撑得那么大。

　　抬头望，几只黄鹂正在不远处的枝头上欢呼雀跃，叫声悦耳动听，不时抖落枝头的几片花瓣。它们在向阳的枝头久久逗留，对阴影之中的树枝毫无兴趣。大抵是向阳的枝头多了阳光的照拂，新生的叶片明亮而鲜绿，令它们赏心悦目。

　　叽叽喳喳的三五只燕子倏忽从眼前飞过，黑色的燕尾不时裁剪着明媚的春光。它们在低空盘桓，忽而疾速降落，在泥沼

春绮图　[明] 顾懿德

和水泽中衔上一口酥软的春泥,开开心心地飞回去安家筑巢。只是今年,它们又停留在了谁家的屋檐下?

继续向前走,转弯处,一树又一树的花朵映入眼帘,令人喜出望外。它们正热情地挥手,待我驱马前去,却发现马蹄前方的草丛中,明黄、深红、淡紫、浅粉等各色花朵交相辉映,好不热闹,让人不忍踩踏。一时间,我竟不知是先看树上像晚霞一样绚烂的海棠花,还是看脚底灿若繁星的小野花。

看罢百花争妍,随着人潮向前流动,我终于来到开阔平缓的芳草地。那里绿草如茵,春草芽儿瘦弱的样子惹人怜惜。骑马踏入时,我才发现它们也不过是刚刚没过马蹄。这碧悠悠的小草正处在拔节生长的少年时代,不过,想必很快它们就能召唤来一个葱郁的夏天。

轻轻的马蹄声,不停地叩响春天的门扉。春天虽不语,我们彼此也已经吐露了太多心事。尽管如此,我仍旧舍不得离开,趁着这无边光景,在走过无数遍的钱塘湖东边悠然前行,我知道一定能邂逅不一样的风景。

特别是那道绿荫掩映的白沙堤,更是让我流连忘返。白沙柔软而细密,走上去,像受到慈母的呵护般,得失成败在那一刻都变得极其渺小,似乎一扬手便可统统散去,不留一丝痕迹。疲惫的身心在那一刻得到抚慰,再出发时,周身充满无尽的勇气和力量。

大林寺[1]桃花

◎ 写诗人游寺时见桃花盛开而喜出望外，表现出诗人对春的无限眷恋与热爱。

白居易

人间[2]四月芳菲[3]尽[4]，山寺桃花始[5]盛开。
长恨[6]春归[7]无觅[8]处，不知转入此中来。

注释

1. 大林寺：庐山"三大名寺"之一，位于庐山大林峰上。
2. 人间：指山脚村落。
3. 芳菲：繁茂盛放的花。
4. 尽：指花凋谢。
5. 始：才，刚刚。
6. 长恨：常常惋惜。恨，遗憾。
7. 春归：春天逝去。
8. 觅：寻找。

暮春四月，我穿过山下的村落，前往大林寺。原本便知自己错过了花期，无缘再见枝头盛放的桃花，它们早已谢了春红，离了花萼，只随着一阵阵风翻飞乱舞，而后飘落在泥

虞山草堂步月诗意图　［清］钱杜

淖、沟渠之中，纵然心有不甘，仍仓促地将青春埋葬在了时光深处。

谁知到了山上，景色却与山下截然不同。星星点点的花朵在路旁默默迎客，一路迤逦送我前行。迈进大林寺的院门，便看见满树的桃花明丽如霞、娇艳欲滴，层层叠叠的花朵在整个院落中燃烧，瞬间映红了庄严的大堂、慈悲的佛像和善男信女的脸庞。我的视线再也无法移开，只觉造物者有双妙手，为我拂去了心尘，周身轻松自在不少。

从前，我总慨叹明媚的春光易逝，短短一瞬便丧失了相逢的机缘。在山下时，我仍怀隐忧，担心青春倥偬，还未感受花影的温柔缱绻，倏忽便不见了踪影。纵使费尽心力四处寻觅，也很难再见到人间最美的四月天。

如今，见了山寺中红艳艳的桃花，我反倒豁然开朗。不是春光无处可寻，而是她悄悄走到了山间寺院里，她也喜欢静谧、素朴的场所，不愿意在喧嚣的俗世间过多停留。只有在山中，她才能更自如地求田问舍，更随性地绽放自我，也更清楚地知道自己所追求的一切，问心无愧。

鸟

◎ 对动物的同情与爱护表现了诗人的仁善之心和对生命的爱重。

白居易

谁道[1]群生[2]性命微[3]，一般[4]骨肉一般皮。
劝君莫打枝头鸟，子[5]在巢中望母归。

注释

1. 道：说。
2. 群生：这里指小鸟。
3. 微：卑贱，低微。
4. 一般：一样的。
5. 子：幼鸟。

谁不知盘古开天辟地，世间万物皆由他的身体衍化而来，从无贵贱之分。又是谁说，枝头鸟雀这样弱小的生命，就比直立行走的人类卑贱？

你不妨仔细看看，它们和人类并无二致，都是由骨血和皮肉长成，既承蒙大自然的恩泽，在四季流转中感受清风明月，又相依相伴，繁衍后代，直到生命的最后一刻。

所以，每当看到枝头飞舞的比翼鸟，见它们在大树的枝

文杏双禽图 ［明］吴彬

权间盘旋,"叽叽喳喳",每一声啼鸣都浸润了四季的雨露阳光,又见它们不离不弃、相互陪伴,描摹世间最美的爱情,我就想奉劝身边的友人,不要以万物灵长自居,轻易伤害鸟雀等微小的生命。

那些鸟雀的悲欢,同人类是多么相似:历经钻心的阵痛诞育出的骨肉,是它们付出生命也愿意去守护的。一群雏鸟用嫩黄的鸟喙"啾啾"地合鸣,向父母讨要食物,多么像饥饿的孩童拿着碗筷走向父母,乖巧的眼神中充满无尽的渴盼!不伤害一只鸟雀,如何不是对生命的敬畏和护佑?世事和谐便在此念之间。

遗爱寺[1]

◎ 描绘遗爱寺清丽幽美、生机萌动的景致,抒发诗人对大自然的无限热爱之情。

———— 白居易

弄[2]石临溪坐,寻花绕寺行。
时时闻鸟语[3],处处是泉声。

注释 1.遗爱寺:寺名,传言位于庐山香炉峰下。
2.弄:手中把玩。
3.鸟语:鸟鸣声。

清澈的溪水潺潺流过,是群山万壑托它来,向我讲述这一路的奇遇吗?我想,它一路上至少邂逅了险峻的山峦,生机盎然的绿洲,莹白的飞瀑流泉,以及不时发出惊叹的游人。至于还有什么,我却不得而知,只好从水中拾起一块又一块斑斓的彩石,在阳光下端详它,把玩它,听微风柔柔诉说着每一块石头的故事。

那清风也是三心二意,暗自夹杂了淡淡的花香,丝丝缕缕撩拨着我的鼻翼,让我放下了手中把玩着的彩石,沿着遗爱寺

弥陀佛像 ［元］张渥

旁边的碎石小径寻找花香的来源。不承想，溪水上游的一处山坳里，竟藏着木棉、杜鹃、蔷薇、玉兰等近十种花树，它们正如火如荼地盛放，却不争不抢，仿佛都已在寺院香火的熏陶中禅定得道，将径自芬芳视作一件功德无量之事。

我仔细端详那一朵朵在风中轻轻摇曳的花，看得出了神，如同脱离凡尘俗世，恍然走进一场轻盈而美好的梦里。那梦里有最完美的自己，也有满是缺陷的自己，像一株并蒂莲和谐地共生。

我的耳际始终萦绕着清脆悦耳的鸟鸣，还有溪水从高处一路跃下的欢声笑语。水声泠泠，一下一下拨动心灵之弦，让我在镜湖之上领略孤云的自在，繁花的喧阗以及造物的妙意。

观刈[1]麦

◎ 这是一首讽喻诗,通过描写夏收时的农忙景象,真实地反映了劳动人民艰苦穷困的生活,指出苛捐杂税对人民的残酷剥削,寄寓了诗人对劳苦大众的深切同情和对统治者的委婉劝诫。

——白居易

田家少闲月[2],五月人倍忙。
夜来南风起,小麦覆陇黄[3]。
妇姑[4]荷箪食[5],童稚携壶浆[6],
相随饷田[7]去,丁壮[8]在南冈。
足蒸暑土气,背灼炎天光,
力尽不知热,但[9]惜[10]夏日长。
复有贫妇人,抱子在其[11]旁,
右手秉遗穗[12],左臂悬[13]敝筐[14]。
听其相顾[15]言,闻者[16]为悲伤[17]。
家田输税[18]尽,拾此充饥肠。
今我何功德?曾[19]不事[20]农桑。
吏禄[21]三百石[22],岁晏[23]有余粮,
念此私自愧,尽日[24]不能忘。

注释

1. 刈（yì）：割。

2. 闲月：农事清闲的月份。

3. 覆（fù）陇（lǒng）黄：麦子黄熟时会覆盖田垄。陇，同"垄"，耕地上种植作物的土埂。

4. 妇姑：媳妇和婆婆，这里泛指妇女。

5. 荷（hè）箪（dān）食：背着竹器装盛的饭食。荷，背负。箪，古代盛饭的圆形竹器。

6. 壶浆（jiāng）：用壶装的汤与水。浆，酢浆，古代一种含有酸味的饮品。

7. 饷（xiǎng）田：给田间劳作的人送饭。

8. 丁壮：青壮年男子。

9. 但：只。

10. 惜：盼望。

11. 其：指正在劳作的农民。

12. 秉（bǐng）遗穗：拿着散落在田里的麦穗。秉，拿着。

13. 悬：挎着。

14. 敝（bì）筐：破篮子。

15. 相顾：互相看着。顾，看。

16. 闻者：作者自指。

17. 为（wèi）悲伤：为之悲伤。

18. 输税（shuì）：缴纳租税。

19. 曾（céng）：一直，从来。

20. 事：从事。

21. 吏禄：官吏的俸禄。

22. 石（dàn）：古代容量单位，十斗为一石。

23. 岁晏（yàn）：一年将尽时。晏，晚。

24. 尽日：整日，终日。

一年四季，农人都是在忙忙碌碌中度过，少有闲暇。我在田垄上巡查时与之闲谈，他们总说自己天生是土地里刨食的鸟儿，奔波忙碌是命数，为了一家老小碗里有饭吃，不得不拼命扑腾。

到了农历五月，他们就更加繁忙。那几日，庄稼地里的小麦像变戏法似的迅猛生长。前一日分明还是深绿的麦苗，经过一夜南风的吹拂，到翌日清晨就变得黄离离，纷纷垂下沉甸甸的麦穗，将麦田里的垄沟密密实实地覆盖住了。

对于这种情况，农人早就习以为常。天未亮，他们便带着镰刀前去南冈查看麦子的长势，一见麦子黄了，只管撸起袖子奋力挥砍。家中主妇醒来，见丈夫不在，便知道他已在田里挥汗如雨了，于是叫醒孩子，匆匆忙忙备上吃食，用竹篮盛放饭食，用壶装满浆水，一前一后地赶往田间。

这时，火辣辣的太阳早已升起，大地蒸腾着暑热的气息，热浪从脚底直涌到身上。农夫弯着腰一刻不停地收割麦子，脊背被毒辣的阳光晒得黝黑发亮，蜕下一层又一层鳞片状的死皮。尽管疲累至极,他们还是埋头苦干,只想着夏日白昼漫长,多干一点活,收割完成熟的庄稼,才能早点交上田赋。

我无意中在田间邂逅一位贫苦的妇女。她年岁不大,脸上却被时光刻满了皱纹。她身后背着一个破损的竹筐,左手紧紧抱着不谙世事的婴孩,在已经收割完的田地里蹲下去,用右手迅疾地捡拾起别人遗落的麦穗,只是捡拾了很久,却连竹筐底都没装满。

婴孩的啼哭又招引来几个人,大家纷纷关切妇人的生活处境。她一边安抚孩子,一边低声诉说自己的境遇,手上的动作自始至终都没有停止。听者无不为她的遭际感到悲伤。

原来,因为每年都要缴租纳税,她家中所欠的赋税越来越多,实在没有办法,只得咬牙将家里那一点微薄的田地变卖了。如今无地可耕,只能趁着收获的季节,在别人已经翻找过数次的地里,再搜寻一点儿干瘪的麦穗,让饥肠得到些许食物的抚慰。

她抽泣着说完,用干枯的脏手抹了一把沾满尘土的脸,留下几道分明的印子。我只觉如芒在背、如鲠在喉,被一种深深的无力感冲击全身。我如今担任县尉,一年领取三百石粮食,年年都有余粮,可我何德何能,不用像这些农人一样倾注所有心血在农桑上,只为了最后那少得可怜的收成?

想到这些,我不由得自惭形秽,想宽慰眼前的农人,却连开口的底气都没有——赋税徭役之策岂是我能左右的?

离开田地，我的胸口始终像被石头堵着，不敢忘却当日所见的惨象，以至于终日食不知味，夜不能寐，惶惶如失了魂魄。

仿宋院本金陵图（局部） ［清］杨大章

望月有感

◎ 描写战乱之中手足离散、故园荒废的情景，抒写身世飘零的凄楚，表达了对亲人的深深思念。

——白居易

时难年荒[1]世业[2]空，弟兄羁旅[3]各西东。
田园寥落[4]干戈[5]后，骨肉流离道路中。
吊影[6]分为千里雁[7]，辞根[8]散作九秋蓬[9]。
共看明月应垂泪，一夜乡心[10]五处[11]同。

注释

1. 时难年荒：指遭受战乱和灾荒。
2. 世业：即世业田，又称永业田。唐代实行授田法，所授田产分为"口分田"和"世业田"，世业田世代承袭。这里指祖传产业。
3. 羁旅：长期寄居他乡，漂泊流浪。
4. 寥（liáo）落：荒芜零落。
5. 干戈（gē）：古代两种兵器，这里代指战争。
6. 吊影：形单影只，孤身一人。
7. 千里雁：将兄弟喻为离群孤雁，千里相隔。
8. 辞根：草木离开根部，比喻兄弟背井离乡。

9.九秋蓬：深秋时断根的蓬草随风飘散，以此比喻异乡漂泊的游子。九秋，秋天。

10.乡心：思乡怀亲之情。

11.五处：指诗人流落各地的兄长弟妹，共计五人。

河南地区战乱频发，关内漕运被阻断，一场前所未有的饥荒自此席卷中原。时世艰难，祖辈勤勤恳恳打拼下的产业在这饥年里逐渐亏空，一家人只落得身无长物、捉襟见肘的窘况。

生活何其艰辛，活着已是万幸，兄弟姐妹本就为糟践了祖辈的产业而愧疚不已，现在迫于生计又不得不分离，挥洒着眼泪踏入茫茫人海，在人生地不熟的他乡寄居，只为觅得一线生机。

独独剩下我，在这充满回忆的地方苦苦留守，度日如年。每日遥望远方，战后的田野一片凌乱，荒芜的庄稼地里野草疯长，各自占地封王。成群的飞鸟掠过荒野，喉咙被烟尘呛到，叫声沙哑悲凉。

流离转徙的人们结伴同行一段路，到了歧路口，不得不重复那道了几千遍的珍重，抑制着内心的悲恸，眼含热泪挥手告别。脸上刻意流露出的笑意，是对彼此最深沉的祝愿，而遗留在心中的苦涩滋味，却成了往后余生的底色。

在命运的捉弄下，那些独自出走的身影，就像是在烽火狼烟中迷失方向的雁群，叫声哀怨，涕泪涟涟。而前路茫茫，等

溪山雪意图（局部） ［南宋］刘松年仿高克明绘

待他们的是什么，无人知晓。

一夜之间，清凉的霜露覆盖了原野，原本葳蕤的草木重重地低下了头，枝头的鸟雀也不再欢悦地啼鸣。快马经行处，鞭声呼啸，断根的蓬草随风扬起，翻滚着，飘荡着，却不知去向何处。他们望着眼前之景，悲伤再次涌上心头，以后途经或停泊的地方，都只能算是他乡了！

头顶上，高悬的弦月如夜空中微眯的眼，不忍直视这惨象迭出的人间。月光清凉如水，在蔓草上凝成薄霜，为故园蒙上一层薄薄的白纱。我那流落各地的兄长弟妹，你们在他乡都还好吗？此刻是否也黯然地望着月，眼里蓄满了泪，想起以往相处的点滴，把对彼此的祝福殷切地托寄给残缺的月亮？

卖炭翁

◎ 这是一首讽喻诗,用白描的手法记述了卖炭老人的艰苦生活和悲惨遭遇,讽刺了统治者公开掠夺的行径,表达了诗人对社会底层人民的深切同情。

——白居易

卖炭翁,伐薪[1]烧炭南山[2]中。

满面尘灰烟火色[3],两鬓苍苍十指黑。

卖炭得钱何所营[4]?身上衣裳口中食。

可怜身上衣正单,心忧炭贱[5]愿天寒。

夜来城外一尺雪,晓[6]驾炭车辗[7]冰辙[8]。

牛困人饥日已高,市[9]南门外泥中歇。

翩翩[10]两骑[11]来是谁?黄衣使者[12]白衫儿[13]。

手把文书口称敕[14],回[15]车叱[16]牛牵向北。

一车炭,千余斤[17],宫使驱[18]将[19]惜不得[20]。

半匹红纱一丈绫,系[21]向牛头充炭直[22]。

注释 1. 伐薪:砍柴。

2. 南山:即终南山。

3. 烟火色:烟火熏烤得面色黢黑。

4.何所营：做什么用。营，经营，这里指需求。

5.贱：价格低，便宜。

6.晓：天刚亮时。

7.辗（niǎn）：同"碾"，轧。

8.辙（zhé）：车轮滚过地面轧出的痕迹。

9.市：古代进行贸易的固定场所，设垣墙和市门，与居民所住的里坊隔开，由官府管理。

10.翩翩：举止洒脱的样子。这里讽刺太监得意忘形。

11.骑（qí）：骑马的人。

12.黄衣使者：皇宫里的太监。

13.白衫儿：太监的手下。

14.敕（chì）：皇帝的命令或诏书。

15.回：掉转。

16.叱（chì）：呵斥。

17.千余斤：虚指，极言其多。

18.驱：赶着走。

19.将：语助词。

20.惜不得：舍不得。

21.系（xì）：挂。

22.直：通"值"，指价格。

遇见那个卖木炭的老汉，只是一次偶然。他老瘦得像一根柴火，站在寒风中，很快就要被风刮倒似的。那时天蒙蒙亮，他已在集市上找好了位置，盼着出手阔绰的买家能把他的木炭拉去。

我与他攀谈，得知他的家人死于饥荒和战乱，只留下他在这世上品尝亲人离散的酸楚。他年事已高，为了生存，不得不日日出没城南的深山老林。世界喧闹，他一个人砍伐树木，一个人生火烧炭，一个人装车外出，一个人吃饭睡觉，孤寂久了，倒也渐渐习惯了和一头老牛相依为命的日子。

天渐渐地亮起来，我才看清他的脸：颧骨突出，双眼凹陷，沟壑纵横的脸颊上全是木炭燃烧时积下的烟尘，仿佛永远都洗不干净似的。比他的脸更沧桑的，是他那双骨瘦如柴，像钉耙一样黑黢黢的双手。而他浑身上下最刺目的，当属他两鬓间白花花的头发，那应该是他这一生经历的风雪，多到身体再也装不下，便一点一点堆积到头顶。

我询问他有没有积蓄，他尴尬地笑了笑，指了指身上单薄破旧的衣裳，轻轻摇头，眼里全是窘迫。我领会他的意思，却惊诧不已，一个人栉风沐雨、终年忙碌，竟然只能换得薄衣遮体、粗食果腹，此外就真的什么都没有了。

彼时，天寒地冻，凉风飕飕地穿过他的身体，他干瘪枯瘦的身躯不住地战栗。寒风凛冽，路上行人渐稀，老人缩紧身体探头张望，他只希望这朔风再大些，天再冷一点，让他牛车上的炭能卖出好价钱。

雪栈牛车图 [宋] 佚名

那天夜里，他的愿望实现了。滚滚浓云接踵而至，天空中飘起了纷纷扬扬的雪花，天刚拂晓，地上已堆积了厚厚的一层雪，没过行路人的双脚。我一边担忧他衣衫单薄，在这酷寒天气里难免受罪，一边又希望他的木炭真能如他所愿，卖个好价钱。

翌日中午太阳高照，我偶然经过集市南门，只见地上满是污浊的雪水，他和那头老牛停歇在脏乱的墙根下，满满的一车木炭仍旧没有卖出去。他疲惫地倚墙而立，大清早就出发来城里，木炭却始终没卖出去，这会儿早已是饥肠辘辘，精神萎靡。

一阵仓促的铃声传入耳朵，我转头回望，只见两个骑着高头大马的人疾驰而来。他们是谁？老汉刚反应过来，准备牵牛奔逃，就被来自皇宫的黄衣太监和白衣差役挡住了去路。他们手里拿着一卷文书，并未打开，只告诉老汉这是皇帝的命令，便驱赶着老牛向皇宫的方向走去。

那高高的一车木炭，是老汉忙碌了许久才烧成的，如今要被太监和差役拉走，老汉虽百般不舍，心在滴血，却不敢出声，一双含着浊泪的眼紧紧盯着牛车上的炭，两腿战战地跟着太监和差役走去。

直到太阳迫近西山，老汉才赶着牛车无精打采地回来。牛的犄角上挂着半匹红纱和一丈红绫，在昏暗的天光下显得格外刺目，想必那就是皇宫里的差役拿来换取木炭的东西。只是这陈旧的红色绫罗，连一件像样的衣裳都做不出，更别说换一些食物，摆脱入冬以来的饥饿了。

池上

◎ 通过记叙偷采白莲这件小事,生动地勾勒出一个天真活泼、稚气未脱的孩童形象。

白居易

小娃撑小艇[1],偷采白莲回。

不解藏踪迹,浮萍[2]一道开。

注释

1. 艇:船。
2. 浮萍:水生植物,椭圆形叶片,浮于水面,叶下有须根。

湖水悠悠,一碧万顷,动荡的涟漪是湖水难言的心事,不知如何倾诉,便羞赧地倚靠在岸边的石阶上,悄悄亲吻岸边垂柳的倒影。大片大片青翠的荷叶擎着一盏盏或粉或白的荷花,花儿如同粉面含春的大家闺秀,亭亭玉立,风姿绰约,在风中悠然地演绎一幅夏日碧荷图。

那小孩撑着一条小船,从这幅画中缓缓驶出。起初,他们融为一体,只是远处的小黑点。直到船行至近前,我才发觉那是个七八岁的毛头小孩儿,他正撑着一根细长的竹篙,不停

红莲绿藻图 [清] 唐艾 恽寿平

地划向水面。小孩儿动作生疏，大概是趁着家中大人午休，偷偷跑出来玩耍，小船也像主人一样调皮地摇晃，却始终不曾偏航。

见我站在岸边盯着他看，小孩儿倒也机灵，伸手将宽阔的斗笠檐子往下一拉，那张天真无邪又充满喜悦的小脸就完全被遮盖了。只是，他刚刚采摘下来、紧紧抱在怀中的白荷花，却从他的肩膀上逸出，迎着明亮的阳光灿然开放。我的鼻翼不觉翕动，一颗返老还童的心，在淡远而清幽的花香里渐渐沉醉。

大抵是想躲避大人们，他很快又驶着那条小船，钻进了另一片茂盛高大的荷叶里，瞬间不见了瘦弱、稚嫩的身影。我怅然若失，发出的叹息随着清风飘向远方，无意间拂动了田田的荷叶，几颗残留在叶底的露珠落进了碧波的怀抱。

我蓦地发现，那彼此接壤的大片碧荷中间，隐隐有道波痕，浮萍被生生地荡开，又慢慢地闭合，就像之前什么都未发生。我知道，一定是那毛头小孩儿划动着小船，不断向前行进。他以为藏身在荷叶间，不会被人发现自己偷偷驾船游湖，更不会有人干扰他的小游戏，没承想，那船过叶开的痕迹，无意间暴露了他的行踪。

赋得[1]古原草送别

◎ 这是诗人的应试之作,在赞颂古原草旺盛生命力的同时抒发离情别绪,展现了友人之间的真挚情谊。

——白居易

离离[2]原上草,一岁[3]一枯荣[4]。

野火烧不尽,春风吹又生。

远芳[5]侵[6]古道,晴翠[7]接荒城。

又送王孙[8]去,萋萋[9]满别情。

注释

1. 赋得:借古人成句为诗题,题首多冠以"赋得"二字。多适用于试帖诗、应制之作和诗人集会分题。

2. 离离:青草茂盛的样子。

3. 一岁:一年。

4. 枯荣:草木盛衰。枯,枯萎。荣,茂盛。

5. 远芳:青草的香气远播。

6. 侵:侵占,长满。

7. 晴翠:晴光映射下草木明丽翠绿。

8. 王孙:原指贵族后代,这里指朋友。

9. 萋萋:草木茂盛的样子。

这片古原在时间的腹地上沉睡了千百年，历经风霜雨雪，始终保持淡定从容、沉默寡言的姿态。唯有青草肆意生长，密密丛丛，傲视天空中随风飘散的云朵。

哪怕是秋凉冬寒，草叶在一天天的雨打风吹中干枯、凋落，它们也始终不忘初心，暗自积聚能量。一旦日光北移，天气转暖，它们就疯了一样探出头来，比往年生长得更高、更绿。

纵使野火燎原，须臾之间化作滚滚浓烟，它们的根须也会深入地下，蓄积所有骨气，伺机创造另一个绝处逢生的奇迹。

只要在微风细雨里感受到暖意，或是接收到春姑娘轻柔的呼唤，它们就会振奋精神，用尽浑身力气，如同尖针一般刺破僵硬了许久的泥土，拔节生长，再抽芽散叶，毫无保留地展露出生命的活力。

它们勇敢又坚韧，既从泥土里汲取养分滋润着幼苗，也在风雨雷电的洗礼中充实着灵魂，碧绿的叶脉间渐渐溢出了淡淡的香气。一阵风轻轻吹来，那香气便随风飘到远处的古道上，让整片原野都深深沉醉其中。

不仅如此，那一株株青草也从未忘记繁衍子孙的重任，起初只是一览无余的大片翠色，不知不觉间，那满眼的翠色竟如同当初燎原的烈火，一直蔓延到荒芜了百年的城楼下，而后在阳光下翻涌着翠绿的波涛，声势浩大一如凯旋后的狂欢。

我的老朋友啊，你就要离我远去。站在长风吹拂的古道

十万图册（万横香雪） ［清］任熊

荒城之间，立在离离绿草之中，我紧握你的手，一时间百感交集，只希望时间从此静止，和你多待片刻。

漫山遍野的芳草在风中摇摆，一波又一波，正如我满腔的不舍和眷恋，在内心的最深处殷殷地动荡。就此别过吧，老朋友，相信你懂得，我们的情谊辽阔如原野，坚韧如劲草，历久而弥新。

题都¹城南庄

◎ 诗人追忆往昔,抒发物是人非、好景不长的感慨,满怀怅惘之情。

崔 护

去年今日此门中,人面²桃花相映红。
人面³不知何处去,桃花依旧笑⁴春风。

注释 1.都:国都,指长安城。
2.人面:指女子面容。
3.人面:指代女子。
4.笑:形容桃花盛开貌。

循着旧日的足迹,穿过络绎不绝的踏春之人,我独自来到长安城南的村庄。在一扇扇似曾相识的门前,我徘徊、犹疑,回味着曾经的怦然心动,找寻那桃花灼灼、人比花娇的一帧旧时光。

犹记得那日春光和煦,我透过那户人家的墙院,看到一个粉面含春的妙龄少女。她独自坐在院中的桃花树下,一针一线地绣着花。我心头一阵雀跃,快步走到门前,轻叩门环,鼓足勇气对着院内唤了两声。

那少女听到动静，放下手中的刺绣，抬头向门口张望，看见门外站立的我，一张白净的脸倏地红了。她低着头缓步走过来，询问我的来意后便将门轻轻打开，转身去屋内为我盛水。

我跟随她进了院门，在院中等候，望着她玲珑的背影消失在门后，心跳不觉漏了半拍。低头看，她那双巧手刚才在绣的，是双宿双飞的一对鸳鸯，金线正落在鸟儿的翅膀上。抬头看，只见桃花枝横斜逸出，似要把整个春天都点燃。

望着那桃花，我竟出了神。那桃花娇艳、明丽，在微风中颤动着柔软的花瓣，让蜜蜂和蝴蝶都沉醉了。我又岂能为了功名利禄，浪费了这大好的春光？就在这时，她的脸再一次闯入我的眼帘，红得比那桃花还艳丽。

我接过她手中清清亮亮的一碗水，不经意碰触到她的指尖。她急匆匆地抽回，两只手慌乱得无处安放，头低了下去，脸颊越发红润。我饮下那碗水，又偷偷看她，只见她手执一枝桃花微微笑着，眼中是说不尽的情愫。

那一刻我转身离开，却未承想，她会成为我无法释怀的遗憾。如今，我的脚步终于再次抵达这小小的庭院，轻叩门环，却再也不见粉衣少女侧身回眸。窗棂纸在春风中低声作响，暗自慨叹着时间的残忍，也责怪我来得太迟，错过了那一刻，便也错过了这一生。

那株桃树仍然开满花朵，娇艳欲滴。我咬了咬嘴唇，转身，将这段故事的门轻轻合上。一阵风吹来，桃花纷纷飘舞，我却双眼酸胀，不忍细看——眼前美景，很快就要凋零了罢，就像我曾经邂逅的人，也早已不知流落到了何处。

十万图册（万卷诗楼）　［清］任熊

秋词

◎ 此诗一反前人悲秋之调,热情地赞扬了秋天的壮美,表现了诗人的昂扬斗志和旷达胸襟。

——刘禹锡

自古逢秋悲寂寥[1],我言秋日胜[2]春朝[3]。

晴空一鹤排[4]云上,便引诗情到碧霄[5]。

注释

1. 悲寂寥:悲叹(秋日)萧条。
2. 胜:超过。
3. 春朝:春天的早晨,泛指春天。
4. 排:推开,冲破。
5. 碧霄:青天。

秋天是深情的代名词。它催促千花百草将生命燃烧殆尽,呈现出极致的绚烂。待秋天一日日迷醉,草木便像是走火入魔一般,褪去鲜艳的色彩,决绝地向世界告别,只留下枯枝败叶。

自古以来,多少文人墨客、才子佳人在秋高气爽时登高望远,抒写情怀。他们站在瑟瑟秋风中,见到没了果实的空落落的枝头,想到叶子也即将零落,抬头又望见偌大的天空中,一只失群的孤雁拖着长长的悲鸣,不觉就皱紧了眉头,顿生惆怅、寂寞之感,仿佛看穿了秋天的全部意蕴。

我却从不这么认为。每当看见秋叶飘落、群雁南飞,我总会喜不自禁地伸展双臂,对着高远的天空长啸几声。那一刻,生活的烦恼统统被吐出,吸纳进胸腔的是天地之气,是胜过春日的深邃悠远的大美。世间万物也正是洞见了秋天这种特有的精神,才愿意将春夏时节的全部积淀交付秋天,换取一次自由的出走。

秋日,长风将万里碧空吹拂得更加高远,轻盈洁白的云朵开始四处流浪,远山和湖水变得更加苍翠透亮。一只洁白的仙鹤在浅滩上踩水,忽而挥动翅膀,轻盈地掠过碧绿的水草,掠过群山的淡影,朝着晴日流云飞去,如同一幅色彩明丽、构图绝伦的风景画,引得世人驻足观望。

这样美妙的场景在秋天俯拾即是。如果再遇到一个胸中自有丘壑的诗人,那高蹈出尘的诗情,就会被秋景轻易激发出来,穿越辽阔的时空,直飞到青天之上。

晴麓横云图 [宋]（传）赵佶

乌衣巷[1]

◎ 这是一首怀古诗，诗人凭吊旧时繁盛的乌衣巷和铜雀桥，在鲜明的对比中抒发昔盛今衰的无限感慨，饱含人世沧桑之感。

刘禹锡

朱雀桥[2]边野草花，乌衣巷口夕阳斜。

旧时[3]王谢[4]堂前燕，飞入寻常[5]百姓家。

注释

1. 乌衣巷：位于南京夫子庙西南，是东晋名相王导、谢安等世家大族聚居之处。
2. 朱雀桥：位于今江苏南京，六朝古都建康正南门朱雀门外的浮桥，横跨秦淮河，三国东吴年间始建。
3. 旧时：指晋代。
4. 王谢：六朝望族琅琊王氏与陈郡谢氏的合称，后指代地位显赫的世家大族。
5. 寻常：平常。

秦淮河水绿悠悠，带走静谧的时光，也带走车水马龙的盛景，只剩下横跨河水的朱雀桥，独自留守在历史的深处，与乌衣巷遥遥对望，用孤独的身影诉说着千百年来的忧伤往事。

朱雀桥边的空地上长满了不知名的花草，少了人们的注目和打理，这些花草便放肆蔓衍，连枝叶也开始胡乱张扬，就像争风吃醋的歌女，再怎么用胭脂水粉遮盖衰老的痕迹，也难掩举止间的轻浮，让人望而却步。

时近傍晚，西斜的阳光被迷蒙的雨雾沾湿，怏怏地照在早已倾颓的楼阁上，更添几分寥落。我的眼前却依稀浮现出旧时乌衣巷雕梁画柱，达官贵人摩肩接踵的盛况。王导、谢安两大家族最为富贵，无论是耄耋老者还是垂髫小儿，都深谙两家门楣之上的荣光。

抬头望天，灰蒙蒙一片，看不到尽头，云也沉沉地压顶，看似很快又要落雨。那些曾在富贵之家筑巢安身的燕子，如今为何不见踪影？难道说，连那见证了人世浮沉、王朝兴衰的燕子，也不忍心再回归这寥落寂寞的地方？

一声熟悉的啼鸣将我的思绪引回这金陵故地，抬头凝望，只见几只新来的燕子，正衔着湿润的泥土，在普通人家的屋梁下筑巢安家。原以为它们不会再回来，毕竟这里凋敝日久，早已蒙尘，曾经烈火烹油、鲜花着锦的盛况也不会日日上演了。只剩下秦淮河水，寂寂无声地流过，水中倒映着燕子的剪影，波澜不惊。

梅花山鸟图 [明] 陈洪绶

酬[1]乐天[2]扬州初逢席上见赠[3]

◎ 酬赠诗中的名篇,表现了诗人宦海沉浮后的豁达胸襟和坚韧意志,蕴含新旧更替的哲理。

刘禹锡

巴山楚水[4]凄凉地,二十三年弃置身[5]。
怀旧[6]空吟闻笛赋[7],到乡翻似[8]烂柯人[9]。
沉舟侧畔千帆过,病树前头万木春。
今日听君歌一曲[11],暂凭杯酒长精神[12]。

注释

1. 酬:酬谢。
2. 乐天:即白居易,字乐天。
3. 见赠:送给(我)。
4. 巴山楚水:指四川、湖南和湖北一带。四川东部古称巴国,两湖属于楚地。
5. 弃置身:指遭到贬谪的诗人自己。弃置,指贬谪。
6. 怀旧:怀念旧友。
7. 闻笛赋:指西晋向秀的《思旧赋》。嵇康、吕安遇害后,向秀曾经过他们的旧居,日暮时分听到邻人吹笛,心生感怀追念故友,故作《思旧赋》。刘禹锡借此赋追念故去的柳宗元、王叔文等人。

8.翻似：却好像。翻，反而。

9.烂柯人：指晋人王质。相传王质进山砍柴，观童子下棋，未至终局便发觉手中斧柄朽烂，回到村中方知已经过去了一百年。

10.歌一曲：指白居易的《醉赠刘二十八使君》。

11.长（zhǎng）精神：振作精神。长，提升，振作。

  谪居在巴楚之地，我早已见惯草木荣枯，见惯人来人往像浮云一样杳无踪迹，也见惯青春的容颜在镜中日日衰老，心里仍翻涌着一股凉意。

  二十三年的时光倥偬已过，我就像是一块被遗忘在角落里的不材之木，与流转的繁华、汹涌的热闹无缘，始终碌碌无为，只能将内心的激愤和痛楚化作一声声慨叹或一串串诗句，让它们与我满头的白发作伴。

  乐天啊，今日我们在扬州的宴席上不期而遇，相谈甚欢，我不禁想起那些情同手足的故友，在脑海里默默钩沉往昔。他们早已离世，我连最后一面也没有见到，《思旧赋》徒然地在脑中回荡，故友的面容却日益模糊。

  如今要回到心心念念的洛阳去了，我竟生出隔世之感。当年王质在山上观棋，不知不觉手中斧柄已烂，山下百年已过，难道不也是这般怅然吗？

春游晚归图 [明]戴进

乐天啊，你不妨看看窗外荡漾着的清波，看看古老而破旧的木船。大半个船身已经沉进了水下，破败如同此刻白发丛生的我，但它的旁边不也有许多船只，正扬着风帆轻快地航行，把丰盛的日子扛在身上？

再看那棵歪歪斜斜快要倾倒的老树，它根须腐烂，被虫子蛀得满身窟窿，仅存的一两片叶子也萎靡不振。可它的前方，却是郁郁葱葱的大片树林，这是不是也预示着转机已经出现，希望就在前方？

你轻轻敲击着杯盘，和着弦律吟诵歌曲，不时地往口中灌酒。看着你黯然神伤的模样，我的心也被潮水般的往事浸没，一点点变得柔软，于是举起酒壶，一次次为你斟满酒杯。

你放下自己内心的伤痛，转而劝慰我，那些话语流进我的心底，涌起一股暖热，我的眼角忍不住泛起了泪光。那就让我们一起，把昨日种种都抛开，将手中的这杯酒一饮而尽，只管抖擞精神，去迎接未知的明天吧！

悯[1]农二首

其一

◎ 通过鲜明对比,突出农民辛勤劳动却惨遭饿死的残酷现实,表达了诗人对劳动人民的深切同情。

李　绅

春种一粒粟[2],秋收万颗子[3]。
四海无闲田,农夫犹[4]饿死。

注释

1. 悯:怜悯,同情。
2. 粟:泛指谷类。
3. 子:指粮食颗粒。
4. 犹:仍然。

沉醉的春风将一粒粒饱满的种子轻轻撒在大地上,而后填上柔软的泥土。未几,风吹过,雨淋过,嫩绿的新芽儿顶着一层泥土悄悄探出头,调皮可爱。农夫日复一日地辛勤耕耘,让杂草毫无逞能之机,让绿苗得到更多阳光和雨水的滋养。

那绿苗仿佛也懂得农夫的关爱,明白农夫的所求,昼夜

销闲清课图（阅耕）　［明］孙克弘

不舍地快速生长。一个熙攘热闹的夏天过去，壮叶、拔节、抽穗、灌浆、成熟，这些环节都像赶趟儿一样悉数完成。待到秋日，禾苗只管用挺拔的身躯将丰硕的收获高举在头顶，奉献给农夫。

农夫笑逐颜开，步入金色田野，挥动镰刀，挥洒汗水，将成熟的粮食收割、捆扎，运输到开阔的场地上风干、脱粒。眼前，是四海之内田地喜获丰收、农夫共同忙碌的胜景；脑海中，是稻米归仓，再也不用忍饥挨饿的朴素愿望。

可是谁能想到，在粮食准备装仓的时候，征收赋税的官兵就赶来了。他们颐指气使，粗暴蛮横，逼迫农夫交出大部分粮食，只留极少一部分给自己。眼看那么多粮食被运走，农夫心头满是酸涩，情不自禁地流下几滴浊泪，在萧瑟的秋风中无声地坠落。

领略过生死无常，他们清楚地知道，在前来交粮的那些熟悉的面孔中，一些人很难熬过今年冬天。他们的粮食几近全部上交，家中已经所剩无几，在即将到来的严冬，他们只能用少得可怜的食物来维持生活，如若遇到恶劣天气，便会被活活冻死、饿死。这样的事从前并不少见，谁也不知道那个挨冻受饿而死的人是不是明天的自己。

其二

◎ 通过描绘农民烈日下辛勤劳作的场景,表现了粮食的来之不易,并劝诫人们要珍惜粮食。

李 绅

锄禾[1]日当午,汗滴禾下土。
谁知盘中餐,粒粒皆辛苦?

注释 1.锄禾:给禾苗除草松土。

太阳像个滚烫的火球,距离地面虽远,但滚滚热浪依然所向披靡,炙烤得天地万物都没了精神,垂头丧气像战败的士兵。鸟儿躲在浓荫之下,逃避酷热的暑气。土狗抻直了身体趴在地上,伸出长长的舌头,"呼哧呼哧"喘着粗气。

早出耕作的农夫一直没有回来,连吃午饭也被抛在脑后。他们仍佝偻着身体在田间劳作,锄头一挥一落之间,杂草就被连根拔除,随后又将杂草一一捡起,扔到旁边的田埂上。如此反复,几乎不变的动作让他们的身体变得僵硬,换个动作就腰酸背痛。他们坚持着,浑身的力气化作额头上淋漓的汗水,渗进眼睛里,也滴落进干裂的土壤里。

嘉禾图 [元] 佚名

平日里，我们和家人围坐在饭桌边，细细咀嚼碗里香糯饱满的米饭，品味着香甜可口的饭菜，只觉干瘪的胃一点一点被填满。身体因此感到充实，有了更强劲的力量，我们也有精力去做更多事情，追寻各项事业带给我们的意义，从中感受人生酸甜苦辣的各种滋味。

盘中盛放着的简单饭食，是一切生命的基石，可谁又能够想到，这些美味的食物是农夫经历严寒酷暑，日复一日地辛苦劳作，用滚落不止的汗水浇灌出来的？

江雪

◎ 通过描绘空寂纯净的寒江雪景,勾勒出一位遗世绝俗的渔翁形象,以此寄托诗人清高孤傲的志趣。

柳宗元

千山鸟飞绝[1],万径[2]人踪[3]灭。

孤舟蓑笠[4]翁,独钓寒江雪。

注释

1. 绝:穷尽,绝迹。
2. 万径:虚指,极言道路之多。
3. 踪:脚印,踪迹。
4. 蓑笠(suō lì):蓑衣和斗笠。蓑衣,用棕榈皮或草编织的雨衣。笠,用竹篾或草编织的帽子。

皑皑白雪像梨花一样自天空飘落,在广阔的天地之间纵情飞舞,轻轻覆盖住绵延的群山和原野。群山之上,再也寻不见飞鸟翩然而过的踪影,无边无际的寒意,更是将鸟儿清脆的啼鸣都冻结,整个世界肃穆至极。

田野上纵横交织的小路,连同车马行人的踪迹,都被漫天的大雪轻轻抹去,仿佛之前的熙来攘往只是梦中的幻景。而

雪渔图 [五代十国] 佚名

这一刻，耳畔只有瑟瑟的风，凌越我的呼吸，催动着脚下的小船，在浩瀚的江面上随意荡漾。

我披戴着蓑衣和斗笠，在船头静坐，寒风裹着飞雪催我折返。我撑动钓竿，将细长的钓线抛入江水，看它激荡起一圈涟漪，而后又重归于寂。钓钩下，三五条鱼儿游来游去，既不咬食，亦不上钩，却都不再牵动我的心。

雪仍旧大片大片地下着，时光也仿佛飞跃了千年，而我依然端坐在船头，不急不缓、悠然自得地垂钓。纷飞的雪花在我的眼前翻扑，旋即落进江水中，消失得无声无息。

渔翁

◎ 这首诗寄寓了诗人政治失意的悲愤,以及恣肆山水间寻求慰藉的渴望。

——柳宗元

渔翁夜傍[1]西岩[2]宿,晓汲[3]清湘[4]燃楚竹[5]。

烟销日出不见人,欸乃[6]一声山水绿。

回看天际下中流,岩上无心[7]云相逐。

注释

1. 傍:靠近。

2. 西岩:指湖南永州境内的西山。

3. 汲(jí):取水。

4. 湘:湘江水。

5. 楚竹:楚地的枯竹。古时西山位于楚地。

6. 欸(ǎi)乃:象声词,摇橹声。

7. 无心:引陶渊明《归去来兮辞》"云无心以出岫"句意。

白发苍苍、须眉飘飘的老渔翁,撑船穿行于绿水青山之间,他悠然自得、神采奕奕,我的目光总是忍不住追寻他的身影。

每当最后一抹斜阳在远山背后倏然消逝,摇橹的声音便远远地传来。小船衔着一曲悠扬的小调,载着大大小小的鱼虾,从明镜般的水面上缓缓驶过。船行到西山边的岩洞前，渔翁才带着沉甸甸的收获跃上岩岸，系牢缆绳，返回岩洞中安适的小窝，度过一个幽静的夜晚。

翌日清早，他支起锅灶，躬身取来清凌凌的湘江水倒入锅中，将米和菜淘洗干净，点燃锅下干枯的楚竹。炽烈的火焰孜孜地舔舐着锅底，锅中的食物开始上下翻滚，淡淡青烟袅袅升起，他凝神远望，若有所思。

等到他填饱肚子，将狼藉的杯盘收拾干净，恰是旭日初升的好光景。温暖的晨曦一点一点驱散笼罩在山峦四周的浓雾，烟雾由浓转淡，渐渐消散，天空变得明朗，却依旧不见人影。

湘江边只有渔翁的身影，他悠然地解开缆绳，登上小船，欸乃一声摇动船桨，哼唱着悠扬的小调再度出发。小船划过平静的江面，激荡起一道道涟漪，波纹由窄而宽，如同一扇神奇的大门，在船只行进时，缓缓拉开另一方碧水青山。

眼前瞬息万变的美景令我入了迷，举目眺望时才发现，他的小船早已像离弦的箭一样，行至浩渺的湘江中流，只在万顷碧波上留下一点黑影。

再看江水之畔，高耸的山岩上是一片蓝莹莹的天，三三两两的白云在水天相接处飘荡，像未染尘事的孩童一样纯真无邪。而这些风景，早已装进渔翁的眼中，住进他的心房深处了吧？

十万图册（万丈空流） ［清］任熊

零陵[1]早春

◎ 托春天寄乡梦，抒写诗人浓烈的思乡之情和还乡无期的复杂情绪。

——柳宗元

问春从此去，几日到秦原[2]。

凭寄[3]还乡梦，殷勤[4]入故园。

注释

1. 零陵：今永州市零陵区。
2. 秦原：秦地原野，即长安。
3. 凭寄：寄托，托付。
4. 殷勤：情意深厚、恳切。

永州的春天总是比长安城来得早一些，几乎是一夜之间，温暖的气流捎带着春信就到了，而后枝叶萌芽，百花含苞，一派欣欣向荣的景象。它们在人们期待的眼神中盛大地布局，也在我的心房里悄然汹涌。

很快，永州的春意将更加浓郁，草木像泼了墨一样苍翠，处处姹紫嫣红，蜂飞蝶舞更是乐此不疲。到那时，春天轻盈的脚步也会一路北上，抵达我魂牵梦萦的长安城了吧？它定会像如约而至的客人，摇动朱雀门上的铜铃，轻轻推门进入，用满

戴胜催耕陌草
长麈花林下放牛
场圃织作息时
事不曾并沈数
庙廊乞山隆古作
峕亥三月

春耕图 [明] 陆治

腔的热忱让历经一冬风雪的长安城焕发生机。

可春天还要多久才能回到长安城呢？早春到来的那个夜晚，我独自徘徊在暗香浮动的庭院，面对北方的夜空吟咏诗句，让无尽的乡思在春夜熏风中流溢。之后几天，在乡思萌动的时刻，我总是怀想过去在长安城的点点滴滴，猜想千里之遥的长安城如今是否改变了模样。

锦书难寄，乡梦破碎。我一次次满怀希望地向春风托寄心声，请它替我照拂长安城里的亲友。那里曾是我茁壮成长的故园，埋藏着我未竟的事业和理想，我是多么渴望在它宽广而温厚的怀抱里继续徜徉，得到它持久的滋养和庇护。

寻隐者[1]不遇[2]

◎ 采用寓问于答和白描的手法,表达了诗人对风骨超尘的隐者的仰慕之情。

贾 岛

松下问童子,言[3]师采药去。

只在此山中,云深不知处[4]。

注释

1. 隐者:隐居山林之士。古代不愿为官的贤士常隐居山野。
2. 不遇:没有遇到。
3. 言:说。
4. 处:踪迹。

将都城的喧嚣抛在身后,赶了长长的路,只为寻找隐居深山的高士,与他一叙。登山疲乏,我正站在一棵苍劲的青松下歇息,却见他的弟子一蹦一跳地跑来,口中哼唱着小调,如行云流水般自在,轻快的步伐藏不住少年的雀跃。

我喜出望外,连忙叫住他,询问他师父的去向。他敛起笑容望着我,犹疑半晌,才挠挠头说:"师父清早就出门采药去了。他走的那会儿，太阳刚从东面山坳里探出头，草叶上还滚动着晶莹的露珠，一些鸟儿还没醒，在睡梦里发出咕叽咕叽的呓语呢。"

我不禁感到失望，眉宇间多了些惆怅，慨叹自己来得不是时候。那弟子倒也灵光，连忙安慰我说："师父跟我说过几次，离我们最近的那座山上草药最丰富，足够帮山中的有缘人祛除病痛，他或许就在那座山里。"

听了他的话，我又生出希望来，迫不及待地向小弟子打听隐者的确切行踪。他听完，犯难地摇了摇头，用手指了指山峰上缭绕的云雾，却无法给出具体的位置，而后抱歉似的鞠个躬，跑远了。

留下我一个人，在松树下望着缥缈动荡的白云。山间云雾变幻无常，不知隐者可曾遇雨，可曾采到所需的药草？

早春图 ［北宋］郭熙

小儿垂钓

◎ 抓取典型细节描写孩童水边垂钓的情态，突出了孩童的天真活泼、机灵可爱。

胡令能

蓬头稚子[1]学垂纶[2]，侧坐莓苔[3]草映[4]身。
路人借问[5]遥招手，怕得鱼惊不应人。

注释

1. 蓬头稚子：头发蓬乱的可爱小孩。
2. 垂纶：垂钓。纶，钓鱼用的丝线。
3. 莓苔：青苔，阴暗潮湿处生长的绿色苔藓。
4. 映：遮映。
5. 借问：向人打听，问路。

葳蕤草木是这个季节最盛大的旗帜。与草木缠绵，柔风散发出淡淡清香；湖面浮光跃金，倒映着蓝天白云；鸟儿的啼鸣里藏着湿润的湖风和作物疯长的讯息。田地里农夫耕耘的身影，是对大地最崇高的致意。独行在浓荫道上，我心中满是探望友人的喜悦，只在失路时多了几分迟疑。

举目四顾，只发现一个蓬头乱发的孩童，正在碧波浩渺的

婴戏图 〔宋〕（传）佚名

湖边一动不动地坐着。垂柳的浓荫替他遮住头顶炙热的阳光，湿滑的苔藓像刚洗过的绿毯，自他脚下蔓延开去。疯长的野草随风摇曳，他的身影在草丛中时隐时现。

我安静地向湖边走去，心中的疑惑几乎就要脱口，却见他斜倚着一块大石头，不敢妄动，脚尖紧紧扒着泥土。原来他是在钓鱼！他目不转睛地盯着湖面，唯恐错过一条正待上钩的鱼。手中的钓竿是树枝做成的，朴拙而简陋，钓线在阳光下颤颤巍巍，不知是因风而动，还是因为他的手在发抖。

他似乎察觉到我的迫近，我停下脚步，开口跟他打招呼，却见他远远地就向我摆手，示意我不要出声，身体的其余部位仍静止不动，如雕塑般庄重。

真是一个天真可爱的小孩，他无非是害怕惊扰了钓钩下正围拢过来的鱼，才紧张地不敢说话。我会心一笑，转身离开，另寻他人指路。

雁门太守行[1]

◎ 这首诗浓墨重彩地刻画战争的悲壮惨烈，表现了戍边将士浴血奋战、舍身报国的英雄气概。

李 贺

黑云[2]压城城欲摧，甲光[3]向日金鳞[4]开。
角[5]声满天秋色里，塞上燕脂[6]凝夜紫[7]。
半卷红旗临[8]易水[9]，霜重鼓寒声不起[10]。
报[11]君黄金台[12]上意，提携玉龙[13]为君死。

注释

1. 雁门太守行：古乐府曲调名。雁门，郡名，故址位于今山西西北部。
2. 黑云：形容敌军阵势强大，来势猛烈。
3. 甲光：铠甲迎着太阳折射出的光。甲，铠甲，战衣。
4. 金鳞：（将铠甲比作）金色的鱼鳞，可见战争形势危急，气氛紧张。
5. 角：号角，古代军中的吹奏乐器，多用兽角制成。
6. 燕脂：即胭脂，喻鲜血之色。
7. 凝夜紫：指战场被鲜血浸染，透过暮霭呈现出紫色。
8. 临：逼近。

9. 易水：河流名，源出河北西部的易县，距塞上尚远，此处是借荆轲刺秦王之典故渲染悲壮气氛。

10. 不起：鼓声低沉。

11. 报：报答。

12. 黄金台：故址位于今河北易县东南，相传是战国时期燕昭王为招贤纳士而筑。

13. 玉龙：喻宝剑。

敌军来势汹汹，像翻卷的黑云一样逼近边城。烟尘滚滚，铺天盖地地向我军袭来，似乎要将城楼压碎，碾成瓦砾沙土。

我军将士在城楼下列阵集结，一身身盔甲与强烈的日光交辉，如金色的鳞片一样耀眼，映照出他们内心的坚定和不屈。头顶变幻的风云对他们毫无影响，更无法阻挡他们奔赴前线、奋勇杀敌。

嘹亮的号角声响彻天空，震落枝头的树叶。将士们慷慨激昂，迈动整齐的步伐，再一次踏上漫漫征程。狂风依旧呼啸，吹干他们心底的最后一滴泪，黄沙弥漫，仍挡不住他们前进的步伐。

行军所至，都是旧时的战场。无数战士曾在这片土地上抛头颅、洒热血，鲜血浸红的泥土在夜幕降临时便会发出幽暗的紫光。眼前浮现出过往兵刃相接、拼命厮杀的惨烈场景，将士的满腔仇恨瞬间被点燃，如烈火一般在心头燃烧。

十八学士登瀛洲图 [明] 仇英

经过日夜艰苦的行军，在半卷残破的红旗的指引下，他们终于抵达了易水。易水边上，风在怒吼，马在长嘶，荆轲刺杀秦王的悲壮故事开始在他们的脑海里重演。面对如山军令，将士们压制住心中的悲情，击打战鼓振奋士气，慨然而行。

岂料天气严寒，重露繁霜早已浸湿了鼓面，战鼓发出沉闷的响声，令将士们的心愈加悲愤。铁骨铮铮的战士无一不想冲入敌军，挥动刀枪，让心头积攒的愤懑化作猛烈的进攻。

当年在黄金台上，燕昭王与尊师郭隗、魏国的乐毅、齐国的邹衍、赵国的剧辛等千百贤士欢聚一堂，共同商讨治国理政之要、造福苍生之举，台上台下人头攒动，呼应之声响彻云霄。那种生死相依、荣辱与共的默契足以感召天地，为了实现共同的目标，将士们不惜付出生命。

当号令再次响起，所有将士都将挥舞着剑戟，决绝地向前方的敌人冲去。

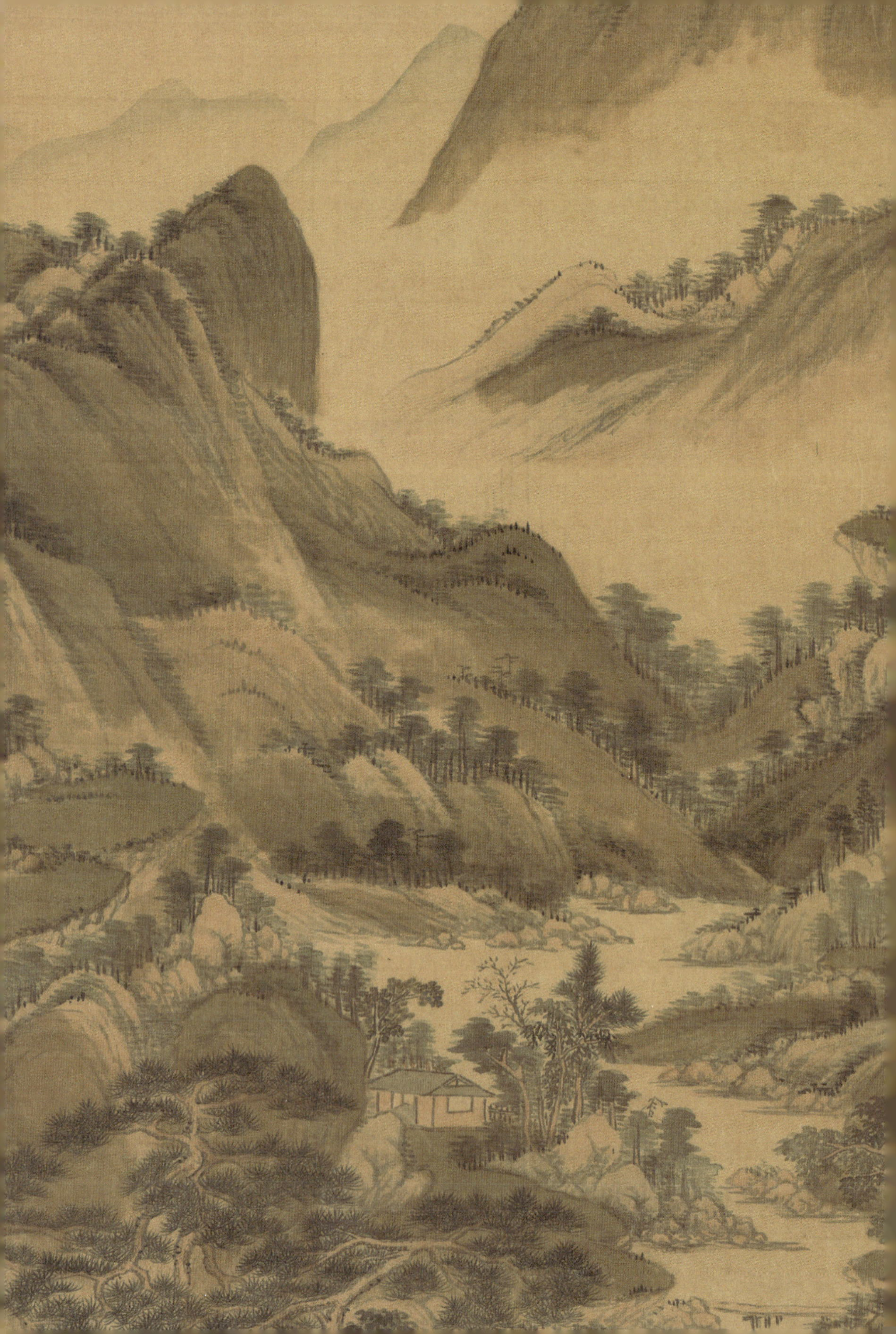

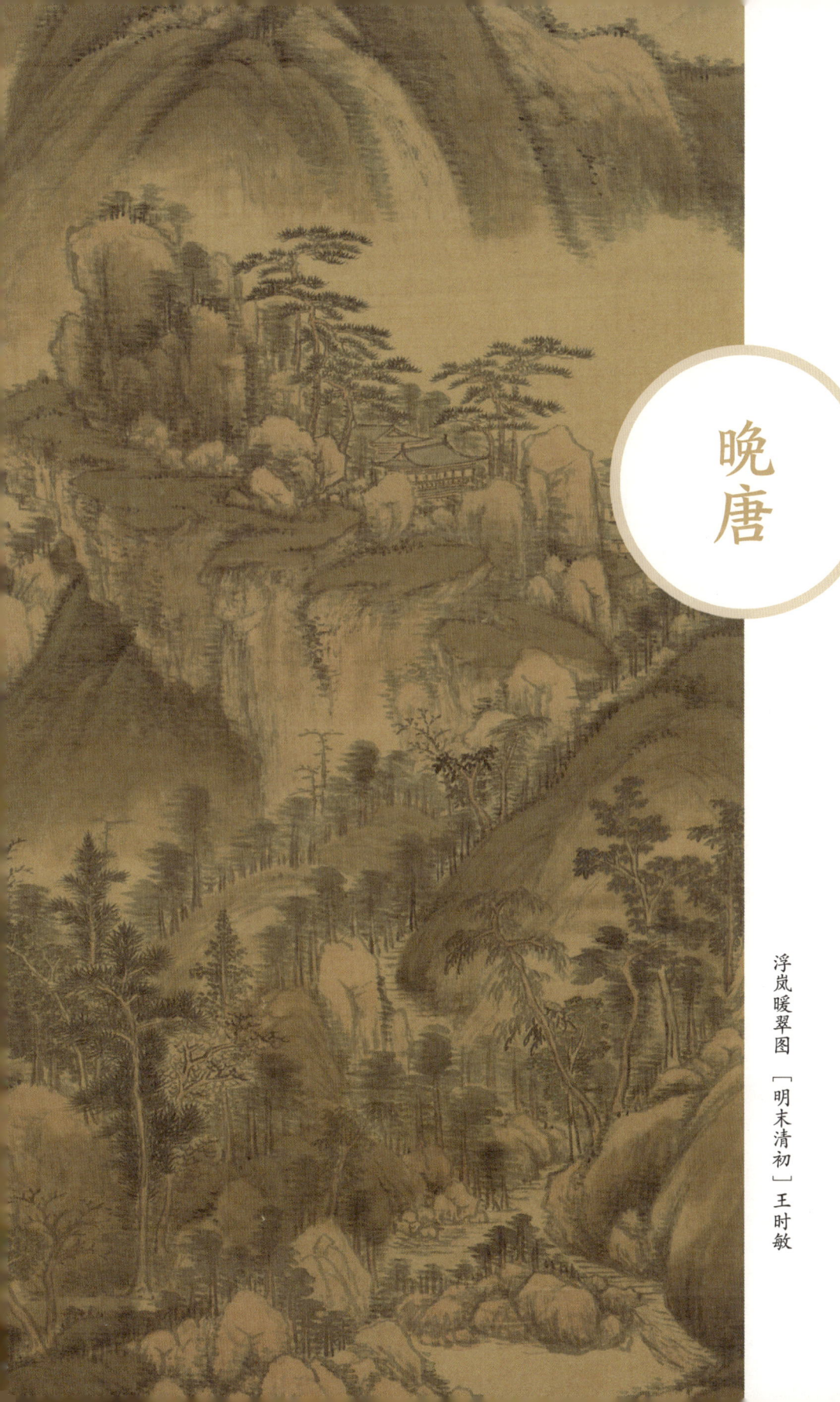

晚唐

浮岚暖翠图 ［明末清初］王时敏

咸阳¹城东楼

◎ 描写登高远眺所见萧疏景象，触景伤情，引发诗人的怀乡之愁和对晚唐政局动荡、国势衰颓的忧思。

许　浑

一上高城万里愁，蒹葭²杨柳似汀洲³。
溪⁴云初起日沉阁⁵，山雨欲来风满楼。
鸟下绿芜⁶秦苑夕，蝉鸣黄叶汉宫秋。
行人莫问当年事，故国⁷东来⁸渭水流。

注释

1. 咸阳：秦都城，唐代新都长安与咸阳城隔河相望。
2. 蒹葭：芦荻。蒹，没长穗的荻。葭，初生的芦苇。
3. 汀洲：水边的平沙地。
4. 溪：指磻溪。
5. 阁：指慈福寺。
6. 芜：丛生的杂草。
7. 故国：即秦汉故都咸阳。
8. 东来：指诗人自东边而来。

登上高高的城楼，久久不能归乡的惆怅再一次撞击胸口，欲说还休。乡愁像一张丝网，在我客居他乡的漫长岁月里越织越密，越织越大，我就像丝网上的蜘蛛，明知心中期待的是何方，却不得不在此羁留。

渭水两岸，杨柳仍旧葱郁，随着流水一直向东绵延。高高的芦苇在风中摇荡，芦花纷纷飘扬，白茫茫一片，不知归向何处，却揭开了秋天的序曲。我怔怔地望着眼前的景象，记忆与现实开始交叠，眼前之景与故乡的秋景怎如此相像？只可惜，我已多年不曾归去，感受江南水乡的柔情和萧萧落叶的诗意了。纵使午夜梦回，醒来也不过是一枕黄粱。

向南眺望，在姜子牙曾经垂钓的溪水边，一团团水雾正沿着草尖儿悄悄升腾，交头接耳，暗自酝酿一场遮天蔽日的诡计。在狂风的催迫下，沙尘漫天飞扬，像大军压境似的向这边袭来。血红的落日燃尽心中残存的不甘，郁郁寡欢地向慈福寺阁的背后坠落，对此不闻不问。

很快，猛烈的风就刮了过来，让人无法站立，眼睛也睁不开，高楼的檐角飞椽、风铎铁马，一时间都在肆虐的风中发出凄凄哀鸣。这是暴雨来临前常见的景象，我理应习惯，却怎么还是萌生摇摇欲坠的凄惶？

身后虎踞龙盘的城池，四通八达的街市和门前冷落的商铺，在这秋日的傍晚更是显得邈远冷清，如同置身一场虚幻的梦中，让人轻易地联想到如今已化作黄土堆的秦时庭园和汉朝宫殿。

而眼前，几只被风裹挟的小鸟雀，拼了命地挣扎着，飞进了那枝叶纷披的高草之中。壮树高枝里的鸣蝉，声音早已喑哑，却依旧在黄绿的叶子中间攀爬，发出一声声聒噪的鸣叫。

此刻，我站在咸阳城东楼，平和之中生出一股悲凉。古往今来，从来没有什么是永恒的。世事变迁，王朝更替，只要留意过那些拔地而起又坍塌成灰的都城，就能将未来看得更真切。

这世间唯一不变的，是历史的车轮滚滚向前，就像这城楼之下日夜奔腾的水流，从不回头。盛衰荣辱倒映在它的眼中，是非成败映照在它的心里，它从来不言不语，四季交替、草木荣枯，亦复如是。

泊¹秦淮²

◎ 诗人借古讽今,抨击晚唐统治者的骄奢淫逸,表达了对国家命运的关怀和忧愤。

杜 牧

烟笼寒水月笼沙,夜泊秦淮近酒家。
商女³不知亡国恨,隔江犹⁴唱后庭花⁵。

注释

1. 泊:停泊。
2. 秦淮:即秦淮河,位于今江苏南京。
3. 商女:以卖唱为生的歌女。
4. 犹:仍然,还。
5. 后庭花:《玉树后庭花》的简称。南朝皇帝陈后主沉溺于声色,作此曲寻欢,终致亡国,所以后世称此曲为"亡国之音"。

小船在水中飘荡,波光明灭,如碎银般铺满水面,见证了秦淮河的繁华过往。寒烟笼罩着秦淮河,弥漫着丝丝缕缕的凉意,侵入骨髓,没有一处是暖的。

水面冷气凝结,一层薄雾久久萦绕,挥散不去,可是秦淮河水在追忆往事？月亮自参天古树间升起，伤感地洒下银白色的月光，将空中飘荡的雾气照得越发莹洁，而后降落在寒沙之上，如同繁华寂灭后余下的灰烬。

船只一路缓行，到达金陵城的时候，夜已经沉沉睡去。我独立船头，用困倦的双眼遥望金陵城，只见灯火寥落，散发出颓败的气息，不觉黯然神伤。昔日热闹非凡的金陵城，如今已是这般光景了。

一阵凉风吹来，远处的酒肆歌楼灯火通明，隐隐约约传来哀戚的歌声，像是笼在这城头的浓雾，怎么也散不开。定神细听，那歌女袅袅娜娜吟唱着的，竟是《玉树后庭花》。

我的心蓦地一沉，歌女身如浮萍，命如草芥，不识这亡国之音也无可厚非。可悲可叹的是，琼楼玉宇中的达官贵人，早已在夜夜笙歌、醉生梦死之中，遗忘了国破家亡的惨痛教训，更未察觉自己肩膀上沉甸甸的责任，如今已轻如鸿毛，任风吹落了。

荷亭奕钓仕女图 [南唐]（传）周文矩

赤壁

◎ 这是咏史怀古的名作。诗人途经赤壁古战场,有感于英雄成败之偶然,抒发了对国家兴亡的慨叹,流露怀才不遇之感。

杜　牧

折戟[1]沉沙铁未销[2],自将[3]磨洗[4]认前朝[5]。

东风[6]不与周郎[7]便,铜雀[8]春深锁二乔[9]。

注释

1. 折戟：折断的戟。戟,古代兵器。

2. 销：销蚀。

3. 将：拿,取。

4. 磨洗：磨光洗净。

5. 认前朝：认出是前朝遗物。

6. 东风：即三国时火烧赤壁一战。

7. 周郎：即周瑜,字公瑾,年少成名,战功卓著。

8. 铜雀：即铜雀台,旧址位于河北临漳。曹操击败袁氏兄弟后修建铜雀台,彰显其平定四海之功。

9. 二乔：即大乔、小乔。东吴乔公的两个女儿,大乔嫁孙策,小乔嫁周瑜。

在赤壁古战场上徘徊，苍凉的风从烽火连天的三国时代刮来，与我匆匆打个照面，便四下消散了。远处高耸的赭红色崖峰上，不时传来几声乌鸦的啼鸣，为这片曾经的兵家必争之地增添了几分萧瑟。

脚尖忽然被绊住，低头看，是一根折断的圆柄，上面雕刻的纹路依稀可见，看着不似寻常之物。我蹲下去，将周边的泥土刨开，才发现那是一截折断的战戟，沾满了泥土和鲜血，锈迹斑斑。

在水边的青石上磨去断戟的锈迹，用清水冲洗干净，原本钝重的铁戟变得锋利无比。举到阳光下细看，那利刃焕发出凛冽的寒光，令人晕眩。我凝视着它，暗淡的刀光剑影，远去的鼓角争鸣，又在这寒光里隐隐闪现了。

周公瑾夜观天象，有云如蛇，知晓天将大雾，却偏偏假借投降之名，率兵士靠近曹操的军营，趁曹军不备，借着江面上猎猎的东风，将满载柴草和膏油的火船推送到曹营，让曹军措手不及，溃败而逃。

在时光的彼岸遥遥观望这场战役，我不禁思绪万千。当年，若非猛烈的东南风为吴军助力，单凭曹魏大军和孙刘联军的真实实力，几番角逐之后，稳操胜券的恐怕就是文韬武略的曹操了。

若是如此，那貌美如花的大乔和小乔，如何能追随孙策和周瑜安享荣华？她们或许会沦为曹魏铁骑的俘虏，被曹操囚禁在铜雀台中，尊严被无情地践踏，徒留无尽的叹息，日日夜夜催人老去。

写生图 〔明〕商喜

山行[1]

◎ 这首诗热情地歌颂了绮丽明艳的山林秋光,意气飞扬,体现出诗人的豪情逸致。

杜 牧

远上寒山[2]石径[3]斜,白云生处有人家。
停车坐[4]爱枫林晚[5],霜叶[6]红于[7]二月花。

注释

1. 山行:在山中行走。
2. 寒山:深秋时节的山。
3. 石径:山间石路。
4. 坐:因为。
5. 枫林晚:傍晚的枫林美景。
6. 霜叶:经霜变红的枫叶。
7. 于:比。

一个人登山远行,总能邂逅意料之外的风景。无论是蹁跹的蝴蝶、采花的蜜蜂、捉迷藏的风,还是在树上悄悄打盹的阳光,都能撩动心弦,打开我的心扉。

于是,独自攀登寒山的孤寂和疲惫,得到及时的疏解。

山路弯弯曲曲，一直延伸到山顶，悠远的林涛、清脆的鸟鸣、低徊的风吟、叮咚的泉漏，与"嗒嗒"的马蹄声交融，妙趣横生，让人忘却烦恼，神思清明。

一边行走，一边昂首眺望，金色的阳光下，一座座山峦被五彩的枝叶装点着，向阳的那面明快亮丽，阴面则厚重深沉，如同一位洞明世事的圣人，阅尽沧桑仍不失赤子之心。飞鸟倏忽掠过崖畔，空谷里旋即传来三两声回响，勾起人们的无限遐思。几片云朵环绕着山腰，悠然地飘拂。它们欲飘向何处？山坳里那几户人家屋顶上升起的炊烟，给出了答案。

在霞光的映衬下，这是多么美好的一幅画啊！哪怕时至深秋，夕阳西斜，路程尚远，我还是叫停了马车，在路旁休息，好好欣赏这幅美丽的画卷。身下的大石头还残存着白日阳光的余温，秋风穿过千花百卉，拂面而来，让人沉醉不已。山上层层叠叠、色彩缤纷的枝叶也拍掌应和，"哗啦啦"地唱起了歌，不让这深情的秋日失落。

七八棵枫树倚在黄昏的臂弯里，被秋霜浸过的叶子，如今已然熟透，红得汹涌浩荡、惊天动地了。那红，赛过娇艳的二月春花，在风雨淬炼中更多了几分知性和从容，让人移不开目光，如同久别重逢的知己，两两相望，心中纵有千言万语，也不知从何说起。

那就让秋山继续沉默，让斜晖继续弥散。等山中万物把时间和生命都揉进去，交换出一个迷人的夜晚，明月自会出来

白云红树图 〔明末清初〕蓝瑛

相照,星辰也会一路相伴,让我前行的路上流光溢彩,暗香盈袖。

秋夕[1]

◎ 这是一首宫怨诗，写失意宫女的悲凉处境和内心的孤寂幽怨，反映古代妇女的不幸命运。

杜 牧

银烛[2]秋光冷画屏[3]，轻罗小扇[4]扑流萤[5]。
天阶[6]夜色凉如水，卧看牵牛织女星[7]。

注释

1. 秋夕：秋天的夜晚。
2. 银烛：银色而精美的蜡烛。
3. 画屏：绘有图案的屏风。
4. 轻罗小扇：轻巧的丝质团扇。
5. 流萤：飞动的萤火虫。
6. 天阶：皇宫中的露天石阶。
7. 牵牛织女星：牛郎星和织女星，亦指中国民间传说中的人物牛郎和织女。织女是天帝孙女，嫁与牛郎后被迫分离，只在每年的农历七月七日于鹊桥相会。

雕刻精美的蜡炬台上落满了烛泪。秋风乍起，深宫高阁之中灯火摇曳，宫阁之外，清冷的月光洒满院落。那张幽冷的画

群仙会祝图　［明］（传）仇英

屏，早已不复旧日的鲜艳色泽。悄悄降落的霜气，在屏风上凝结成一粒粒小水珠，像是谁的清泪，在烛光里兀自闪烁。

大殿主人的身影投映在画屏上，也是寂寂无聊的样子。已是深秋，霜冷月寒，她仍手持一柄夏天的团扇，轻轻扑打着四处飞动的萤火虫。那萤火虫极为灵敏，看似漫无目的地飞舞，待扇子过去，却轻盈地躲闪开了，像是故意和人在捉迷藏似的，让她一时之间萌生出玩乐的兴致。

她追赶着流萤，一直跑到院落荒草中，末了还是意兴阑珊，索性丢下团扇，一步一步缓缓走到院中的台阶上，无声地坐下。不知是清冷的月光，还是漫天的霜气，竟照亮了她鬓角分别可见的银丝。虚弱的身体感觉到凉意，她紧了紧身上单薄又陈旧的衣服，却根本无济于事，只好任清凉如水的夜色泼浇到自己身上。

蓦然抬头，只见牵牛星和织女星在夜空中相映成辉。牛郎和织女虽然被迢迢的银汉分开，一年才得一见，但至少此刻能紧紧依偎在一起，相互慰藉。这是多么令人羡慕的场景啊！转而想到自己的处境，她不由得发出一声叹息，轻柔而微弱，却衬得夜色更加凝重，空气中弥漫着悲凉。

江南春

◎ 这首诗描绘了繁丽多姿的江南春景，尺幅千里，意境幽美，表达了诗人对江南风物的赞美之情，同时也暗含着对国运的忧思。

杜 牧

千里莺啼绿映红，水村山郭[1]酒旗[2]风。

南朝[3]四百八十寺[4]，多少楼台烟雨中。

注释

1. 郭：外城，这里指城镇。
2. 酒旗：古代酒肆悬挂于路边用于招揽生意的旗帜。
3. 南朝：与北朝对峙的宋、齐、梁、陈四个政权的总称。
4. 四百八十寺：虚指，极言其多。南朝统治者佞佛，在都城大建佛寺。

　　流莺用一声婉转的啼鸣，倏忽扯开了江南春天的序幕。其他鸟雀随之引吭高歌，你不让我，我不让你，多了几分卖弄之意。循着鸟鸣的方向望去，一排排绿树依水而生，郁郁葱葱。山坡上、田野里，青草绵延不绝，焕发出勃勃生机，姹紫嫣红的花朵点缀其间，随风摇曳。千里江南，处处流光溢彩，让一颗渴盼春归的心得到了些许安慰。

仿宋院本金陵图（局部） ［清］杨大章

潺潺的流水，在斜风细雨中为江南增添了一丝妩媚。静守岁月的小乡村，在碧水和远山宽广的怀抱中柔顺如熟睡的婴孩。古旧的街巷上货物琳琅满目，游人熙熙攘攘，我缓步走在街巷之中，轻轻触摸斑驳的墙壁，感受昔日的繁华和历史的厚重。酒肆随处可见，千万面酒旗在依山的城郭、傍水的村庄迎风招展，空气中漫溢着浓浓的酒香，我恍然觉得自己是故地重游，来这里只为寻一场旧梦。

最让人流连忘返的，是南朝遗留下来的寺庙。它们星罗棋布，站在历史深处，不回首，不言语，任凭风雨剥蚀。与晨钟暮鼓、青灯古磬终日相伴，三世诸佛的笑意更加淡定从容，座前的莲花更加清绝高洁，叩拜者的心也变得纤尘不染。

虽然我也见烟雨迷蒙，亭台楼阁如水墨画一般静美。但我更见风云变幻，青砖黛瓦一片片地脱落，梁间飞燕来去匆匆，墙角屋檐只留下雪泥鸿爪。终有一天，眼前这亭台楼阁、佛像神龛会轰然坍塌，化作几抔黄土吧？曾经寄托在它们身上的宏愿，或许早已付诸东流。

商山[1]早行

◎ 这是一首羁旅行役诗,描写拂晓出行时凄冷幽寂的春景,抒发了诗人羁旅漂泊的孤寂之情和怀乡愁思。

——温庭筠

晨起动征铎[2],客行悲故乡。

鸡声茅店[3]月,人迹板桥[4]霜。

槲[5]叶落山路,枳[6]花明驿墙[7]。

因思杜陵[8]梦,凫雁[9]满回塘[10]。

注释

1. 商山:山名,位于今陕西商洛一带。作者离京投友时途经此地。
2. 征铎(duó):车行时悬挂在马颈上的铃铛。
3. 茅店:用茅草盖成的旅舍。
4. 板桥:木板架设的桥。
5. 槲(hú):商洛地区生长的一种落叶乔木。用这种树叶包出的槲叶粽是当地特色。
6. 枳(zhǐ):即枸橘,一种落叶灌木或小乔木。春天开白花,果实黄绿色,酸不可食,可入药。
7. 驿墙:驿站的围墙。驿,古代供传递公文的官员途中食宿、换马的处所。

8.杜陵：地名，位于长安城南（今陕西西安东南方）。故地曾为杜伯国，秦置杜县，汉宣帝即位后在此建造陵园，因此得名。此处泛指长安。

9.凫（fú）雁：野鸭和大雁。

10.回塘：堤岸曲折的池塘。

旅店外传来了车马出行的叮当声，我从梦中惊醒，躺在驿站的床铺上，身体被一股寒意笼盖着，怎么也挥不去。马夫仍在催促，我只好振作精神打点行装，背起行囊，像一滴水汇入溪流一般，悄然踏入远行的队伍。

队伍里很安静，人们静默着，都不敢回头望。马蹄声、车轮声、铃铛声不时地响起，听起来那么伤感孤单——谁都不愿离开故土，奔向前途未卜的异乡。

抬头看天，空荡荡的天空只剩下一弯孤零零的月亮。月亮白晃晃，将清寒如水的月光洒向大地，也照在茅草铺盖着的旅舍上。几只羽色华丽的大公鸡，昂首立在茅屋旁的篱笆上高歌，"喔喔"的啼鸣叫出了东方天边的一丝亮光。

熹微的天色与浅淡的月色遥相呼应，让不远处木板桥上薄薄的一层白霜愈加清晰。远行的身影依稀可辨，脚步声打破了夜晚的安宁，留下的足迹被后来的行人覆盖。

我顺着他们的脚印，一步一步往前走，用心感受着故乡

清白轩图 [明] 刘珏

残存的温情。那枯败的槲叶，历经一冬的严霜寒雪，在新芽的鼓动下簌簌飘落，铺满商山的小路，它终于放下对故枝的不舍了吗？

在驿站的泥墙边，淡白的枳花一簇簇、一团团地开放，无主地像是失了魂魄的小妇人，只管用力踮着脚，遥遥目送着匆匆离去，只留下满路黄尘的征人，暗自埋怨着他的薄情寡义，又盼望着他早点回来。

赶了一段路，我的脑海里忽又闪现昨夜梦中那无比熟悉的情景：我独自穿行在长安城的街头巷尾，留意它的每个角落，只觉每处景物都缀上了密密匝匝的往事。

顺着深深浅浅的记忆，我一路走到了城外的田野上，只见七八只野鸭和十几只大雁在早春的池塘里悠闲地凫水，时而仰颈鸣叫，时而低首啄食，时而追逐嬉闹，水面激荡起层层波纹，推着我的思绪向远方不断延展……

无题（相见时难别亦难）

◎ 这是抒写男女离情的爱情诗，在朦胧凄美的爱情故事中抒发离别之苦、相思之痛，缠绵悱恻，满怀感伤之情。同时也流露出政治失意的苦闷与悲观。

——李商隐

相见时难别亦难，东风[1]无力百花残[2]。
春蚕到死丝方尽[3]，蜡炬[4]成灰泪始干[5]。
晓镜[6]但[7]愁云鬓[8]改，夜吟应觉月光寒。
蓬山[9]此去无多路，青鸟[10]殷勤[11]为探看[12]。

注释

1. 东风：春风。
2. 残：凋零，暮春时节百花残败。
3. 丝方尽：丝，双关语，"思"的谐音，含无尽相思意。
4. 蜡炬：即蜡烛。
5. 泪：双关语，既指燃烧的蜡烛油，亦指相思泪。
6. 晓镜：早晨梳妆照镜子。镜，用作动词，照镜子。
7. 但：只。
8. 云鬓：女子盛美如云的头发，这里喻指青春年华。
9. 蓬山：即蓬莱山，传说中的海上仙山。这里指代所思对象的住处。

10.青鸟：传说中为西王母传递音讯的信使。

11.殷勤：情意深厚恳切。

12.探看：探望。

    初次相遇时的惊鸿一瞥，让这些年来漂泊无依的我找到了归途。却不想，历经磨难才相聚的我们，还未筑起坚不可摧的爱巢，又面临着诀别。

    举目四望，暮春时节的风吹不动凝滞的江水，姹紫嫣红也纷纷凋谢，如红泪般洒落尘土。望着眼前无情的风物，我只觉双目酸胀，不知这是命运的安排，还是世间爱情的归宿？

    我曾见，柔弱的春蚕不知疲倦地咀嚼桑叶，在桑树的恩养下长得白白胖胖。直到身体变得微黄发亮，它们才停止进食，呕心沥血地吐出一寸寸绵长柔韧的白丝。蚕丝层层缠绕，裹成一个光滑圆润的茧壳，守护着春蚕日渐干枯的身体。那细长的蚕丝，是春蚕对桑树的回馈，又何尝不是它们日日夜夜剪不断、理还乱的情思？

    我也曾见，红烛在高高的烛台上灼灼燃烧，见证红帐内庄重的誓约。不久，烛芯便全然露出，烛台上落满了烛泪。冷却后的烛泪像一块凝固的心迹，在烛台上接受尘埃的安抚。谁未曾见过烛火熄灭后的灰烬，可谁又记得红烛为驱散黑暗牺牲了自己？

清閟阁图 [元] 倪瓒

它们曾经那么鲜活，为了心中所爱也甘愿舍身。如今失去了你的陪伴，我就如同春蚕和红烛一般万念俱灰。无数个夜晚辗转反侧，等待着黎明到来，起身后却不敢对镜梳洗，在那面古旧的铜镜中，我双鬓的白发越发醒目。岁月悄然改变了我的容颜，再见时我们可还能相认？

守在蓬莱山的你，是不是也度日如年，深夜独自在寂静的院落里徘徊，任凭一颗心比那倾洒在薄衣上的月光还冷？你是否也会如往常一样，将思而不见的惆怅、爱而不得的哀怨，化作一首首绮丽幽婉的诗篇，日夜吟诵？

听闻蓬莱山离此地并不遥远，人们都说山中云蒸霞蔚，灵芝兰草遍布，金台玉阙在云海间若隐若现，宛如仙境。可谁知此去蓬莱山道路阻绝，竟无一人能为我指引方向。我只好恳请那曾为西王母传递音讯的青鸟，愿它途经人间时稍事停留，携上我写给你的一封封书信，为我传达长相厮守的誓愿。

嫦娥

◎ 描写嫦娥幽居月宫的孤寂生活，抒发诗人孤高不遇的感伤与苦闷。

李商隐

云母屏风[1]烛影深[2]，长河[3]渐落晓星[4]沉。

嫦娥应悔偷灵药[5]，碧海青天夜夜心。

注释

1. 云母屏风：镶嵌有云母饰物的屏风。云母，一种矿物，晶体透明有光泽，古时常用于装饰窗户、屏风等。
2. 深：暗淡。
3. 长河：银河。
4. 晓星：晨星。
5. 灵药：指长生不老药。

"滴答"，屋内的更漏掉下最后一滴水，不再敲打寂寞的夜。蜡烛燃烧了一夜，烛焰在黑暗中发出微弱的光，像一颗不甘落寞的心微微颤动着。我一夜未眠，干涩的眼睛布满血丝，侧身向外望去，淡淡的天光透过云母屏风，投射到地面上。

我索性起身披上衣衫，走到庭院中吹风，让一夜沉滞的思绪翻动起层层涟漪。抬头望，弯月如钩，银汉斜跨在西南天

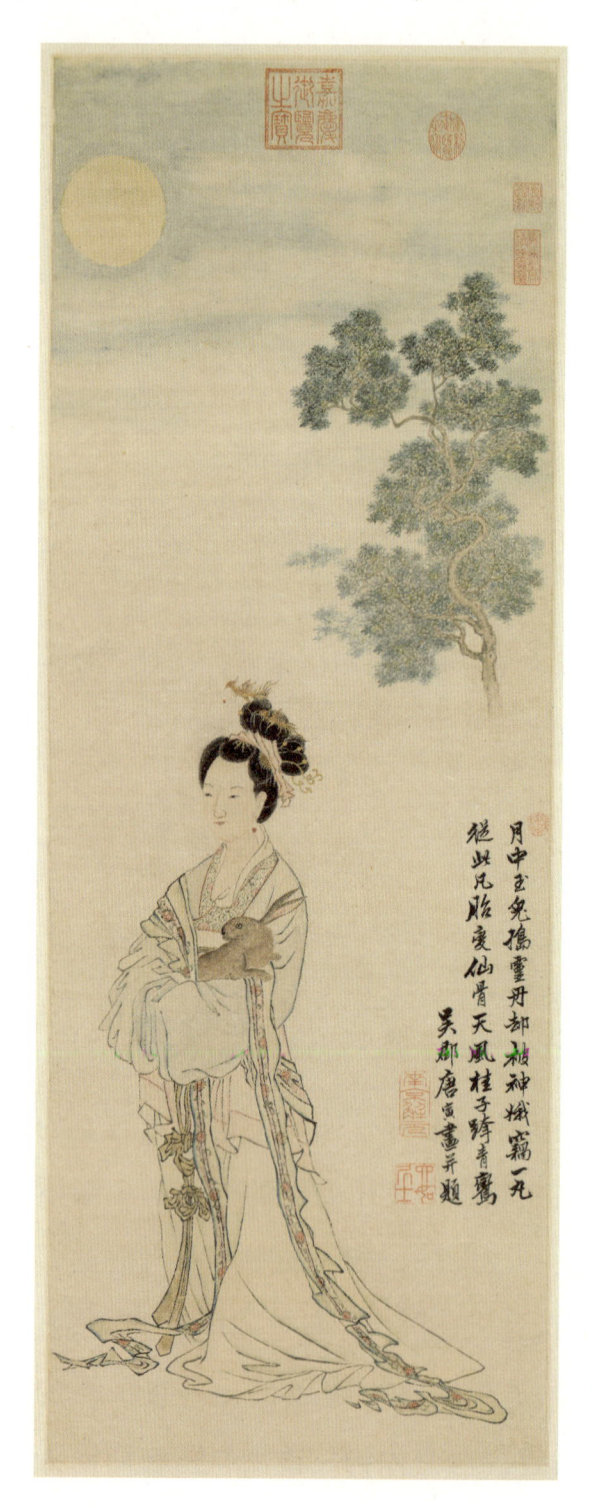

嫦娥奔月图 [明] 唐寅

际，清辉不如深夜时分那么明亮。启明星在东方天空高悬，其他星星在暗夜里嬉闹累了，早已不约而同地隐身，不再好奇地对着大地上的万物眨巴眼睛。

在院中踱步了许久，天终于蒙蒙亮了，楼阁的轮廓、树木的暗影已经隐约可辨。再仰头看天，银汉与群星早已不知所终，原本暗淡的天空悄然间变成了碧蓝的深海。只剩下一弯惨白的月，孤寂地印在湛蓝的夜幕上，那可是嫦娥留给后羿的最后一瞥？

当年，凡间女子嫦娥出于好奇，偷食了西王母送给后羿的长生不老药，独自飞天成仙，成为月亮之上广寒宫的主人，将后羿留在了茫茫人海中，从而亲手埋葬了自己的爱情。在凄冷的月宫中长久居留，她尝尽了寂寞的滋味，如今可曾为当初的莽撞行为而后悔？

我与嫦娥又有何不同呢？在这料峭的黎明，独自在空荡而冷落的院子里徘徊，却再也来不及弥补曾经的缺憾。一颗已然破碎的心，惶惶地直面那湛蓝如大海、深不见底的青天。

贾生[1]

◎ 这是一首咏史诗,借贾谊被贬的不幸遭遇来抒发诗人怀才不遇的感慨,讽刺统治者昏聩怠政、不任贤才。

李商隐

宣室[2]求贤访逐臣[3],贾生才调[4]更无伦。
可怜[5]夜半虚[6]前席[7],不问苍生[8]问鬼神[9]。

注释

1. 贾生:即贾谊,汉初著名政论家、文学家,力主改革却饱受毁谤,一生抑郁不得志。
2. 宣室:汉代长安城中未央宫前殿的正室。
3. 逐臣:被放逐之臣,指贾谊曾被贬谪。
4. 才调(diào):才气。
5. 可怜:可惜。
6. 虚:徒然。
7. 前席:在坐席上移膝靠近对方。
8. 苍生:百姓。
9. 鬼神:鬼神之事。

却坐图 [宋] 佚名

被贬谪放逐到长沙时，贾谊从未想过有一天汉文帝刘恒会亲笔写信给自己，邀他到未央宫前殿的宣室一坐。他将那封信细细读了数遍，只觉言辞恳切、虚怀若谷，字里行间流露着求贤之意。帝王对待贤臣如此诚心，贾谊甚感欣慰，心中笃定前行，甚至料想此番赴约或可一展抱负。

长途跋涉之后终于回到朝廷，在宣室里参见了面带笑意的汉文帝。贾谊向来满腹经纶，这次与汉文帝面对面交谈，其学识之深厚令当朝皇帝深深折服，听得甚是投入。直到夜半三更，二人仍在秉烛夜谈。

汉文帝似乎颇有兴味，毫无倦态，甚而放低姿态，挪动膝盖凑到贾谊的近前。贾谊见状，心中的激情顿时高涨，孜孜不倦地阐述着治国之道。汉文帝若有所思的模样引起了贾谊的注意，他暂且停下，恳切地望着汉文帝，想及时解答君王的疑问。

谁知，汉文帝郑重其事地贴近贾谊，张口询问的却并非国计民生，而是他曾经祈祷神明保佑江山永固，想知道这鬼神之说是否真的灵验。贾谊闻言，登时黯然神伤，他不知该如何面对汉文帝充满期待的眼神，更不知如何回答他的问题。

夜雨寄北[1]

◎ 抒写了诗人身居异乡的孤寂情怀和对妻子的深深思念。

李商隐

君问归期[2]未有期,巴山[3]夜雨涨秋池[4]。
何当[5]共剪西窗烛[6],却话巴山夜雨时。

注释

1. 寄北:寄给北方的亲友。
2. 归期:回家的日期。
3. 巴山:即大巴山,位于陕西南部和四川东北部交界处。这里泛指巴蜀一带。
4. 秋池:秋天的池塘。
5. 何当:什么时候。
6. 剪西窗烛:剪烛,剪去烧焦的烛芯,以维持灯火照明。后用于形容深夜秉烛长谈。

你从长安城寄来的信笺,驱散了我寄居他乡以来的所有阴霾。读着你发自肺腑的字句,我仿佛感受到了长安城明媚的阳光,缕缕清风拂过我的心田。在信的最后,你殷切地问我:何时才能北上归家?

这也是我每天晨起、晚归，在工作的间隙，时时自问的问题。只是如今诸事繁忙，身不由己，归家的日子一拖再拖，我始终没有底气许你一个承诺。

连日来，巴蜀之地的阴雨绵绵不绝，雨水从屋檐上落下，让我萌生出住在溪边的错觉。时间在雨水里长久地浸泡，变得模糊难辨，对你的思念于是更加强烈，就像碧悠悠的苔藓，终日在心坎上蔓延，我忍不住喟然长叹。

此时夜已深沉，巴山中的雨水丝毫没有停歇，我独自坐在窗前给你回信，寒风不时从窗外扑进来，扰乱我的思绪。烛光摇曳，照得窗外的池塘影影绰绰，一池碧水满满当当，似乎漫溢到了阶前。

无数次梦回长安，我都幻想和你对坐在西窗前。你的双眸湿润，在烛火的映照下流波送盼，我们品味着生活的酸楚，说起我漂泊在外的沧桑，谈及你独守空闺的寂寞。我轻轻地握住你纤细的双手，同你一起剪去早已烧焦、裸露在外的烛芯。

只是，这梦境中反复出现的情景，何时才能变为现实呢？

云林洗桐图 [明] 崔子忠

陇西行四首（其二）

◎ 这首边塞诗通过描写战争的悲壮惨烈，反映长期征战给人民带来的深重灾难，寄寓了诗人对战士及其家人的深切悲悯。

陈　陶

誓扫匈奴不顾身，五千貂锦¹丧胡尘。

可怜无定河²边骨，犹是春闺³梦里人！

注释

1. 貂锦：指装备精良的精锐之师。
2. 无定河：黄河的支流，位于陕西北部。
3. 春闺：指战死者的妻子。

似乎是睡着了，她的眼前终于出现了那张棱角分明的脸。他还是年轻时眉宇轩昂、意气风发的模样，一边快步向她跑来，一边深情地唤着她的名字，到了近前，他伸出手来牵住她。她含着满满的笑意伸出手去，却只有冰冷的风穿过指缝……

她不知，像她这般思念夫君的女子，普天之下有多少；她更不知，此刻她的夫君，正和无数年富力强的男子列阵行军，在边境的滚滚狼烟中与匈奴短兵相接，险些丧命于锋刀利刃。

战火频仍，对于在边疆鏖战多年的将士来说已是家常便饭。将军一声令下，战士们就会把对妻儿老小的思念、对匈奴的满腔憎恨，化作杀敌的勇气，冲上战场奋勇拼杀，哪怕献出生命也在所不惜。

如此义无反顾，这些年以来，成千上万的将士还是倒在了沙场上，再也唤不回来。尽管我军装备精良、物资充足，将士们骁勇善战，但战事惨烈，相持不下，死伤仍不可避免。

夜晚，幸存的将士在无定河边的荒野上巡游，地上白森森的尸骨闪动着游移明灭的鬼火，那些无法还乡的魂灵，在刺骨的寒风中呜咽。将士们的眼泪掉落，心如刀割。

那些已将肉身奉还给泥土，魂灵依然在游荡的将士，生前多是刚娶妻的年轻人。拜堂成亲后不久，他们就背起沉重的行囊，挥泪告别亲人。他们未见的是，那正值豆蔻年华、花容月貌的新婚妻子卸下红妆后日日饮泣，梨花带雨。

夜晚，独守空闺的女人们细数着家中的更漏声，聆听着窗外夜莺的啼鸣，豆大的泪珠一颗颗滚落，浸湿了枕巾。她们苦苦等待，却不知梦里为自己画眉梳妆的情郎，在千里之外早已化作白骨，任莽莽黄沙掩埋。

仙岩寿鹿图 [宋] 佚名

山亭夏日

◎ 描绘山亭清丽疏朗的夏日景致,抒发诗人对田园风光的由衷热爱。

高　骈

绿树阴浓[1]夏日长,楼台倒影入池塘。

水晶帘[2]动微风起,满架蔷薇[3]一院香。

注释

1. 浓:指树丛的阴影深。
2. 水晶帘:晶莹华美的帘子。
3. 蔷薇:植物名,落叶灌木,枝干多刺,其花芬芳,有红、白、黄等色。也指这种植物的花。

坐在山亭之中,四周环绕着山川、水塘、绿树、碧草、鲜花,举目望去皆是葱茏盛大的夏日风景。百灵鸟不知藏在何处,清越灵动的歌声隐隐传入耳际,成为我无话不说的亲密朋友。

头顶是八角亭飞翘的檐角,在空中勾勒出优美的弧线,好像被束缚住的飞鸟,振翅欲飞到广阔无际的蓝天白云上。浓浓的树荫为亭子架起一顶墨绿的遮阳伞,让灼热的阳光顿时失去威力,时间都仿佛慢了下来,白日悠长而静谧。

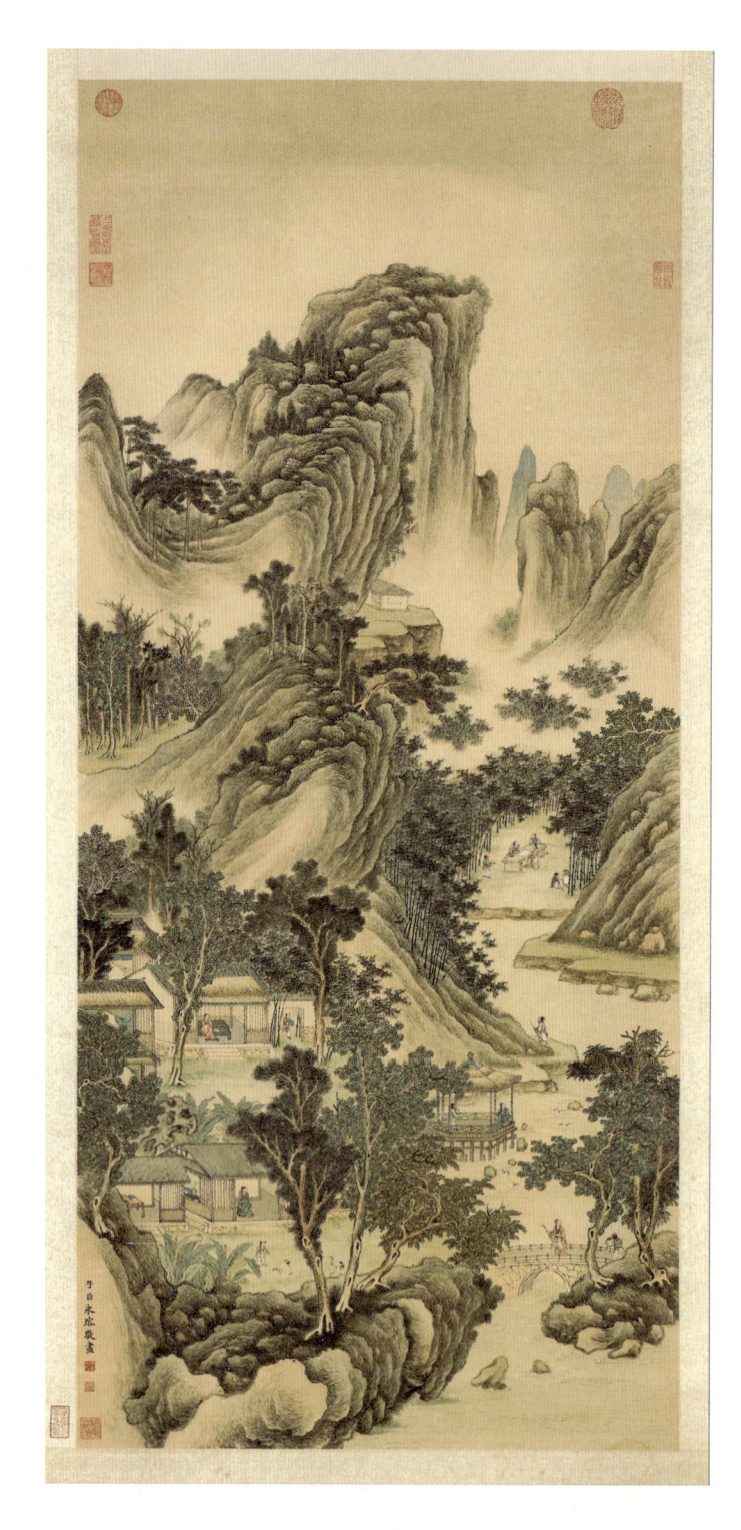

竹溪销夏图　［清］永瑢

脚下不远处，悠悠的一池碧水正供着天地间的云朵、飞鸟、绿树、楼台整理妆容。这一刻，云朵挂在了山头最高的树枝上，飞鸟在浓荫里躲避着无情的骄阳，只有八角亭兀自不动，静默一如流逝的光阴。而绿荫则暗自踮起脚尖，尽可能地投入水中，顾影自怜。水中的游鱼向来机灵狡黠，成群结队地来回穿梭，打断了绿荫的遐思。

我望着那如镜的水面，不知它能否照见我内心的恬淡安适。那水面却一改安静的模样，跃动点点鳞波，像横铺的水晶帘泛起明亮的光泽。风儿刚路过，它是和水波一起来回应我的吗？否则，我的内心为何也在那一刹，掠过一串串清脆如风铃的声响，让人迷醉。

随着凉风拂过，清亮的夜露晨光携来一缕幽香，柔柔地沁入鼻腔，令人心旷神怡。我循着幽微的香气而去，才发现不远处蔷薇爬满了花架，正如火如荼地开放，粉红的花朵在翠绿枝叶的衬托下，像点燃的一盏盏红灯笼。如同火热的太阳刺破黑夜一般，这焆灼的蔷薇也照亮了披星戴月的旅人的梦。

台城[1]

◎ 这是一首怀古诗,诗人在蒙蒙烟雨中凭吊六朝遗迹,悲叹历史兴亡,流露出物是人非的深深怅惘。

韦 庄

江雨霏霏[2]江草齐,六朝[3]如梦鸟空啼。

无情最是台城柳,依旧烟[4]笼十里堤。

注释

1. 台城:也称苑城,在今南京市鸡鸣山南。原是三国时吴国的后苑城,东晋时改建,既是政治中枢,也是帝王享乐之所。
2. 霏霏:烟雨盛密的样子。
3. 六朝:指吴、东晋、宋、齐、梁、陈。
4. 烟:绿柳如烟。

徘徊在台城,繁华已逝,寂寂的风向行人袭来。曾经金碧辉煌的建筑,宽阔平直的街道,都被时光的风吹得色泽暗淡,留下斑驳的残迹,徒增感伤。

浩浩荡荡的江面上,不见鸥鸟飞掠的踪影。细雨飘洒,一片迷蒙,连叹息声也迷失其中。江水无力地扑向岸边,萋萋绿

岁华纪胜图册（结夏） ［明］吴彬

草在凄风冷雨中不由得瑟瑟颤动。

这一切,让人觉得六朝的繁荣像一场短暂的旧梦:一场眼看他起朱楼,眼看他楼塌了的幻灭之梦;一场眼看他一统山河,又看他山河破碎的仓促之梦;一场城头变幻大王旗,你方唱罢我登场的凌乱之梦。只是为何时光流逝,那鸟儿的叫声却一如既往的清脆?是因为它们向来只求温饱、不问世事吗?

当然,无情的又岂止飞鸟、江草和蒙蒙的细雨,还有那遍布街市水郭的柳树。它们看尽兴衰成败、生离死别,却始终不言不语,只管不断壮大自己,持守至今,悄然长成了合抱之木。

数百年来,每当天气回暖、春光明媚,它们就会冒出鹅黄的嫩芽,如珍珠碎玉一般玲珑可爱。待春日渐深,长长的柳条上就会缀满细眉般的柳叶,像千万条绿丝带随风飘荡。而今天色阴晦,茂密如烟的柳枝笼罩着沿水而建的堤坝,顾影弄姿,却依旧不愿理会世人的哀愁。

小松

◎ 以松自喻，抒写诗人出身寒微、无人赏识的愤慨之情。

杜荀鹤

自小刺头[1]深草里，而今渐觉出蓬蒿[2]。
时人不识凌云[3]木，直待凌云始道[4]高。

注释 1. 刺头：指长满松针的小松树。
2. 蓬蒿（péng hāo）：即蓬草、蒿草。
3. 凌云：高耸入云。
4. 始道：才说。

我曾亲眼见证一棵松树的成长。

它低矮弱小，在茂盛的杂草丛中艰难求生，阳光照不到它，雨露很少滋润它，就像被世界遗忘了一样。它并不沮丧，只管把根扎得更深，竖起坚硬的松针，向邻近的蒿草、路过的鸟兽和来往的行人展示傲骨。偶尔获得斜阳的垂青或两三滴清露的同情，它便铭记于心，迸发出更强劲的生命力。

偶有一日，我从那熟悉的小道旁经过，发觉草丛间好像立着一人。驻足细看，才发现松树从又高又密的杂草丛中冒出

蕉阴结夏图 [明] 仇英

了头，一阵猛烈的风恰巧吹来，周边的蒿草都弯下身子俯首称臣，唯独它腰杆挺直，在田野上稳稳站立，如同铁骨铮铮的大英雄。

曾经的松树矮小枯槁、其貌不扬，尽管心怀凌云之志，却仍被视作无用之材，无人愿意为它遮风挡雨，更无人予以扶持。

在世人的漠视中，它学会了与风雨作伴，不惧狂风骤雨，毅然地拔节生长。直到它冲破重重阻碍直插云霄，世人才惊叹于它的遒劲苍翠，对高耸入云的松树大加赞赏，却不知那曾是他们眼中百无一用的小松，是从人们的肆意砍伐中逃脱的一棵小松。

我为拥有这样坚韧的知己而感到骄傲，也为那些目光短浅的人感到深深的悲哀。

淮上[1]与友人别

◎ 以暮春美景抒写哀情,表达诗人与友人握别时的无限感伤与不舍,唤起诗人流落天涯的愁思。

郑 谷

扬子江[2]头杨柳[3]春,杨花[4]愁杀[5]渡江人。

数声风笛[6]离亭[7]晚,君向潇湘[8]我向秦[9]。

注释

1. 淮(huái)上:扬州。淮,淮水。
2. 扬子江:江苏镇江、扬州一带的长江支流,古称扬子江。
3. 杨柳:柳,与"留"谐音,表挽留之意。
4. 杨花:即柳絮。
5. 杀:形容愁的程度之深。
6. 风笛:风中传来的笛声。
7. 离亭:驿亭。亭,古时路边供行人休息的地方,人们常在此送别,故称"离亭"。
8. 潇湘:今湖南一带。
9. 秦:当时的都城长安,在今陕西境内。

扬州，这座繁花似锦的城市，此刻却成了我们不得不告别的他乡。我们背着行囊相伴而行，沉默不语地走在扬子江边，抵达那承载着无数离愁的码头时，我的心开始隐隐钝痛。

抬眼望，青青杨柳顺着江岸绵延，悄无声息地建起一道厚厚的烟幕，让人既看不见天上的太阳，也看不见远处滚滚东流的江水。视线迷失在浓密的碧烟中，令人心烦意乱。

大抵是不忍见你我如此愁闷，一阵东风匆匆赶来，吹醒了这烟雾弥漫的春日。千千万万的杨花随着东风漫天飞舞，沾染了灰尘，便贴着地面低飞，顽皮地追逐着行人的脚步。行人的脚步迷乱，纷纷掩袖遮挡，走向远处的船只，内心的愁绪比凌乱的杨花更汹涌。

谁知晚风里竟飘来熟悉的乐曲，那如泣如诉、不绝如缕的笛音，叫人刹那间潸然泪下。透过迷离的泪眼，我看见一团残阳散射出微弱的光线，映照着千里长亭，又照入浩渺的江水，令暮色更加凄迷。

很快，我们就要天涯相隔，你将在潇湘的细雨中独行，而我在长安街上也是孑然一身。心中有难以言说的酸楚，我哽咽着不忍道别，只是匆匆踏上前往北方的船只，再也不回头。不忍再多看你一眼，也不忍再多看扬州一眼，只怕这一眼会让两只背向而行的小船停滞不前。

十二月月令图（五月） ［清］清画院

江行无题

◎ 诗人迁谪途中所作,长江两岸的秋意和农忙景象勾起诗人对家乡的无尽思念,绵绵乡愁见于言外。

钱　珝

万木已清霜[1],江边村事忙。
故溪[2]黄稻熟,一夜梦中香。

注释　1. 清霜:寒霜。
2. 故溪:故乡的溪流,亦指作者的故乡苕溪。

　　秋日的河水清冽、澄碧,微风沿着水面吹拂过来,让一颗漂泊的心变得冰凉。乘船独行在河流之上,吱吱嘎嘎的摇橹声道尽了我无法言说的孤独。两岸的树木在寒霜的欺凌下,谢了一季的荣华,枯黄的树叶四处飘落。叶子落入水中,无人问津,只好打着旋儿漂向远方,连曾经患难与共的树木都不曾察觉。

　　树林后面是大片沃野,一株株稻子早已被夏日的烈阳和秋日的冷霜催熟。沉甸甸的稻穗在风中轻轻点头,深情地向孕育万物的大地道谢。三三两两的农人弯着腰,用心收割稻谷,心

烟霭秋涉图 ［南唐］（传）赵幹

中的喜悦像丰收的稻谷一样堆积成山。

在我的家乡，苕溪的两岸，父老兄弟也在争分夺秒地收割金黄的稻谷了吧？曾几何时，我同他们一道，在田间热火朝天地忙碌着，手持镰刀割一把稻谷，轻轻拢在怀中，嗅着淡淡的稻穗香，内心瞬间变得丰盈而知足。等到稻谷脱了粒晾干，装满偌大的粮仓，或是脱壳后变成白花花的米粒，放在锅里蒸熟，那便是近在咫尺的幸福感。

后来的我常年漂泊在外，回家的次数寥寥。深夜思念家乡时，我总会抱紧母亲亲手缝制的衣裳，迷迷糊糊地睡去。在梦里，我时常看见田里的稻谷在风中摇曳，浓郁的稻香扑面而来，令人陶醉不已。有时，也会看到父亲那双粗糙皲裂的手里捧着一碗晶莹剔透的白米饭，我口舌生津，像小时候那样向前讨要，却总是吃不到，醒来时才发现，枕巾被泪水浸湿一大片。这次前往抚州，记忆深处的稻米香也会一直在我的梦里萦绕吧？

春怨

◎ 这是闺怨诗中的名作,截取生趣盎然的日常画面,以倒叙的手法抒写少妇对戍边征夫的无限相思和独守闺中的幽怨落寞,语短情长,耐人寻味。

——金昌绪

打起黄莺儿,莫[1]教枝上啼。
啼时惊妾[2]梦,不得到辽西[3]。

注释

1. 莫:不。
2. 妾:女子的自称。
3. 辽西:古郡名,位于今辽宁辽河以西。

窗外绿荫中,黄莺发出一声声啼鸣,聒噪的声音将我惊醒。我摇着一柄团扇循声到院中,挥舞着扇子驱赶树上的黄莺。那鸟儿不愿离开庇护自己的大树,只在枝叶间腾挪。我反复地轰赶,它才挥动翅膀,飞到别的地方去了。

院子里终于安静下来,被黄莺惊扰的幽梦,也早已烟消云散,无迹可寻。花园里散发着幽香,疯长的花枝已经高过竹篱,试图钩住低矮的云脚。朵朵鲜花在春光中旖旎,殷勤地招徕彩蝶和蜜蜂。蜜蜂和蝴蝶成双入对,翩翩起舞,一点儿也不

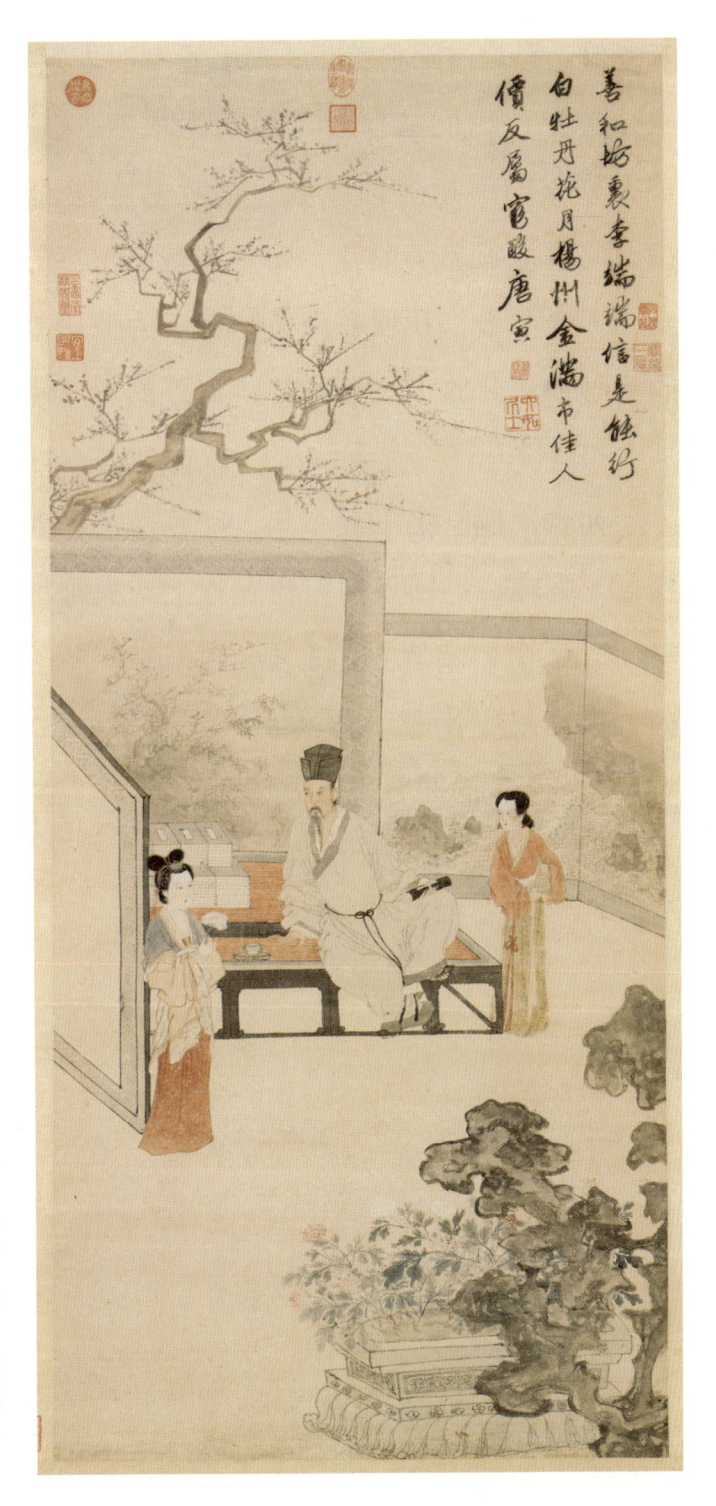

善和坊裏李端端 信是能行
白牡丹 拖月揚州金瀰市佳人
價反屬窖酸 唐寅

仿唐人仕女图 [明]唐寅

知疲倦。只是这眼前美景，怎么看都叫人烦闷。

　　曾经，我们又何尝不是出入成双？闲暇时，他端坐琴桌前，修长的手指拨动琴弦，而我站在他面前，手执一柄绣花扇，悠悠地唱起小曲儿，团扇摇得满室芬芳。有时，他兴之所至，挥毫泼墨，我便在一旁陪侍，为他研墨，心花儿也随着他的笔触悄然开放……而那时，窗外的黄莺也在啼叫，听起来是那么和谐悦耳。

　　如今，他已丢下我多年，随军前往辽西征战，音讯全无。我百无聊赖，走回屋内斜倚在榻上，失神地望着窗外，不知不觉间，手中团扇竟被狠狠撕出一道口子，再难复原。过了许久，心情终于平复，困意再一次袭来。我微微闭上眼，恍惚中，夫君清俊的面容又出现在眼前。

本作品中文简体版权由湖南人民出版社所有。
未经许可,不得翻印。

图书在版编目(CIP)数据

唐诗的意境 / 顾南安编著. --长沙：湖南人民出版社，2024.6
ISBN 978-7-5561-3289-8

Ⅰ．①唐… Ⅱ．①顾… Ⅲ．①唐诗—诗歌欣赏 Ⅳ．①I207.227.42

中国国家版本馆CIP数据核字（2023）第145533号

唐诗的意境
TANGSHI DE YIJING

编 著 者：顾南安
出版统筹：陈 实
监 制：傅钦伟
资源运营：湖南中教出版传媒有限公司
责任编辑：张玉洁
特邀编辑：杨 敏
产品经理：冯紫薇
责任校对：黄梦帆 杜庭语 张命乔
装帧设计：刘 哲

出版发行：湖南人民出版社［http://www.hnppp.com］
地　　址：长沙市营盘东路3号　　邮　编：410005　　电　话：0731-82683357
印　　刷：长沙鸿发印务实业有限公司
版　　次：2024年6月第1版　　　　　　　　　　　　印　次：2024年6月第1次印刷
开　　本：710 mm × 1000 mm　1/16　　　　　　　　印　张：30
字　　数：220千字
书　　号：ISBN 978-7-5561-3289-8
定　　价：98.00元

营销电话：0731-82221529（如发现印装质量问题请与出版社调换）